W0184798

DANSE AVEC TES CHAÎNES

Anaëlle Jonah

Danse avec tes chaînes

roman

Fayard

ISBN : 978-2-213-72771-4
© Librairie Arthème Fayard, 2024.
Dépôt légal : août 2024.

L'odeur âcre de l'urine me tenait éveillée. C'était comme si tous les enfants du foyer s'étaient passé le mot et qu'ils avaient mouillé leur couchette les uns après les autres, soit par solidarité, soit par rébellion. Leur vessie exprimait collectivement ce que leur cœur peinait à verbaliser, et moi je me retrouvais prise au milieu de ces confessions nocturnes écœurantes de sincérité, incapable de les rejoindre car j'avais pleuré toute l'eau de mon corps un peu plus tôt dans la journée.

On ne m'avait pas encore enlevé mes frères et ma sœur. Michel se trouvait de l'autre côté du hall, auprès de ses amis. Patricia, elle, dormait à quelques centimètres de moi, ses pieds nus frôlaient mes cheveux. À ma gauche, je distinguais le dos de Joseph, qui tressautait et tremblait. J'en conclus qu'il ne dormait pas non plus, mais je n'osais attirer son attention. Je savais qu'il était toujours en colère contre moi.

Le hall regorgeait de corps et pourtant il faisait incommensurablement froid. Nous étions disposés sur d'étroits matelas posés à même le sol, comme autant de naufragés perdus en mer, accrochés à des embarcations de fortune, solitaires dans nos perditions. Aucun de nous ne savait précisément où nous nous trouvions.

Je passai cette première nuit sans dormir, parfaitement immobile au milieu de cet océan de chair et de désespoir. Je regardais les fissures au plafond comme on regarde les étoiles, avec cette impression de petitesse et d'insignifiance. L'espoir n'existait plus que dans cette photo dissimulée dans les plis de ma jupe, que je caressais du bout des doigts.

Ils avaient rassemblé les nouveaux venus dans une salle de classe au rez-de-chaussée du bâtiment. Les chaises et les tables, empilées dans un coin, avaient un air de forteresse, comme si le savoir devait demeurer rangé loin de nous, hors de portée. Sur le tableau noir ne figurait que la date du jour : 27 octobre 1974. À droite, une large représentation de la projection de Mercator couvrait le mur. D'instinct, mon regard partit à la recherche de notre île, et elle me parut si minuscule et grotesque que je détournai les yeux.

« Ne me dites pas qu'ils vont déjà nous envoyer à l'école », s'exclama Michel, visiblement inquiet.

À quinze ans, c'est à peine s'il savait lire.

Là-bas, c'était notre voisine qui avait fait office de professeur pendant que notre mère travaillait. Elle avait essayé de nous apprendre les bases requises par la vie en société :

le français et les mathématiques. Couturière de vocation, elle faisait rarement preuve de pédagogie. La plupart de ses leçons se terminaient dans la confusion et, très souvent, les larmes. J'avais été la seule à apprécier ses efforts, à finir par savoir lire et écrire à peu près correctement. Patricia assistait rarement aux cours en entier, occupée par les tâches ménagères. Michel et Joseph se chamaillaient.

Les éducateurs firent entrer un homme en costume qui ne daigna pas se présenter. Sa chevelure cendrée, peignée en arrière, et le porte-document en cuir qu'il tenait sous le bras lui donnaient un air grave et important. Son nom ne figure dans aucune archive. Cela n'a plus d'importance. Nous rencontrions tant d'adultes à cette période de nos vies, tant de personnes qui prirent d'énormes décisions à notre place avant de disparaître subitement, sans laisser de traces, que ces détails ne possèdent qu'une valeur anecdotique.

Je me tenais debout, très droite, parmi les autres. L'ambiance, cordiale jusqu'alors, s'assombrit. Aucun ordre n'avait été prononcé, aucun geste esquissé. Mais nous avions compris, aux visages fermés des éducateurs et aux dossiers qu'ils portaient sous le bras, que quelque chose se jouait, et nous nous rangeâmes docilement face à eux. Joseph arborait la même expression depuis l'atterrissage, un mélange d'effroi et de défi. Ce masque, que j'espérais temporaire, ne le quitterait plus.

« Ne t'inquiète pas, Joseph, lui chuchotai-je. Ça ira. »

Il leva sur moi ses yeux noirs, immenses et vides. « Tu mens encore ? »

Je ne lui mentais pas, assurai-je, et je ne lui mentirais jamais. Il ne parut pas convaincu, mais il s'agrippa tout de même à mon bras.

Ces hommes n'en étaient pas à leur première sélection. Ils savaient très bien quelles questions poser, quelles méthodes suivre. Les informations qu'ils demandaient étaient précises : le nom, l'âge, la taille et le poids. Si l'enfant concerné ignorait un de ces éléments, ils l'estimaient pour lui en l'auscultant. Ensuite, ils lui disaient de se ranger à gauche ou à droite de la salle.

L'homme en costume siffla en s'approchant d'une jeune fille à peine plus âgée que moi. Son corps entier était pris de tremblements dus, en partie, à l'anxiété, mais aussi au froid, un phénomène auquel aucun de nous n'était habitué. Sous la chemise en coton blanc fourni par les nonnes, on distinguait sa poitrine frissonnante qui, malgré elle, attirait tous les regards.

« Dis donc, s'exclama l'homme à l'attention des éducateurs, elle est développée pour son âge, celle-là ! Très grande.

— Oui, murmura la concernée.

— À droite, ma belle. »

Le groupe d'hommes poursuivit sa sélection avec soin et dextérité, pour finalement arriver à notre fratrie.

« Tu es bien grand, mon garçon, dit l'un d'eux à Michel. Quel âge as-tu ? »

Mon frère bomba le torse.

« Quinze ans, *mésyé*.

— Monsieur, corrigea l'homme. Très bien. De ce côté. »

Michel se plaça dans la file de droite, son visage éclairé de gaieté et d'orgueil. Patricia le rejoignit quelques minutes plus tard. Lorsque les examinateurs s'approchèrent de moi, je me mis sur la pointe des pieds, persuadée que tout cela était une affaire de taille.

« Tu peux te tenir correctement », m'informa l'homme.

Je donnai mon nom, mon âge et des mensurations approximatives. Malheureusement, je vis que cela ne suffisait pas. Ils m'assignèrent la file de gauche. Quand je demandai à savoir pourquoi j'étais séparée de mon frère et de ma sœur, ils me répondirent que je n'avais pas à m'inquiéter. Ils ne faisaient que remplir une procédure administrative.

Vint le tour de Joseph. L'homme posa sa main sur son épaule et se mit à la masser, un geste qui se voulait sans doute chaleureux et paternel, mais qui provoqua en moi un sentiment de gêne. Il nota son jeune âge et sa petite taille dans son dossier avant de l'envoyer à mon côté. « S'il est comme son frère, il grandira vite », fit-il remarquer aux autres.

Une fois le tri terminé, les deux rangées se considérèrent avec intérêt. Chacun cherchait à comprendre comment et pourquoi il se trouvait là. Étions-nous sur le point de jouer à un jeu ? D'assister à un cours ? Personne ne comprenait les motivations derrière cette épreuve. Personne à part peut-être Michel qui, à l'issue de l'inspection, me demanda d'un ton railleur : « Alors, ça fait quoi d'être une perdante ? »

On le perdit justement, quelques jours plus tard. Un troupeau de voitures s'abattit sur le foyer et l'emporta dans sa course, ainsi qu'un nombre considérable de nouveaux arrivants. Pendant plusieurs jours, Joseph le chercha partout dans l'établissement, persuadé qu'il se cachait quelque part et que tout cela n'était qu'un jeu. Je l'accompagnais dans son errance à travers les couloirs en sachant que nous ne le reverrions plus. Les voitures revenaient, encore et encore, et nous épiions ce balai incessant depuis les chambres du premier étage, qui se vidaient à mesure que le temps passait. Nous ne savions rien des destinations de chacun. L'enlèvement de Patricia, quoique inévitable, eut raison de notre moral. Nos deux aînés avaient disparu sans laisser de trace de leur passage, ou d'indication d'un possible retour. Soudain il ne restait plus que nous deux, les bébés de la famille. Je jurai à Joseph que je ne le quitterais jamais et que, même s'ils essayaient de nous séparer, je le retrouverais.

De nouveau, il se méfia : « Mens pas, hein ? »

De nouveau, je lui mentis : « Non, jamais. »

Il n'y avait pas de réveil facile à Guéret. Il y avait les courbatures, les sanglots, l'égarement. Je me réveillai tôt avec la désagréable impression de ne pas avoir dormi du tout. Un sentiment qui devenait trop familier. Ma nuque me faisait mal, mon dos et ma tête aussi. À voir les visages boursouflés de Joseph, de Patricia et de tous les autres enfants du foyer, je n'étais pas la seule. Nombreux avaient été ceux qui avaient passé la nuit à pleurer, à attendre le retour du soleil. Et si certains avaient réussi à trouver le sommeil, cela ne les avait pas empêchés de vivre une nuit cauchemardesque. Un nombre incalculable de draps et de matelas avaient été souillés.

Il était sept heures, l'heure du réveil au foyer. Les éducateurs traversaient les rangs de matelas, secouaient les épaules des nouveaux résidents et tentaient de les appâter hors du lit avec la suggestion d'un petit-déjeuner chaud. Cela se passe à la cantine, disaient-ils. Les croissants seront vite partis. J'interpellai l'un d'eux.

« Quand est-ce qu'on aura des chambres ?

— Plus tard. Tout ce que je sais pour l'instant, c'est que c'est l'heure de manger. Direction la cantine. »

Et il s'en alla réveiller d'autres camarades.

Le réfectoire se trouvait au rez-de-chaussée du foyer. C'était une pièce tout en longueur, garnie de petites tables rectangulaires et de chaises en fer étiolées. Les résidents s'y asseyaient, la plupart encore vêtus de leur pyjama et engourdis de sommeil. Il fallait attendre dans le couloir que des places se libèrent avant de pouvoir finalement entrer et se servir du chocolat chaud, du café, parfois des céréales. Les pâtisseries, congelées et réchauffées le matin même, disparaissaient en quelques minutes.

Je pris le même petit-déjeuner que je mangerais tous les jours lors de mon séjour à Guéret : une tasse de chocolat tiède et une tartine de beurre. Joseph, qui n'avait presque pas dormi, refusait de déjeuner. Il prétextait que le manque de sommeil lui donnait le vertige. Michel dévora sa part. Patricia, quant à elle, décortiquait un croissant méticuleusement. Elle commençait par découper les extrémités. Les mangeait. Puis répétait cette délicate opération jusqu'à atteindre le milieu. Un tas de miettes se formait sur la table, près de ses coudes. Elle qui était d'habitude si coordonnée, si soignée, ne semblait pas se soucier du désordre de sucre et de beurre qu'elle engendrait autour d'elle.

« Pourquoi tu fais ça ? lui demandai-je.

— Parce que j'en ai envie », me répondit-elle d'un ton acerbe.

Je ne la questionnai pas davantage.

Autour de nous, couverts et assiettes tintaient au rythme lent des conversations. J'observais les autres résidents du coin de l'œil. Il y avait d'un côté nos compagnons de voyage, facilement reconnaissables à leurs cernes violacés et à la gêne qui les paralysait. Comme ils se sentaient de trop, ils ignoraient comment se comporter. De l'autre, il y avait les habitants de longue date du foyer. Ceux qui le connaissaient au point de le considérer comme une seconde maison. Ou, plus simplement, une maison tout court. Dans la cantine, ces gens-là possédaient leurs places attitrées. Ils interpellaient les animateurs par leur prénom, ils savaient quelle nourriture choisir et, a contrario, laquelle éviter. C'était une de ces jeunes filles qui avait conseillé à Patricia de prendre un croissant au lieu d'une madeleine. « Personne ne les mange, elles sont restées là à sécher pendant des jours et elles n'ont jamais été remplacées. » Son visage respirait une sagesse intimidante et inédite à cet âge. Patricia s'était précipitée pour échanger sa pâtisserie. Aucun de nous ne goûta jamais les madeleines.

Je ne comptais plus le nombre de fois où je me sentis dépassée, au bord des larmes. Je n'avais jamais eu à partager mon repas avec autant d'inconnus. L'air de la salle était saturé d'odeurs de sucre et de transpiration. Des coudes me frôlaient de toute part, le souffle des uns devenait le souffle des autres. On se sentait observé de partout, et nous l'étions. Les mains derrière le dos, à la manière de généraux de brigade, les animateurs sillonnaient la pièce afin de vérifier que tout se passait pour le mieux. Je compris très tôt que la vie au foyer consistait à exister à l'aune d'une observation perpétuelle.

Un moniteur du nom de Patrick nous emmena faire un tour du propriétaire. Il ne voulut pas perdre son temps, ainsi la présentation fut succincte. Voici l'entrée. Les toilettes. Les ateliers. D'autres toilettes. Les douches. Nous le suivions tous silencieusement, de pièce en pièce. La main de Joseph tremblait dans la mienne, ou peut-être était-ce l'inverse. Il n'y avait pas un mètre carré de surface qui n'était pas occupé par un résident. S'ils faisaient mine que la présence de nouveaux venus ne les perturbait pas, les regards qu'ils nous lançaient racontaient une autre histoire. On y lisait de l'inquiétude, de la pitié.

D'une voix de premier de la classe, Patrick s'adonna à une fidèle récitation du règlement. Tout le monde devait être debout à sept heures. Le petit-déjeuner était servi à la cantine jusqu'à huit heures. Ensuite, selon nos emplois du temps, nous avions des activités à suivre ou des tâches à entreprendre. Le directeur et ses disciples attendaient de nous un comportement exemplaire. Cela signifiait garder les espaces communs intacts, ne pas sortir sans autorisation et obéir aux ordres. Aucune des règles citées ne me surprenait, sauf une. Il était formellement interdit de parler créole au sein de l'établissement. Patrick, qui prit note de l'affaissement de mon visage, expliqua que cette règle avait pour but de faciliter notre intégration. Je n'y comprenais rien. À la maison, à ma vraie maison, le créole prédominait dans toutes les conversations. Je n'avais pas conçu qu'en métropole les choses puissent être autrement, que certains mots n'avaient pas leur place ici.

« Qu'est-ce qui arrive si on parle créole ? interrogeai-je.

— Tu n'as qu'à demander à monsieur le directeur », répondit Patrick d'une manière narquoise.

Michel quitta le foyer en premier. Son départ eut lieu si soudainement que je fus persuadée, pendant plusieurs semaines, qu'il n'était pas réellement parti. Qu'il se cachait dans une salle inconnue de tous et qu'il reviendrait, une fois cette mauvaise farce terminée. Il me fallut du temps pour accepter sa perte.

Au petit matin, une horde de véhicules avait encerclé l'établissement. L'annonce avait fait le tour du foyer, au point de devenir le sujet de toutes les conversations au petit-déjeuner. On parlait des marques des voitures, des personnes qui les conduisaient, de leurs visages et de leurs vêtements avec une frénésie qui me parut inédite. J'avais du mal à saisir les mécanismes d'un tel engouement.

« Qui sont ces personnes ? Pourquoi est-ce qu'elles sont là ? demandai-je à des vétérans du foyer.

— Ils viennent récupérer des gens. »

Michel ne fut pas le seul à être convoqué au bureau du directeur. Les éducateurs avaient approché plus d'une dizaine de résidents, et tous accueillirent la nouvelle avec une gravité semblable à celle de réservistes recevant un appel aux armes.

« Je vous raconterai tout après, promis », nous dit-il. Sans doute souhaitait-il nous rassurer, ou se rassurer lui-même. Suite aux conseils avisés des éducateurs, il se lava la figure, se coiffa les cheveux et appliqua un peu d'eau de Cologne prêtée par un ami.

Il passa beaucoup de temps avec Hoareau. Trop de temps. Nous l'attendîmes non loin, dans un couloir adjacent, jusqu'à ce que Patrick remarque notre présence et nous ordonne de déguerpir. Une heure plus tard, il revint nous chercher. Le directeur souhaitait nous voir. Je me sentis soulagée, mais ce sentiment disparut sitôt que j'aperçus Michel et sa mine dépitée. Il se tenait le dos voûté, accablé par la fatalité. Deux silhouettes l'encadraient. Un homme et une femme. Ils avaient une cinquantaine d'années, des vêtements qui évoquaient un milieu rural, modeste. Tout dans leur apparence contrastait avec celle du directeur, que je soupçonnais de dormir en costume trois-pièces.

Monsieur Hoareau nous expliqua que monsieur et madame Picaud, ici présents, comptaient emmener Michel chez eux. Notre frère y serait nourri, logé et, accessoirement, aimé. Une nouvelle vie débutait pour lui. Nous le reverrions un jour, bien sûr. Mais il ne manqua pas de faire remarquer que les Picaud avaient déjà fait preuve d'une grande générosité en nous laissant lui dire au revoir. J'observai les deux philanthropes en question. Enrhumée, madame ne cessait de se moucher et d'éternuer. Elle ne nous accordait pas un regard. Monsieur avait la main sur le bras de Michel. Ses ongles, qu'il avait noirs de terre, s'enfonçaient dans les plis de la chemise.

« Alors nous ne partons pas avec lui, dit Patricia, incapable de dissimuler sa déception.

— On va être séparés ? demandai-je.

— Il n'y a pas assez de place pour quatre enfants, dit Hoareau. Sinon, je suis certain qu'ils vous auraient pris aussi… »

Monsieur Picaud jeta un regard dubitatif à sa femme. Son emprise autour du bras de Michel ne faiblissait pas. Je n'avais jamais vu mon frère faire preuve d'autant de docilité, de soumission. Il était du genre à s'emporter vite et pour très peu. Alors je compris qu'il n'existait pas d'autre solution. Si Michel avait accepté ce destin, c'est qu'il avait déjà exploré toutes les options possibles et qu'il s'était retrouvé dans une impasse. Argumenter n'aurait fait que rendre la séparation plus difficile. Patricia eut la même pensée. Elle s'approcha de lui, l'embrassa sans un mot. Quand ce fut mon tour, je le pris dans mes bras.

« *Ni artrouv*, me marmonna-t-il à l'oreille, au revoir.

— *Ni artrouv.* »

Il caressa les cheveux de Joseph et lui annonça :

« Joseph, tu seras l'homme de la famille en mon absence. Tu promets que tu feras attention aux filles ?

— Promis. »

Même si Michel n'entendait rien par ces paroles, je crois que Joseph prit cette promesse très à cœur, et qu'il regretta toute sa vie de ne pas avoir réussi à la tenir. Sur le moment, le petit garçon qu'il était hocha la tête d'un air grave et solennel. Il enlaça son grand frère de toutes ses forces.

Nous nous retrouvâmes ensemble, l'ancienne famille de Michel et la nouvelle, devant l'établissement. La plupart des voitures avaient déjà disparu, embarquant avec elles les résidents qui avaient été sélectionnés plus tôt.

Tandis que les Picaud chargeaient la petite valise de Joseph dans son coffre, je me répétais silencieusement le numéro de leur plaque d'immatriculation. 326 ER 23. Plus tard, je l'inscrirais au dos de feuilles volantes et de carnets. Cette information me paraissait primordiale. Tant que je possédais ce numéro, je pourrais retrouver mon frère.

La voiture démarra dans un nuage de gaz. Michel se trouvait à la fenêtre arrière, son visage à peine discernable dans la fumée, mais je savais qu'il nous faisait signe. En guise d'adieu, nous courûmes après le véhicule, épris de rires et d'émotions. Une éducatrice nous rattrapa une trentaine de mètres plus loin, mais il était trop tard. Une partie de nous s'était envolée avec Michel. Nous n'étions déjà plus que les ombres de nous-mêmes.

Les enfants disent toutes sortes d'horreurs. Ils répètent ce qu'ils entendent à la radio, de la bouche de leurs parents ou du boucher en bas de la rue. C'est grâce à eux que j'ai pris connaissance des discours politiques de l'époque. Plutôt que d'animosité, leurs comportements témoignaient d'une profonde incompréhension. Une question revenait toujours : quand retournerions-nous chez nous ? Je répondais que je n'en avais aucune idée, et ma voix se faisait de plus en plus lasse. Pendant la visite de l'école, le directeur avoua qu'il espérait nous voir partir le plus tôt possible. Il souhaitait qu'on trouve tous une famille d'accueil, que nous quittions le foyer pour de bon. Guéret ne devait être qu'un chemin de passage. Il guida Joseph dans une salle de classe, et moi dans une autre. Je ne pus m'empêcher de m'émerveiller devant les commodes remplies de peintures, de crayons, et les bibliothèques gorgées de livres.

Sur les murs, des portraits de rois côtoyaient ceux d'auteurs français au regard inquisiteur, qui vous donnait l'impression que l'histoire entière avait ses yeux braqués sur vous.

« Approche », dit la maîtresse.

Madame Pierrat était une grande femme svelte, à la figure pâle et fatiguée. Une épaisse frange de cheveux noirs voilait son front. Elle me somma de me tenir près du tableau, face à l'océan de petites têtes blondes. Mes nouveaux camarades se tenaient immobiles, les mains nettement croisées devant eux. Ils écoutèrent avec attention cependant que la maîtresse procédait à une brève présentation, qui résuma toute mon existence : Marie-Thérèse, onze ans, à peine descendue de l'avion.

« J'attends de vous, prévint-elle ses élèves, une tenue exemplaire. »

Aucune réponse ne se fit entendre. Je m'assis sur une chaise du premier rang, à la gauche d'une fillette au visage aussi rond et pâle que la pleine lune.

« Élizabeth est la meilleure de la classe, prit soin de préciser Mme Pierrat à voix basse. Elle t'aidera dès que tu as un problème. »

Celle-ci me tendit une petite main blanche aux articulations rougies par le froid. Je la serrai avec maladresse.

Chez nous, j'avais été l'enfant le plus brillant du quartier. J'étais dotée d'une intarissable curiosité qui me donnait envie de tout faire, de tout apprendre. La lecture, pour laquelle j'avais des facilités, me plaisait beaucoup. Je saisissais toutes les opportunités pour m'y entraîner, que ce soit le déchiffrage de lettres ou d'étiquettes. Les voisins me sollicitaient afin que je vienne décrypter leur courrier. Ce que je faisais avec certes beaucoup de maladresse, mais aussi énormément de ferveur. Maintenant que je me trouvais en métropole, dans une véritable salle de cours, j'étais confrontée à une réalité dissemblable. L'administration m'avait placée dans une classe avec des enfants plus jeunes que moi. Une autre élève avait pour mission de m'aider. Celle-ci prenait son rôle très au sérieux. Elle s'empressa de me montrer tous les sujets qu'ils avaient traités ces dernières semaines. Elle parlait lentement, si lentement que chaque syllabe se dissociait de la suivante. Après quelques minutes, elle me chuchota : est-ce que tu comprends le français ?

Je passai l'intégralité des récréations et de la pause déjeuner à chercher Joseph, sans succès. Personne ne pouvait dire où il était. Élizabeth commençait à croire que j'avais inventé son existence. Ce n'est qu'à la sortie des classes que je le vis, la mine fourbue, entouré d'autres résidents du foyer. Il refusait de parler de sa rentrée. Plus j'insistais, plus le trouble qui l'habitait semblait grandir. Ses doigts tremblaient sans que je sache si c'était sous le coup de la peur ou de la colère. Finalement, je lui déclarai qu'il n'avait pas à me dire quoi que ce soit. Il était grand, maintenant, et l'homme de la famille. Cette idée le consola un peu. À la fin de la semaine, il m'avoua qu'un groupe de garçons s'était moqué de lui et que, depuis, il se réfugiait dans un couloir déserté de l'école.

« Pourquoi est-ce qu'ils t'ont embêté, exactement ? l'interrogeai-je.

— Je ne sais pas, dit-il en haussant les épaules. À cause de mon nez. »

Pendant que nous luttions, Joseph et moi, pour nous faire une place à Guéret, notre grande sœur s'épanouissait. Patricia s'était liée d'amitié avec un tas de filles de son âge, dont les premières préoccupations semblaient être les garçons et le dernier album de Joe Dassin. Nous assistâmes silencieusement à sa transformation. Cela commença par sa façon de parler. Elle camoufla son accent créole en raccourcissant certains sons et en en allongeant d'autres. Quand je l'apercevais dans le foyer, elle se pavanait habillée de jupes en jean et de bottes qui ne lui appartenaient pas. Cette vision m'inspirait une répulsion instinctive, irrépressible. Patricia ne s'en rendait pas compte. Au contraire, elle était déterminée à ce que je la suive dans cet effacement identitaire. « Vous devez faire attention à votre comportement et votre apparence, Joseph et toi, conseillait-elle. C'est très important ici. Sinon, ne venez pas pleurer parce qu'on rigole de vous. »

Aujourd'hui, je ne doute pas de ses bonnes intentions. Patricia avait découvert l'unique moyen de survie efficace et le partageait avec nous, dans l'espoir de faciliter notre intégration en métropole. Mais je n'étais pas prête à m'assimiler ni à m'habituer à la vie au foyer. Très peu de personnes y arrivaient. On les reconnaissait à l'aisance déconcertante avec laquelle elles se déplaçaient dans l'établissement et à l'expertise avec laquelle elles accomplissaient les tâches et activités qui leur avaient été attribuées. Elles ne manquaient jamais une occasion de nous donner des conseils de survie.

« Tant que tu es là, autant vivre du mieux que tu peux », m'avait dit l'une d'elles.

Pourtant, à la moindre voiture qui stationnait devant l'établissement, elles étaient les premières à se ruer aux fenêtres, à espérer que l'on vienne enfin les chercher. C'était quelquefois le cas. Alors l'heureux élu réunissait ses affaires à la hâte, criait adieu à ses compagnons de fortune et courait rejoindre sa famille d'accueil. Parfois, il y restait pour de bon, et nous ne le revoyions plus. Mais souvent, nous assistions au processus inverse. Un véhicule qui se garait, un enfant qui descendait, tenant dans sa main la même valise qu'à l'aller. Le directeur l'accueillait, en plus de la famille qui le ramenait, avec une courtoisie affectée.

« Vous connaissez le chemin », disait-il avant de les accompagner à son bureau.

Depuis les chambres et les couloirs, on contemplait la scène, on s'interrogeait. Qu'est-ce que l'adopté avait bien pu faire ? Qu'est-ce qu'il avait pu dire ?

Ces questions restaient sans réponse, personne n'osant interpeller les concernés. Je l'aurais évidemment fait si on m'en avait donné l'opportunité. Mais Patricia était convaincue que c'était une mauvaise idée : « Ils doivent être suffisamment tristes comme cela. Ils n'ont pas besoin que tu les bombardes de questions en plus. » Plus tard, je la maudirais de ne pas m'avoir laissée mener mon enquête. J'étais persuadée que, si j'avais été prévenue de la bonne conduite à avoir, de toutes les épreuves qui attendaient les adoptés, notre sort à tous aurait été différent.

25e anniversaire de la mort de Joseph Gosse

Le 2 décembre 1993 s'éteignait Joseph Gosse. Vingt-cinq ans après sa mort, le monde de la littérature commémore le poète maudit et les hypothèses sur les circonstances de sa mort continuent d'affluer.

L'auteur a laissé derrière lui une œuvre foisonnante, et en grande partie responsable de la conversation actuelle autour des « enfants de la Creuse ». Gosse faisait partie des 2 000 enfants et adolescents à avoir été immatriculés de force et déplacés dans des départements métropolitains victimes d'exode rural. Contrairement à certains d'entre eux, l'écrivain ne retournera jamais sur l'île de La Réunion. Joseph Gosse est mort en 1993 sans se douter du succès que rencontreraient ses compositions. Sa poésie, à la fois sentimentale et violente, parle pour lui.

Des hommages lui seront rendus à Saint-Denis ce mercredi avec dépôt de gerbe et lecture de ses poèmes par le ministre de la Culture, en présence de la famille biologique de Joseph Gosse.

Extrait d'*ActuaLitté*, le 25 novembre 2018

Je-nèse

Je suis mort avant d'être né
Le corps bleu de ne pas avoir connu
L'amour de ma mère, son cordon
Toujours autour de mon cou
Je suis mort avant d'être né
Et j'ai bien peur que ce décès
Ait été mon meilleur souvenir.

(...)

Danse avec tes chaînes, Joseph Gosse, éditions Fresnel (1995)

Je sais que mon enfance m'attend à l'autre bout de ce vol. Qu'elle m'appelle depuis les fins fonds de cette rue dionysienne dans laquelle je l'ai abandonnée, il y a de ça plus de cinquante ans. Je sais tout cela, aussi ne suis-je pas pressée de monter dans l'avion. Je trépigne. Mes pieds me traînent à travers le tarmac de l'aéroport Charles-de-Gaulle avec une lenteur si remarquable, si singulière, que tu te précipites pour m'aider. Je devine à la lueur de tes yeux que tu t'inquiètes de me voir trépasser. Une angoisse tout à fait compréhensible. Je la partage.

« Ça va, te dis-je alors que ton bras se glisse sous le mien. Ça va.

— Oh, je ne m'en fais pas pour toi. Je n'ai pas envie que tu gênes les autres voyageurs, voilà tout. »

Comme pour illustrer ton propos, tu jettes un regard vers la masse humaine qui entoure déjà l'avion. Ils sont nombreux à faire les cent mètres pour rejoindre l'appareil. Chaque minute de leurs vacances compte. On reconnaît que ce sont des touristes, et non des natifs retournant au bercail, à leurs chemises : d'immondes morceaux de polyester aux motifs fleuris qui dépassent de par-dessous leurs imperméables, comme un aperçu des jours à venir. Pour certains, la vie est aussi simple que cela. On prend un avion vers une destination lointaine, ensoleillée de préférence, puis on se défait de son passé et de son anorak au moyen d'une savante secousse des épaules.

Cela débute dès que les valises et les sacs sont rangés par-dessus leur tête. Tous les touristes se mettent à enlever leurs vêtements un à un pour découvrir des torses velus, des mains ridées et des bras pâles. Je fais le choix de garder mon manteau. À quelques minutes du décollage de l'avion, une hôtesse qui vient vérifier le bouclage des ceintures me demande si je n'ai pas trop chaud, habillée de la sorte. Sa voix dégouline de condescendance. Alors que j'avais à peine vingt ans, une vieille amie m'avait prévenue que, passé un certain âge, le monde vous perçoit comme stérile et inapte. Je suppose avoir atteint ce stade.

« Elle est frileuse, lui réponds-tu avec un sourire. Elle l'enlèvera plus tard. »

La femme te sourit poliment avant de partir. Tu te tournes vers moi et remarques mon exaspération.

« Ta mauvaise humeur va passer dès qu'on va atterrir. Tu vas voir.

— Après douze heures d'avion ? raillé-je. Je n'en serais pas aussi sûre que toi. »

Mon scepticisme ne parvient pas à diluer ta joie. Un sourire benoît étire tes lèvres alors que tu fais défiler les dernières tendances sur Twitter. Rien de nouveau, sinon l'annonce d'une manifestation contre l'augmentation des prix du carburant. Les Français trouveront toujours le moyen de se plaindre.

Mon regard se perd dans la cabine et croise celui d'une petite fille, assise une rangée plus loin côté couloir. Elle n'a pas plus de dix ans. L'une de ses canines est manquante et elle tient une poupée Barbie dans la main. Parce qu'elle continue à soutenir mon regard, je me sens obligée d'engager la conversation.

« Bonjour. »

Ses yeux s'écarquillent. J'ai pourtant fait l'effort de prendre ma voix la plus mielleuse, celle que je réserve pour les démarches administratives et les discussions avec les enfants en bas âge.

« Comment tu t'appelles ? » insisté-je.

Elle hésite à me répondre. Deux mains de femme se matérialisent depuis l'autre côté des sièges, deux mains si longues et opalines qu'elles auraient bien pu appartenir à un fantôme, et qui emportent la petite fille hors de mon champ de vision. J'entends une voix lourde de reproches lui murmurer : « Ne parle pas aux étrangers. » Je me tourne vers toi, mais ta tête reste résolument penchée sur ton téléphone.

L'avion décolle dans un tremblement médiocre, à peine perceptible pour les habitués, mais qui m'effraie au point que je t'attrape l'avant-bras. Si ce geste te fait rire, c'est à peine si j'arrive à te décocher un sourire. Je sens immédiatement que cette secousse a disloqué quelque chose en moi, sans que je sache déceler quoi. Ce dont je suis certaine, c'est que j'ai la poitrine qui se serre, les jambes qui tressaillent. Et une envie folle de sauter hors de l'avion. Je commande un café aux hôtesses de l'air.

Pendant les onze heures qui suivent notre départ, nous sommes seuls au monde. Il ne reste plus rien de la vie terrestre, à part toi, moi, les stewards, et les touristes en chemise hawaïenne. Les pilotes pourraient ne pas exister, cela ne ferait aucune différence. Au fur et à mesure du vol, je me familiarise avec les individus qui peuplent la cabine – un peu par curiosité, surtout par nécessité. Mon malaise ne cesse de grossir et de s'élever dans les vallons de mon âme tel un ballon à gaz. Je tente de me concentrer sur les passagers. Leurs personnalités se révèlent à moi au travers des conversations qui bercent la cabine. Le sexagénaire devant nous, par exemple, déteste les fruits de mer. Une femme, quelques mètres plus loin, vient de divorcer. Elle part en voyage pour rencontrer son nouvel amant. Et la petite fille, celle qui m'a dévisagée comme si je provenais d'une autre planète, s'appelle Emma. En septembre dernier, elle est rentrée en CE1. Ou en CM1. Je ne sais plus.

Après plusieurs heures, l'anxiété et la fatigue me brouillent l'esprit, j'ai du mal à suivre. Toi, tu dors déjà. Ta lourde tête a basculé sur mon épaule, elle glisse de temps à autre, mais réussit toujours à retrouver son socle. À mon tour je m'appuie contre toi, contre cette chevelure dense et rêche que je couvrais d'huile de coco autrefois. Aujourd'hui, tes cheveux sont imprégnés d'une odeur chimique, méconnaissable. Mes yeux se ferment.

Plus tard, c'est mon grand frère Michel qui me réveille. Il est bien plus petit et plus fin que dans mes souvenirs. Dans sa main gauche, il tient un paquet de bonbons à la réglisse dont je ne reconnais plus la marque. Dans la droite, un journal trouvé à l'arrière d'un siège. La date indique que nous sommes en octobre 1974.

« T'as faim ? » me demande-t-il avec impatience.

Sa voix n'a pas encore complètement mué. Elle oscille entre l'aigu et le grave, entre l'enfance et l'âge adulte. Ses traits semblent hésiter, eux aussi. Une ambition illusoire illumine son regard, mais sa bouche est tordue par l'amertume. Quel âge a-t-il ? Quatorze ans ? Quinze ?

Il répète sa question.

Par instinct, mon regard s'abat sur mon estomac. Voilà longtemps que je n'arrive plus à discerner les mécanismes de mon propre appétit, et je ne saurais reconnaître la faim autrement qu'en constatant l'état de mon ventre. Je suis surprise par l'étroitesse de mon corps, l'apparente fragilité de mes mains sur mes genoux. Tellement d'os et de veines pour un si petit être. Je lui fais signe de la tête que non, je n'ai pas faim.

« Demande à Joseph, alors. »

Après un instant d'incompréhension, il me désigne un point là, sur ma gauche, et je me demande comment j'ai fait pour ignorer la présence de notre frère défunt jusque-là. Évidemment, il est assis à la même place que tu occupes aujourd'hui. Évidemment, il s'est endormi lui aussi. J'essaie de renifler ses cheveux, qu'il a crépus et emmêlés, mais rien n'y fait. Je touche son genou du bout des doigts.

« On est déjà arrivés ? » me demande-t-il, les yeux encore clos.

Sa passivité m'agace. Je me mets à ébranler sa jambe, puis à la secouer. Mais ses yeux refusent de s'ouvrir.

« On est arrivés, Marie ? » répète-t-il.

Enfant, Joseph était capable de s'endormir n'importe où, n'importe quand. Les bancs de la paroisse Saint-Esprit, son bac à jouets, le panier de linge sale. Mariette, notre mère biologique à tous, aimait dire, pour plaisanter, qu'il était né plongé dans un profond sommeil. Les docteurs n'en revenaient pas, disait-elle. Ils voulaient le garder coûte que coûte, affirmant qu'il était un miracle de la science, et papa avait dû se battre pour le ramener à la maison.

Joseph ne se défit jamais véritablement de cette mauvaise habitude. Il dormait aussi le jour où la femme était venue.

C'était l'heure de sa sieste, et j'étais partie jouer au football avec Michel et Patricia sur la plage. Ou plutôt : Michel et moi jouions au football sur la plage tandis que Patricia faisait mine d'assumer le rôle de gardien de but. Son regard fixé sur l'horizon et ses mains profondément enfoncées dans les poches de son pantalon, elle donnait l'impression d'être plongée dans une méditation des plus tourmentées. Mais nous y étions habitués.

À dix ans, elle avait prétendu entretenir une relation privilégiée avec le ciel, de sorte qu'elle pouvait y lire toutes sortes de choses : les pensées des passants, la nature de leurs sentiments, leur passé et même leur avenir. Tout y était inscrit, et elle était la seule, d'après elle, à pouvoir déceler ces secrets. Certains enfants du quartier s'étaient montrés si désespérés d'en connaître plus sur leur destinée qu'ils l'avaient priée de leur dévoiler quelque chose à leur propos, n'importe quoi, en échange d'argent dérobé du sac de leur mère. Bientôt, les parents eurent vent de la supercherie et nous fûmes tous punis de sortie pendant une semaine. Patricia cessa de nous dire ce qu'elle voyait là-haut.

Mais il est possible qu'elle ait lu quelque chose dans la forme des nuages cet après-midi-là, une prédiction tellement inquiétante qu'elle nous força à rentrer plus tôt que prévu. Son ton alarmé imposait l'obéissance.

À cette heure de la journée, peu de gens s'aventuraient dans le quartier du Chaudron. Il faisait trop chaud, trop humide. Les rayons obliques du soleil frappaient les 2 CV garées sur l'avenue Leconte-de-Lisle de sorte que des reflets irisés zébraient le trottoir. Je sautais dans les flaques de lumière, les pieds nus et criblés de sable, et riais aux éclats chaque fois que Patricia me demandait de marcher normalement. Ce ne fut qu'en approchant de notre immeuble que je me tus enfin.

Lorsque nous rentrions chez nous, nous prenions soin de monter l'escalier en silence. Il ne fallait pas que notre voisine nous entende.

Malheureusement, ce jour-là, Madame Ramakevelo se trouvait déjà sur son palier. Avec ses bras chargés de riz, son bébé fermement accroché dans son dos, elle paraissait prête à partir en pèlerinage. Elle ne faisait que rendre visite à l'une de nos voisines. Michel se proposa pour l'aider, mais elle fit mine de ne pas l'entendre.

« Où est mon amoureux ? demanda-t-elle. Vous ne l'avez pas emmené avec vous ?

— Non, répondit Michel. Il fait la sieste. Madame, si vous avez besoin d'un coup de main...

— Non, non. Vous feriez mieux de rentrer chez vous, de toute façon. »

Madame Ramakevelo n'aimait pas nous voir sortir seuls. Elle n'aimait pas non plus que notre mère ne cherche pas à se remarier depuis la mort de notre père, et qu'elle passe son temps à travailler dans une filerie au lieu de s'occuper de nous. La relation qu'elle entretenait avec son propre mari était nocive, instable, mais au moins son foyer bénéficiait d'une présence masculine, contrairement au nôtre.

Je ne me souviens plus de qui ouvrit la porte d'entrée. Dans mes souvenirs, elle se déplaça de son propre chef, révélant d'une manière théâtrale la femme assise dans le salon. Son tailleur trop cintré, en plus de ses chaussures trop cirées, trahissait le fait qu'elle ne venait pas de notre quartier. À notre arrivée, elle ne put s'empêcher de resserrer contre sa poitrine le sac qu'elle avait sur les genoux.

« Bonjour, dit-elle d'une voix si affable qu'elle paraissait ne pas lui appartenir.

— Vous êtes qui ? »

Aussitôt que j'eus posé cette question, Michel me pinça l'avant-bras. Nous n'avions pas le droit de parler aux étrangers.

Monmon apparut dans le salon. Je ne conserve pas de souvenir précis du visage de Mariette, aussi me référerai-je toujours à l'unique photo que je possède d'elle : celle de son mariage. Ses cheveux noirs sont brossés en une large ruche sur le haut de sa tête. Elle porte une robe blanche qui a l'air d'avoir été cousue pour elle tellement celle-ci sied les courbes de sa poitrine et de ses hanches. Notre mère possédait un don de la nature qui lui permettait de porter n'importe quoi et de ressembler à une mannequin. C'était, d'ailleurs, ce qui avait séduit notre père à leur rencontre. Il l'avait remarquée à une fête dansante à Saint-Denis et n'avait eu d'yeux que pour elle toute la soirée. Il se trouve sur la photo, lui aussi, bien qu'il ne rayonne pas de la même façon. Ses traits sont tirés, sévères, à l'instar d'un soldat qui s'apprête à mener bataille. Le cliché est en noir et blanc, mais je n'ai pas besoin de couleurs pour reconnaître son costume en tweed marron préféré, celui qu'il mettait pour se rendre à l'église, au marché ou encore à son travail à la Compagnie des chemins de fer réunionnais. Quand on l'a enterré, il portait ce costume-là aussi.

Il est au paradis, nous répétait Monmon. Il est au paradis et, si nous sommes bien sages, nous finirons par le retrouver. Aujourd'hui je doute de la véracité de ces paroles, mais j'espère que, si un tel endroit existe quelque part, ils s'y trouvent ensemble.

Dans mes souvenirs, donc, je vois ma mère entrer dans le salon vêtue de sa robe de mariée. Elle nous regardait, nous regardions la femme et la femme nous regardait. Le cercle se brisa seulement lorsque Joseph fit son entrée, émergeant soudain de l'obscurité de notre chambre. Ses yeux encore gonflés de sommeil peinaient à rester ouverts, mais il se refusait de quitter l'étrangère du regard. J'ignore si la femme trouva ce spectacle émouvant ou tout simplement pathétique, mais elle parut se détendre. Elle s'agenouilla face à nous et se présenta. Son prénom était Carole et elle travaillait pour le gouvernement français. Carole affirma plus d'une fois qu'elle était là pour nous aider. Son ton me convainquit que nous avions en effet besoin d'aide, même si je ne savais pas exactement pour quoi. Pendant un instant, elle parut vouloir se pencher pour nous embrasser, mais elle se ravisa. Nous nous présentâmes à elle par ordre décroissant, comme notre mère nous avait appris. Michel, Patricia, Marie-Thérèse, Joseph.

« Dans la chambre maintenant, dit Monmon.

— Pourquoi ? » demandai-je et, là encore, Michel me pinça le bras.

Je finis par le suivre hors du salon, non sans lancer plusieurs regards inquisiteurs en direction de Carole. L'assistante sociale continuait de me regarder, un léger sourire se formant sur son visage.

Michel n'avait pas encore fermé la porte que nous nous précipitions déjà pour y appuyer nos oreilles. Le flot de paroles parvenait à peine à traverser le maigre panneau de bois qui nous séparait de la scène. Chacun comprenait des choses différentes. Patricia déclara avoir entendu le nom de notre père. Michel rapporta qu'on parlait de la France. Joseph évoqua les mots « écoles », « chance » et « enfants ». Moi, je n'entendais rien de tout cela. Je n'entendais rien sinon les pleurs étouffés de notre mère. Au fil des années, j'avais appris à les reconnaître.

La discussion dura longtemps. Il dut y avoir un échange d'arguments, des statistiques, des mots dont ma mère ignorait la définition. Et enfin, la signature du contrat. Quel type de stylo utilise-t-on pour vendre une vie ? Un stylo Bic ? Un feutre noir ? Je me demande si ce stylo existe encore, quelque part. S'il se trouve au fin fond d'un meuble des années 60, ou dans le sac d'une grand-mère réunionnaise. Et s'il lui reste toujours un peu d'encre.

Je n'en pouvais plus d'attendre. Je voulais savoir de quoi il s'agissait. Alors, sans prendre le temps de consulter les autres, j'ouvris la porte et entrai dans le salon. Carole rangeait déjà ses affaires. Ma mère était assise sur son fauteuil préféré, celui que nous avions récupéré devant l'immeuble et qui sentait l'eau de Javel et la cigarette. Elle détournait résolument la tête vers la fenêtre. Je me sentis obligée de m'excuser.

« Pardon, dis-je. Je voulais juste aller aux toilettes. »

Elle ne me répondit pas, mais Carole, si.

« Il n'y a aucun problème, trésor. Ta mère et moi avons fini de discuter, de toute façon. D'ailleurs, j'ai quelque chose pour toi... »

Elle se pencha vers son sac avec lenteur, pour ne pas m'effrayer peut-être. Ensuite elle me tendit du bout des bras un morceau de papier si fin qu'il faillit m'échapper des doigts. C'était une photo d'un bâtiment que je ne connaissais pas, avec des gens que je ne connaissais pas non plus. Je dus la regarder avec confusion, car elle précisa :

« C'est Notre-Dame de Paris.

— Je sais, répondis-je, alors que je ne savais pas du tout.

— C'est magnifique, là-bas. Tu verras. L'une des plus belles merveilles du monde. »

J'acquiesçai. Puis je la regardai partir. La hauteur de ses talons faisait qu'elle avait du mal à appréhender le sol de notre appartement qui, en plus d'être inégal, était jonché de bibelots, de cartons et de détritus. Lorsqu'elle atteignit la porte d'entrée, elle se tourna vers nous une dernière fois. Ses cheveux blancs brillaient sous la lumière criarde du couloir. À bientôt, dit-elle. Et elle disparut. La musique de ses talons s'éteignit au fur et à mesure qu'elle descendait l'escalier, au fur et à mesure qu'elle s'éloignait de nous. Je ne la revis jamais.

Comme à son habitude, Monmon se mit à faire la cuisine afin d'évacuer le stress. Elle aligna sur le comptoir une rangée d'oignons qu'elle trancha les uns après les autres, sans même attendre que celui qu'elle avait devant elle soit découpé pour s'attaquer au suivant. Je m'approchai. La danse du couteau ralentit pour s'arrêter complètement. Les yeux rougis par les larmes, elle me sourit.

« Va chercher les autres, dit-elle. C'est bientôt prêt. »

Ode à la mère du Petit-Poucet

Il n'est pas de mère plus aimante
Que celle qui vous abandonne
Au beau milieu des bois, l'endroit
Même où s'oublient les ombres
Et les rêves de nos enfances

Il n'est pas de mère plus héroïque
Que celle qui cède et vous quitte
En sachant qu'elle ne possède rien
Que les monstres de la forêt
Ne peuvent déjà vous offrir

Danse avec tes chaînes, Joseph Gosse, éditions Fresnel (1995)

Mariette nous abandonna un dimanche, après la messe. Cette journée, qui fut certainement très longue et très éprouvante pour elle, me parut s'écouler en un clin d'œil.

Elle nous avait expliqué son raisonnement, ou plutôt celui que lui avait inculqué l'assistante sociale, à l'aide de mots et d'images simples : nous irions en France, ferions des études. De bienveillants inconnus s'occuperaient de nous en son absence et nous reviendrions la voir à chaque opportunité pour lui raconter nos aventures en métropole.

C'était pour notre bien, répétait-elle. C'était le bon choix.

Madame Ramakevelo partageait cet avis. Avant notre départ, elle vint porter une assiette débordante de gourmandises malgaches. Nous prenant les uns après les autres dans ses bras, elle nous promit, comme notre mère, comme l'assistante sociale, des vies et des carrières brillantes, de celles qui ne peuvent exister qu'en métropole. Je considérais avec intérêt les offres d'emploi qui m'étaient déjà faites. Docteur, professeur, avocate, politicienne. Tout cela me semblait si atteignable, si réel désormais. Je ne te l'ai jamais dit mais, de nous quatre, j'étais certainement la plus enthousiaste à l'idée de quitter La Réunion. Cela était surtout dû à la photo. Depuis que Carole me l'avait donnée, celle-ci restait pliée au fond de ma poche comme le plus beau, le plus terrible des secrets. Je la sentais se frotter à ma jambe cependant que je marchais. Et ne pas la regarder représentait alors un supplice. Pourtant, je n'avais pas besoin de l'extraire de mon pantalon pour la voir. Je l'avais tellement scrutée que ses couleurs s'étaient presque imprimées sur mes pupilles. Des gens habillés en tenues d'hiver qui arpentent la place de Notre-Dame. Aucun regard ne se tourne vers l'église. Ils ont tous pris l'habitude. Et surtout, ils ont tous un endroit où se rendre. Des proches qui les attendent. À chacune de ces ombres, j'assignai une existence aussi prometteuse que la mienne. Cet homme était médecin, cette femme journaliste, cette autre silhouette directrice des écoles.

Je ne les connaissais pas, et pourtant j'avais décidé que je voulais être comme eux. Porter un long manteau noir, un sac en cuir, un sourire savant aux coins des lèvres. Moi aussi, je désirais être pressée. Moi aussi, j'espérais être attendue quelque part. Et je l'étais désormais : la métropole me tendait les bras, je n'avais plus qu'à faire mes valises et quitter l'île.

Tandis que Monmon rangeait nos quelques affaires, je lui confiai combien j'avais hâte que nous ayons notre propre maison à Paris.

« *Na in zour i apèl demin*, me répondit-elle. La roue tourne. Michel, tu ne vas tout de même pas prendre ce ballon crevé avec toi ? »

Un long chemin dentelé de roses menait à la pouponnière de la Providence. C'était un bâtiment blanc aux portes et aux volets acajou, de même que la chapelle qui lui était attenante. Michel lut d'un ton moqueur l'inscription gravée au-dessus de l'entrée : « La Providence veille sur nous. » Il était à l'âge de l'ironie et du sarcasme, moi j'étais à celui de l'innocence et du questionnement. Aussi lui demandai-je la définition du mot Providence, et de m'expliquer ce qu'il y avait de drôle dans une telle phrase. À son habitude, il m'ignora. Ma mère aussi. En fin de compte, ce fut Patricia qui me recommanda de poser moins de questions.

C'était facile à dire pour elle. Jamais elle ne cherchait à aller au bout des choses, à s'interroger sur le monde qui l'entourait. Elle préférait accepter les choses ainsi qu'elles se présentaient à elle. Notre mère pleurait devant nous et Patricia ne paraissait ni confuse ni inquiète. Elle lui dit adieu et clôtura ce chapitre de sa vie.

La première nuit chez les sœurs, je passai des heures à regarder la photo de Notre-Dame. Je pouvais deviner, à la lumière de la lune, les corps qui se déplaçaient, les deux tours du bâtiment sacré, et cela me rassurait. Une dizaine d'autres enfants dormaient autour de moi, étendus sur des matelas à même le sol. Leurs respirations saccadées se mêlaient à l'air lourd de transpiration, de parfums, de pisse aussi. Il y avait des marques sur les murs. Des traces de doigts. D'autres personnes avaient dû occuper ces dortoirs avant nous. Combien exactement ? Venaient-ils également de Saint-Denis, ou bien du tréfonds de l'île ? Y aurait-il assez de postes d'avocats à Paris pour nous tous ? Le papier photo tremblait dans mes mains.

« *Kosasa* ? »

Le ton autoritaire de Michel me fit sursauter. C'était dans ces moments que je réalisais combien il ressemblait à notre père. Les mêmes traits durs, anguleux. Parfois, il suffisait d'un changement de lumière pour que j'aie peur de lui, quand bien même je savais qu'ils étaient tous les deux très différents.

« Rien », répondis-je.

Je vis à son regard et à sa mine contrariée qu'il ne me croyait pas.

« Fais attention », se contenta-t-il de me dire.

Toute la semaine, Michel avait essayé de nous cacher sa frustration et son effroi. Il n'avait pas souhaité partir. Il n'avait pas donné son accord. C'était à peine si Mariette l'avait consulté. Lui qui avait si gracieusement accepté, après le décès de notre père, le titre d'homme de la famille, le voilà qui redevenait tout à coup un adolescent de quinze ans parmi tant d'autres. Néanmoins, il se réconfortait à l'idée qu'il demeurait l'aîné, et que cette seule appellation lui octroyait un certain nombre de privilèges. Il pouvait parler en notre nom, prendre des décisions importantes tout en se dédouanant de toute responsabilité lorsque les choses tournaient au vinaigre. « Je l'avais bien dit » était sa phrase préférée. Il l'employait quand Patricia, Joseph ou moi nous blessions. Il la prononça aussi ce soir-là, à l'entrée du dortoir, au moment où les sœurs de la Providence nous annoncèrent qu'elles n'avaient que très peu de places. J'avais dit qu'on n'aurait pas dû venir. Joseph l'observa avec des yeux ronds comme des soucoupes.

Tard dans la nuit, il se mit à sangloter. Alors je l'invitai à s'approcher, à se nicher contre moi, et je lui montrai la photo à peine discernable dans la pénombre.

« Regarde, Joseph, c'est là qu'on va. Paris. C'est beau, hein ? Tu vas voir, ça va être génial. »

Je lui chuchotai mille et une illusions à l'oreille. En métropole, l'ennui n'existait pas. On prendrait des chocolats chauds sur des terrasses. On irait jouer au football sur des terrains plus grands que n'importe quelle plage de La Réunion. Ses tremblements s'atténuèrent. Le rythme de sa respiration aussi. Il plongea dans un sommeil terriblement calme. À quelques centimètres de nous, Michel soufflait et pouffait d'exaspération. Patricia avait la tête tournée vers la fenêtre. La nuit de la pouponnière nous engloutit tout entiers.

Chaque matin, les pas des sœurs dans le couloir de la pouponnière précédaient les carillons des cloches. Les religieuses se réveillaient avant l'aube, comme si le Seigneur les avait prévenues du début de la journée. Elles devaient être plusieurs dizaines à s'occuper de nous, pourtant ma mémoire les cantonne en deux catégories distinctes. La première, ma préférée, était celle de la jeune femme douce, attentive. Elle ne pouvait s'empêcher de se montrer tendre avec nous en raison de son âge et de son manque d'expérience en matière enfantine. Ces sœurs-là nous souriaient, elles encourageaient nos jeux et prenaient leur mal en patience face à nos caprices. Ensuite, il y avait les plus âgées. Elles faisaient preuve d'une implacable autorité et n'hésitaient pas à nous punir. Aujourd'hui, je reconnais cette animosité pour ce qu'elle était vraiment : de la crainte. Elles ignoraient tout de notre passé, de notre futur, de ce qu'il adviendrait de nous lorsque l'on viendrait nous chercher. Cette incertitude les rongeait de l'intérieur. Elles s'imaginaient qu'elles nous préparaient à faire face à l'adversité et, en cela, elles avaient sûrement raison. De plus, elles priaient matin, midi et soir en nos noms. Quand Michel rechigna, la première nuit, à s'adresser à Dieu, une d'elles lui affirma : « À ta place, je Lui parlerais tout le temps. Tu vas avoir besoin de Lui, crois-moi. »

Abstraction faite de ces quelques différences d'attitude, les nonnes se ressemblaient toutes. Elles portaient une tunique bleue fermement attachée à leur taille au moyen d'un chiffon ou d'une ceinture en corde. Un scapulaire pendait à leur cou et un voile, gris ou blanc, selon leur statut, dissimulait leurs cheveux. Les sœurs passaient leur temps à déambuler fiévreusement dans les couloirs, ne s'arrêtant que pour saluer les statues des figures religieuses avec une familiarité désarçonnante, comme si elles faisaient signe à des collègues de travail. De mon côté, je nourrissais une haine infondée pour ces sculptures. À tous mes passages, je m'assurais de leur montrer mon aversion en leur faisant d'affreuses grimaces. Un acte qui faisait rire Michel et Joseph, mais pas Patricia, qui avait toujours craint le courroux de Dieu.

« Ne fais pas ton *babacoute*, Marie-Thérèse. » Il n'y avait pas grand-chose à faire à part singer des statues, prier le Seigneur et attendre. Au moins, les températures étaient douces en cette période de l'année. Nos derniers jours à La Réunion furent passés sous un soleil clément, empathique. Il y avait, au milieu de ce petit monde, une cour qui nous servait de repère, un morceau de verdure avec vue sur le ciel. De temps en temps, la silhouette d'un avion s'invitait dans le paysage. J'étais persuadée qu'il s'apprêtait à atterrir là, parmi les fougères et les orchidées, et qu'il serait lourd de promesses et d'un équipage prêt à nous accueillir. Étant donné que ces machines n'avaient jamais été que des points dans l'horizon, je m'imaginais qu'elles ne devaient pas prendre tant de place que cela.

D'autres enfants se trouvaient dans l'attente de ce miracle ailé. Ils nous ressemblaient plus que nous voulions l'admettre. Peau tannée, vêtements élimés et poussiéreux, ongles noirs de terre. Beaucoup étaient plus jeunes que moi. Dans notre dortoir, un bébé d'à peine six mois pleurait chaque heure de la journée. Les enfants se reléguaient pour le prendre dans leurs bras, le bercer et lui chanter des comptines que leurs parents leur avaient apprises.

Mes frères, ma sœur et moi n'osions parler à personne. Nous restions toujours tous les quatre ensemble, inséparables. Une jeune religieuse se montra émue face à notre unité. « Quelle chance vous avez, dit-elle. Soyez bénis. » Si elle vit encore, et rien n'en est moins sûr, je doute fortement qu'elle se souvienne de ce temps-là, de ces quatre gosses qui refusaient de participer aux activités quotidiennes. Elle en a vu tellement d'autres ensuite. Chaque nonne se chargeait d'un box comptant une vingtaine d'enfants. Les dortoirs, comme on les appelait, n'étaient en vérité que de minces pièces aux murs étiolés et aux matelas posés là où il y avait la place. Deux commodes empilées prenaient la poussière dans un coin. Tôt le matin, le soleil s'infiltrait par la fenêtre dénuée de rideaux et inondait la chambre d'une lumière blanche et mousseuse. Avec elle éclataient des hurlements, des pleurs et, à l'occasion, des rires d'enfants. Je me réveillais en sursaut et vérifiais la présence de mes frères et de ma sœur à côté de moi. Un, deux, trois. Puis je me rallongeais et attendais que Michel, le plus âgé et le plus paresseux d'entre nous, sorte de son sommeil. Les jours se suivaient avec une douce et paisible uniformité qui ne ressemblait pas au bonheur, mais qui n'était pas la misère non plus.

L'après-midi, nous avions pour instruction de faire la sieste dans les dortoirs. C'était mon activité favorite, la seule à même de faire passer l'attente. Mon esprit était libre d'oublier ma mère, le quartier du Chaudron, et de vagabonder à travers les rues pavées de Paris.

Mes frères et ma sœur, quant à eux, réprouvaient ce moment de la journée. Pour Michel et Patricia, la simple suggestion d'une sieste relevait de l'outrance. Ils avaient passé l'âge. Pendant plus d'une heure, ils demeuraient les yeux résolument ouverts, à attendre l'heure du goûter. Joseph les imitait. En dépit de ses qualités de dormeur, il refusait de trouver le repos à la pouponnière. Question de principe. C'était elle qui l'avait séparé de sa mère. Alors il menait une lutte acharnée contre le sommeil, allant jusqu'à se mordre et se pincer pour rester éveillé.

J'étais donc la seule à dormir quand c'est arrivé. La voix de Patricia, tremblante de peur, me réveilla.

« Marie-Thérèse, debout ! Lève-toi, nom de Dieu ! Joseph est parti ! »

Il me fallut de longues minutes pour comprendre de quoi il s'agissait. Un pari stupide. Joseph avait demandé à rentrer à la maison, chose qu'il faisait quotidiennement depuis que nous étions à la Providence. « Je veux Monmom, gémissait-il, je veux Monmon. » Michel et Patricia, endossant leur rôle d'aînés facétieux, l'avaient défié d'y retourner. Ce n'était pas si compliqué, après tout. Il n'avait qu'à marcher.

Et ce fut exactement ce que Joseph décida de faire. Il s'échappa sans que personne remarque son absence. Après quinze minutes, Michel et Patricia réalisèrent leur erreur.

Nous essayâmes d'abord de le trouver par nos propres moyens en inspectant la cour, les couloirs et les toilettes communes. Sans succès. Nous n'avions d'autre choix que d'informer les sœurs. Au-delà des dortoirs et du jardin, la paroisse nous était inconnue. Jésus, sainte Marie et la myriade d'autres statues qui peuplaient les corridors nous considéraient de leur regard cireux tandis que nous courions, pieds nus, à travers la pouponnière. Deux peurs distinctes nous tiraillaient, celle d'avoir perdu Joseph à jamais, et celle de la réprimande. À la maison, les punitions se réglaient soit à la ceinture, soit au bout de bois. Nous savions mieux que quiconque qu'une bêtise engendrait toujours des conséquences.

« C'est votre faute, dis-je avec colère. C'est vous qui parlez. »

Près de l'entrée de la chapelle, une religieuse arrosait un bouquet de roses du désert. Son activité paraissait si douce, si inoffensive, que nous imaginâmes que cela devait être une personne compatissante. Pourtant, la nonne manqua de nous renvoyer à notre dortoir. Elle nous répéta que nous n'avions rien à faire en dehors du bâtiment. Finalement, au bout de plusieurs minutes de négociations, elle accepta d'organiser une fouille. Quelques-unes de ses collègues examinèrent l'église et ses alentours. Une demi-heure plus tard, Joseph demeurait introuvable.

Nous n'avions pas le droit de participer à sa recherche. Les sœurs nous confinèrent à l'intérieur d'un bureau sordide, dont les murs étaient couverts de crucifix. Elles nous posèrent une série de questions auxquelles je ne savais répondre. Quand Joseph était-il parti ? Pourquoi ? Comment ? Qui était responsable de lui ?

Malgré la relation fusionnelle que j'entretenais avec lui, les raisons derrière la fugue de Joseph me plongeaient dans l'incompréhension. Certes, Monmon me manquait terriblement, et la paroisse était loin d'être une destination de vacances. Mais tout cela serait vite terminé. Bientôt nous reverrions notre mère avec, en prime, maints succès et histoires à lui raconter. Ce tragique optimisme permit à mon moral de subsister quelque temps.

Une sœur finit par trouver Joseph non loin de l'édifice, assis à l'ombre d'un tan rouge. Il était seul. N'ayant pas réussi à retrouver le chemin de la maison, il avait erré pendant plus d'une heure dans le quartier de la Providence. Il s'était caché des passants comme des voitures, sachant instinctivement que n'importe quel adulte responsable le ramènerait à l'église.

Lorsqu'il entra à son tour dans le bureau, il avait la joue rouge et mouillée de larmes. Ses petits poings tiraient sur son pantalon de lin. Il ne répondait à aucune de nos paroles, à aucun de nos regards.

Toutes les sœurs de la congrégation s'adonnèrent en chœur à un interminable sermon. Dire qu'elles étaient affligées par notre comportement serait un euphémisme. On nous offrait une nouvelle chance, et voilà comment on les remerciait. Tandis que nous sortions du bureau, une nonne me prit le bras et me prévint d'une voix sèche : « Si vous voulez survivre en France, il va falloir vous occuper de votre frère. »

Debout dans la cour, presque nus à l'exception des sous-vêtements que nous portions déjà à notre arrivée, nous attendîmes notre châtiment. Les unes après les autres, quatre sœurs renversèrent des litres d'eau glacée sur nos corps tremblants. Le liquide tombait avec une telle densité que ma vision se brouillait. Mon épiderme brûlait de froid. Les cris qui tiraillaient nos gorges résonnaient à travers l'édifice, ils couvraient le tintement des cloches. Nous nous taisions seulement lorsque l'eau nous rentrait dans la bouche, à la limite de l'étouffement. Puis nous reprenions notre souffle et recommencions à hurler.

Le reste de la pouponnière assistait en silence à ce désolant spectacle. Il y avait si peu de divertissement que les punitions constituaient les seuls événements. Les gens en parlaient plus tard, au détour d'un couloir. Tu as vu comment les sœurs ont corrigé ce garçon ? Tu sais ce que cette fille a fait ? On en riait, ou on admirait le courage et l'inconvenance de l'enfant en question. Notre pénitence alimenterait les discussions des prochains jours, des prochaines semaines. Certaines religieuses relateraient les faits avec sévérité, pour dissuader les fugueurs potentiels.

Sur le moment, je crus que l'eau continuerait à jamais de se déverser. J'avais dans l'idée que nous finirions notre vie au milieu de cette cour, condamnés pour l'éternité à être arrosés par les religieuses de la Providence, un sort digne de la mythologie grecque.

Mais la punition prit fin. On nous renvoya dans le dortoir. Trempés. Souillés de honte. Nous nous couchâmes sans manger ni parler. Je n'osais pas regarder les visages de mes frères et de ma sœur, de peur d'y voir refléter ma propre humiliation. Le bébé pleura toute la nuit, et personne n'eut le cœur de le consoler.

À première vue, on aurait pu croire à une sortie de classe. Plusieurs dizaines d'enfants surexcités montant à bord de camionnettes, encadrés par un peloton de bonnes sœurs. Elles nous avaient nantis de vêtements identiques : chemise blanche, jupe ou short gris, béret en laine. Nous portions même des chaussures, des vraies, qui s'attachaient autour de nos chevilles à l'aide de robustes lacets. Je n'avais jamais rien porté de pareil. L'expérience me déplaisait. Ces gros souliers en cuir m'opprimaient les pieds, me refrénaient dans mes mouvements. L'impression d'avoir des enclumes à la place des jambes. Mais les nonnes refusaient que je les retire.

« Tu ne comptes pas arriver à Paris pieds nus, n'est-ce pas ? » me dit l'une d'elles.

L'annonce du grand départ divisa les résidents de la pouponnière. Il y eut une explosion de joie, de pleurs et surtout de questions.

Ce fut Patricia, d'habitude si réservée, qui réagit la première.

« Mais Monmon n'est pas encore là, dit-elle. Elle avait promis qu'elle viendrait nous dire au revoir.

— Vous la verrez plus tard, déclara une sœur avec impatience. Là, il faut y aller.

— *Oublie a moin*, s'écria Michel, sans moi ! »

Bien sûr, nous n'avions pas le choix. Ce choix avait été fait pour nous depuis longtemps. Une fois dehors, je surpris mes aînés en train de chercher notre mère du regard dans l'ombre des filaos et sur le siège passager des voitures qui filaient sur la route. D'autres pupilles faisaient de même. Mais aucun parent n'apparut. Ce fut la première promesse brisée. La première déception d'une longue et douloureuse liste.

Impatientes d'en finir, les sœurs se mirent à bousculer les enfants les plus réfractaires à bord des véhicules. Ensuite elles firent le compte afin de s'assurer que personne ne manquait à l'appel. C'était arrivé une fois, confia l'une d'elles au chauffeur qui ne demandait qu'à s'en aller.

La camionnette démarra au terme de trois violentes secousses, après quoi la silhouette de la pouponnière s'effaça pour de bon. À travers les rétroviseurs, j'aperçus les sœurs qui se tenaient sur le trottoir et se signaient en nous regardant partir. Puis plus rien. Le paysage défilait à toute vitesse autour de nous. Je n'avais jamais vu l'île aussi agitée. La route sinueuse était encombrée de 4L poussiéreuses et de cyclistes roulant au ralenti. On s'arrêtait sans cesse, tantôt à cause de piétons, tantôt à cause d'animaux errants.

« Ils ne veulent pas nous laisser partir », ironisa Michel.

J'essayais de capturer l'essence chaotique et romanesque de La Réunion pour la graver dans ma mémoire, mais je n'y parvenais pas. L'image de ma mère occupait mon esprit. Je pensais l'apercevoir aux quatre coins de Saint-Denis. Elle prenait parfois l'apparence d'une jeune femme au chapeau de paille et à la robe fleurie, parfois celle d'une aînée, assise au bord de la route, en pleine contemplation. Je savais que Joseph faisait de même. Je voyais ses longs cils trembler d'appréhension. Alors je passai le bras par-dessus les épaules de notre sœur et lui caressai les cheveux, comme ma mère faisait pour l'embêter. « Arrête, Marie-Thérèse », m'ordonna-t-il. Et il dissimula son visage derrière ses mains, mais je vis à la courbe de sa joue qu'un sourire s'y était glissé.

Le chauffeur indiqua que nous n'en avions plus pour longtemps. Alors, une mélodie familière emplit peu à peu l'habitacle. Je ne sais qui a commencé à la fredonner, mais très vite nous nous mîmes tous à la chanter. C'était une musique de Georges Fourcade, que je détestais secrètement, car elle vous rentrait dans la tête pendant des jours.

P'tit fleur fanée
P'tit' fleur aimée
Di à moin toujours
Couc c'est l'amour…

L'aéroport de Gillot semblait n'attendre que nous. Aussitôt la camionnette garée, un troupeau d'hôtesses de l'air se déversa sur nous. Elles se chargèrent de porter nos valises, de composter nos tickets et de nous guider sur le tarmac. Leurs visages resplendissaient de compassion, de miséricorde et de grâce infinie. Je me rappelle que l'une d'elles s'ingéniait à complimenter chaque enfant qui avait le courage de croiser son regard. À moi, elle me dit : « Quels beaux cheveux tu as ! » Puis elle passa une main hasardeuse dans le buisson de mes boucles et parut immédiatement regretter cette affirmation.

Avant ce jour, je n'avais jamais vu d'avion posé au sol. Ce que j'aperçus sur le tarmac dépassa de loin mes attentes. Une bête de métal immense, effroyable de grandeur. Elle disposait d'une voilure en flèche et d'un nez de rapace qui lui faisait ressembler à un papangue. Ses quatre turboréacteurs ajoutaient à son allure sublime et menaçante. Émerveillé, Joseph s'agrippa aux jambes de Patricia.

« On va monter... là-dedans ? demanda-t-il.

— Oui, là-dedans, répondit Patricia.

— Tu pensais qu'on y allait à pied ? » souffla Michel.

Joseph prit ma main. Tous ensemble, nous grimpâmes les marches en métal qui menaient à l'appareil, le cœur serré.

Toi qui as tellement voyagé, tu connais la mélancolie propre aux vols des longs-courriers. Tu y as pris habitude. La preuve : tu dors à poings fermés, ta tête tremble contre mon épaule et tu ne t'en rends même pas compte. Mais tu te doutes qu'un avion rempli d'enfants réunionnais dans les années 70 avait une ambiance différente de celle-ci.

La cabine, longue et spacieuse pour l'époque, disposait de deux rangs de trois sièges. Je m'en souviens parce que Michel, faute de place, avait été obligé de s'asseoir à l'opposé de nous. Il en fut un peu vexé au début. Néanmoins, il trouva rapidement chez ses deux voisins les qualités nécessaires à d'excellents compagnons de vol. Ceux-ci piaillèrent et rirent pendant presque toute la durée du vol, ne s'arrêtant que quelques heures pour dormir.

Personne ne m'avait informée de la distance et du temps qui nous séparaient de la métropole. Je ne pensais pas qu'il était possible de passer près de vingt heures dans les airs. Aujourd'hui, alors que je fais le chemin inverse, j'ai toujours du mal à y croire.

J'étais assise sur le fauteuil du milieu. Joseph se trouvait à ma droite, côté couloir ; Patricia était à ma gauche, côté hublot. Ils finirent tous les deux par s'endormir contre moi. Dans d'autres situations, j'aurais dit quelque chose, je me serais plainte de leur toupet et de leur égoïsme. Pourquoi était-ce toujours moi qui faisais office d'oreiller ? Mais, en l'occurrence, leur proximité me rassurait. Car jamais je ne m'étais sentie aussi malade. Les gémissements métalliques de l'appareil me donnaient mal au ventre et à la tête. Mon corps accusait chaque secousse, chaque vibration, comme autant de coups de poing. Ratatinée dans mon siège, j'interpellais continuellement les hôtesses pour leur demander l'heure. Il me semblait qu'elles retardaient volontairement l'atterrissage de l'avion. J'effleurais la photo de Notre-Dame dans ma poche du bout des doigts. Bientôt, me répétais-je. Bientôt.

C'est tremblante d'émotion que je pose le pied sur la terre de mon enfance. Je parle d'émotion, mais l'âge et la maladie y sont peut-être aussi pour quelque chose. Il est huit heures du matin. La calotte de ciel paraît se refermer sur l'île comme un couvercle. Il règne une chaleur insoutenable, de celles qui vous collent à la peau et engourdissent vos membres. J'ai l'impression d'avoir les pieds liés au sol. Serait-ce l'effet du changement climatique ? Ou pire, aurais-je à ce point perdu l'habitude des températures réunionnaises ?

Je refuse de faire partie des touristes, de ces hommes et de ces femmes que je vois se pâmer à la vue du ciel infiniment bleu et des palmiers qui se hissent à l'horizon. À peine leurs pieds touchent le sol qu'ils brandissent leur téléphone, prêts à capturer le moindre détail qui sortirait de l'ordinaire. En les observant, tu me demandes :

« Est-ce que tu te rappelles comment on appelle des métropolitains en créole ?

— Dis-moi.

— Des *z'oreilles*. C'est mignon, non ? Je l'ai lu dans un livre sur le créole.

— Tu en as fait, des recherches. »

Nous progressons avec lenteur à travers les terminaux de l'aéroport Roland-Garros, autrefois Gillot. Il n'existe pas d'endroit plus impersonnel qu'une aérogare. Des kilomètres carrés d'espace vide, renfermés par des vitres immenses, destinés à accueillir des visiteurs sans visage. Les couloirs se ressemblent tous. Je ne saurais même pas dire lesquels j'ai pu emprunter autrefois. Ce qui diffère, c'est l'omniprésence de l'informatique. Tout se numérise et se scanne, jusqu'aux passeports. J'ai du mal à concilier cette modernité au tableau rural que j'avais gardé de l'île.

Une fois à l'extérieur, tu me montres du doigt une statue de bronze qui scinde l'horizon. Plus nous nous en rapprochons, plus le soleil l'illumine de reflets rouges et cuivrés. Ils sont deux. La fille tend une valise vers le ciel, à l'instar d'une offrande. Elle a la bouche déformée par la douleur. Derrière elle se tient un jeune homme, peut-être un frère, un cousin, qui paraît vouloir la rassurer sans savoir comment.

Les mains qu'il pose sur ses épaules ne suffisent pas. Je reconnais leurs vêtements, car je les ai aussi portés : une chemise, un short, des savates doigts d'pieds. Ils se tiennent sur un socle en forme de tôle ondulée grisâtre, enduite d'une couche d'encaustique. La pancarte indique :

Commémoration du cinquantenaire de l'histoire des Enfants de la Creuse.

Plus de 1 600 enfants de La Réunion ont été retirés de leur famille et exilés dans des départements français, dont la Creuse, entre 1963 et 1981. Ils ont longtemps œuvré pour une reconnaissance de leur histoire…

Je n'ai pas le temps de lire le reste. Une femme s'est jetée devant moi pour prendre des photos et, lorsqu'elle me demande si elle me dérange, je lui réponds que non. Son mari se tient près d'elle.

« Ah, les enfants de la Creuse, dit-il. Comme le poète, là.

— Gosse, complète sa femme.

— Je ne l'ai toujours pas lu. Il faudrait. »

Nous nous éloignons d'eux et de leurs regards furtifs. Inquiète, tu m'interroges :

« Comment tu te sens ?

— Bien, dis-je.

— Est-ce que tu veux faire une pause avant le taxi ?

— Non. »

Tu resserres ton emprise autour de mon bras et me contemples un instant avant de trancher :

« On va trouver un banc et faire une pause. »

Peu importe la fatigue que je ressens aujourd'hui, elle reste incomparable à celle de mon arrivée en métropole.

L'appareil termina son voyage dans un vacarme si assourdissant que Patricia et moi nous crûmes sur le point de mourir. Accablées de terreur, nous récitâmes la seule prière que nous connaissions par cœur. « Notre Père qui est aux cieux, que ton nom soit sanctifié, que ton règne vienne, que ta volonté soit faite sur la terre comme au ciel. Donne-nous… » Une hôtesse de l'air s'approcha pour nous détacher, un léger sourire aux lèvres. Nous étions arrivés à destination.

« Vous en avez du courage, dites-moi ! lança Michel en riant.

— *Fèmé gèl a'w*, répondis-je. Tais-toi. »

Tandis que nous marchions sur le tarmac, nous prîmes conscience de deux choses. D'abord, nous n'étions pas à Paris. Il n'y avait ni de tour Eiffel ni d'Arc de Triomphe à l'horizon. Je demandai à une hôtesse si c'était loin, Notre-Dame. Elle rit distraitement. « Oh oui, très loin. Plusieurs heures, même. » Je voulus continuer à l'interroger, mais m'abstins. Patricia me considérait avec gravité.

Ensuite, il y avait le froid. Et quel froid ! Aucun de nous n'avait connu de pareilles températures. Un vent glacial se hissait à l'intérieur de nos pantalons et de nos jupes et léchait avidement nos mollets. Nous l'ignorions, mais l'hémisphère nord était en plein hiver. Nos piètres uniformes n'avaient aucune chance face à un tel climat. Ainsi on se réchauffait comme on pouvait, en s'enveloppant dans les bras d'enfants que nous connaissions à peine.

C'est là, à Orly, qu'eut lieu le premier tri. Les accompagnateurs nous divisèrent en deux groupes distincts. Parce qu'ils paraissaient relativement sereins et sûrs d'eux, ce détail ne me préoccupa pas. Pour le moment je considérais comme acquis le fait de rester auprès de ma famille. Je regardais nos compagnons de vol embarquer dans cet autre bus, ignorant que nous ne les reverrions plus jamais, qu'ils seraient envoyés dans un foyer différent et que j'aurais pu tout perdre à cet instant.

Le trajet se déroula dans une mélancolie indicible. Il ne restait plus que la moitié d'entre nous et nul n'avait de force pour chanter. À la place, nous contemplions le paysage français qui s'offrait à nous, par-delà les fenêtres sales de pluie.

Du béton. Des arbres nus. Une poignée de maisons. Du béton encore.

Déjà la déception se faisait sentir, avec personne pour oser l'exprimer à haute voix.

Nous ignorions notre destination. Les accompagnateurs avaient refusé de nous la communiquer. Assis à l'avant du véhicule, ils discutaient entre eux, à voix basse. Seul un enfant nauséeux pouvait les distraire de leur conversation. Interdiction d'abîmer le bus, ordre du chauffeur.

Michel avait choisi de prendre place à côté de moi. « Faut bien que quelqu'un te surveille », avait-il affirmé. Derrière nous, Patricia et Joseph se livraient au jeu des couleurs. Les deux amis de mon grand frère, qui resteront à jamais anonymes, s'étaient assis devant nous. Ils se retournaient souvent pour parler automobile et football, autant de sujets qui ne suscitaient aucun intérêt chez moi. Je dormis par à-coups.

De temps à autre, le chauffeur marquait un arrêt au milieu de nulle part. Paris ne m'avait jamais paru aussi loin. De la métropole, je n'avais pour l'instant vu que des stations-service, des forêts délavées de couleurs et des conducteurs de voiture à la figure hébétée.

Il fallut quarante-huit heures de vol et de route pour que nous atteignions le foyer d'enfance de Guéret. Le bâtiment annonçait la couleur. Il s'élevait sur deux étages, en plus de la cave. De larges portes-fenêtres armées de barreaux rouges trouaient sa façade en béton. Au-dessus de l'entrée pendait une banderole en tissu, à peine déchiffrable à cause des bourrasques de vent qui la déformaient : « Bienvenue aux Réunionnais ». Un comité d'accueil de plusieurs dizaines de personnes, composé majoritairement d'enfants, attendait à l'abri de son ombre palpitante.

Les accompagnateurs eurent du mal à nous convaincre de descendre du bus. L'inconfort des vêtements, le froid et la peur ankylosaient nos êtres. « Ils sont un peu fatigués », cria l'un d'eux à l'attention d'un homme en costume. L'inconnu, qui se trouvait au premier plan du comité, sourit d'une façon vaguement compatissante.

Plus tard, il se présenta comme le directeur de l'établissement, monsieur Hoareau. Le temps avait infligé à sa voix un timbre cassé et mordant. Il me faisait peur. Toutefois, je fus rassurée d'apprendre qu'il venait lui aussi de l'île de La Réunion. Il était la preuve que tout restait possible. La personnification du succès réunionnais se présentait à nous, et tint à peu près ce langage :

« Nous allons vous accueillir à Guéret jusqu'à ce que vous trouviez des familles aimantes, chez qui vous pourrez vous épanouir et devenir des personnes accomplies. En attendant, vous vivrez parmi nous. J'ai eu la chance de rencontrer de nombreux enfants réunionnais qui ont beaucoup apprécié leur séjour ici. Vous le verrez, Guéret est une charmante ville… »

Cependant qu'il continuait son discours, je guettais les visages des résidents qui l'entouraient. Certains nous ressemblaient. D'autres pas du tout. On lisait dans leurs traits la curiosité, la crainte et la lassitude. Je crus en reconnaître quelques-uns. Des camarades de jeux, peut-être des voisins. Mais ils redevenaient des étrangers aussitôt que je clignais des yeux. Une myriade de questions se bousculaient dans mon esprit. Venaient-ils tous de Saint-Denis ? Depuis quand vivaient-ils ici ? Et pourquoi ?

« Allons, il se fait tard, déclara le directeur. Je suis sûr que vous désirez vous reposer. Nous parlerons des détails demain. »

En termes d'austérité, l'intérieur du bâtiment surpassait l'extérieur. Il faisait presque plus froid dans le hall que dans la cour. Sur les murs, la peinture blanchâtre s'écaillait par pans entiers, exposant des flaques de moisissure. On avait disposé une constellation de dessins d'enfants afin de les dissimuler, en vain. Je me frayai un chemin pour les étudier. À première vue, rien d'extraordinaire. De simples feuilles A4 couvertes de petits bonshommes tracés aux crayons de couleur. Néanmoins, en y regardant de plus près, l'ensemble des croquis représentait un même idéal : des familles unies ou réunies, avec à l'arrière-plan une maison anthropomorphe qui arborait un sourire malicieux sur son visage de briques.

« Marie-Thérèse ! »

La figure de Patricia se détacha du kaléidoscope de la foule, et je vis pour la première fois combien sa beauté transcendait la mienne. Sur le moment, je n'arrivai pas à m'expliquer les origines de cette réflexion. Aujourd'hui, j'ai conscience qu'elle provenait du fait que je me mesurais à la dure réalité des canons de beauté. Nul doute ne planait sur mes racines africaines. Elles se reconnaissaient à mon teint, mon front bombé et mon nez épaté. Contrairement à ma sœur, qui avait la peau plus claire et des boucles vaporeuses, domptables. Son physique se distinguait des autres sans lui porter préjudice.

Du moins, pas immédiatement. Je n'avais pas songé à ces choses auparavant. À Saint-Denis, je ressemblais à n'importe quelle habitante du quartier. Ici, au fin fond de la Creuse, les filles avaient la chair aussi blanche qu'un orthosiphon en fleur et des bandeaux colorés suffisaient à maintenir leur délicate chevelure en arrière. J'étais différente, mais pas d'une manière enviable.

« Ne t'éloigne pas comme ça, dit Patricia.

— Je fais ce que je veux », grommelai-je.

Malgré ma réticence, je concevais qu'il valait mieux que nous restâmes ensemble. L'établissement fourmillait de corps et bourdonnait de voix. Il menaçait d'imploser sous l'effet conjugué des rires et des pleurs.

Il n'y avait plus de place dans les chambres. Ainsi des matelas gisaient çà et là depuis l'entrée jusque dans les couloirs, pareils à des cadavres abandonnés sur un champ de bataille. Un éducateur nous affirma qu'ils trouveraient de meilleures solutions plus tard. À ce stade, cela ne faisait pas une grande différence. L'inconfort devenait peu à peu une habitude.

Dans ma bouche se mêlent les voix
de mes ancêtres et de tous ces êtres
jugés trop discrets, trop modestes
que la société a recrachés
encore et encore
personnellement
je ne parle que pour les vaincus
que pour les pions de l'échiquier
sacrifiés au nom du bien-être
collectif et de la bienséance

Danse avec tes chaînes, Joseph Gosse, éditions Fresnel (1995)

Le harcèlement scolaire n'existait pas dans les années 70. Alors qu'en Suède des psychologues commençaient à peine à s'interroger sur le sujet, le reste du monde préférait parler d'apprentissage. On disait que les enfants se comporteraient toujours comme des enfants, c'est-à-dire de façon idiote et pernicieuse. Que ces expériences leur permettraient, une fois adultes, de distinguer plus précisément le bien du mal, le mal du bien. Personne ne sortait indemne de cette grandiose initiation à l'existence que l'on surnomme « l'enfance ».

Un vendredi comme les autres. Parce que ma classe avait été la dernière à quitter sa salle, Joseph m'attendait dans le couloir, dissimulé derrière un portemanteau. Il sortit en s'esclaffant et je singeai la surprise. Dehors, la cour de récréation s'était vidée. Une légère brise agitait les feuillages des chênes qui bordaient le préau. Les autres résidents du foyer étaient partis sans nous, mais cela avait peu d'importance. Nous connaissions le chemin par cœur, et nous n'étions pas particulièrement pressés. Il faisait moins froid que d'habitude. Tous les critères étaient réunis pour un retour tranquille vers un endroit qui ne l'était pas. Je chérissais ces instants d'accalmie. Quand nous marchions ainsi à travers les rues de Guéret, seuls, il me semblait que nous possédions le potentiel de passer pour des enfants tout à fait ordinaires. Avec nos imperméables et nos cartables en cuir, qui pouvait affirmer que nous ne faisions pas partie du décor ?

Sur la route, je parlai à Joseph du poème que j'avais étudié en français, *Le Cheval et l'Âne* de La Fontaine. Lui me racontait les matchs de football qu'il avait gagnés. Ses camarades avaient été si épatés par ses exploits sportifs qu'ils s'étaient battus pour l'avoir dans leur équipe.

« Tu vois, dis-je avec espoir. Ce n'est pas si mal, ici. »

La rue du foyer s'ouvrait à nous lorsque je sentis un courant d'air me frôler l'oreille. Je n'eus pas le temps de prononcer un mot que Joseph porta sa main à la tête et proféra un juron. Un autre projectile s'abattit à quelques centimètres de ma cheville. En me retournant, je constatai qu'un groupe de quatre adolescents nous suivait, hilares et fiers de leur coup. Ils étaient vêtus à la mode de l'époque, pantalons pattes d'éléphant et pulls à col roulé. L'un avait la moitié du visage dissimulée par une épaisse écharpe ; ses yeux bleus, presque blancs, perçaient entre les fils de laine. Tous étaient plus grands et plus âgés que nous.

« Ça ne va pas ? hurlai-je en leur direction. Pourquoi vous faites ça ? » L'un d'eux s'empressa d'imiter ma voix criarde et mon accent. *Pokoué vous fète ça* ?

Une autre pierre me heurta le genou. Je fis mine de ne rien sentir.

« Dégagez de là, sales gorilles », rugit un des garçons.

Ils rirent davantage et se mirent à assembler toutes les pierres qu'ils pouvaient trouver. Je vis Joseph se pencher à son tour et ramasser celle qui reposait à mes pieds. Une lueur troublante illuminait son regard. Avant que je n'eusse le temps de réagir, son bras avait décrit un arc de cercle et relâché la pierre. Elle atterrit droit dans l'œil de celui qui nous avait insultés. Le garçon ne ricanait plus. Sous le regard ahuri de ses camarades, il s'agenouilla à terre, poussa un hurlement qui semblait davantage provoqué par la surprise que la douleur. Déjà, Joseph partait à la recherche d'un autre missile à envoyer. Il venait de s'emparer d'une pomme de pin quand je lui pris le bras et le guidai de force vers le foyer.

« Qu'est-ce qu'il t'a pris ? » lui demandai-je une fois à l'intérieur.

L'adrénaline lui coupait le souffle. Il ôta son manteau.

« Tu n'aurais pas dû m'arrêter », dit-il. Je ne pensais pas sa voix capable d'autant de fermeté. Son visage aussi avait pris en dureté : il avait les sourcils froncés, les coins de la bouche qui frémissaient. Un instant, nous nous regardâmes avec l'impression de ne pas nous connaître. J'étais sidérée par son comportement, et lui par le mien. Puisque chacun était si intimement persuadé d'avoir raison, nous regagnâmes nos dortoirs respectifs.

Plus tard, Patrick, l'éducateur, demanda à me voir. J'étais à l'étude, en plein milieu d'un devoir d'histoire. « Cela ne peut pas attendre ? » À cette question, il secoua la tête. Les quelques résidents présents me jetèrent des regards perplexes, auxquels je ne pus répondre qu'avec un hochement d'épaules. De l'autre côté de la porte, Joseph patientait. Il s'était changé et portait une chemise propre, au col pelle à tarte.

À son visage, je voyais bien qu'il n'en savait guère plus que moi. Patrick nous considérait avec colère et incrédulité.

« Est-ce que vous l'avez fait ? demanda-t-il.

— Fait quoi ? dis-je.

— Avez-vous lancé des pierres sur des enfants ? »

Il était évident que Patrick connaissait la réponse, mais qu'il espérait qu'on nie les faits.

« C'est eux qui ont commencé », répliqua Joseph.

L'éducateur soupira avant de nous emmener sur le perron de l'établissement. Une demi-douzaine de personnes s'y étaient regroupées, emmitouflées dans leurs vêtements d'hiver. L'une d'elles me pointa du doigt, et je la reconnus aussitôt. Le garçon à l'écharpe. La scène paraissait tout droit sortie d'une comédie dramatique. Une femme, qui ne pouvait être que sa mère, compte tenu de leur austère ressemblance, avait la main rivée sur son épaule. Ses trois amis, ceux qui nous avaient également jeté des pierres, l'encadraient tels des gardes du corps. Bras croisés, jambes écartées. Prêts à en découdre.

J'avais conscience que rien ne pourrait justifier notre comportement à leurs yeux, et pourtant j'essayai quand même. J'expliquai que nous avions simplement cherché à nous défendre. La mère ne voulut rien entendre. La version de son fils lui suffisait amplement. Nous étions mal éduqués, des éléments perturbateurs, des sauvageons. Des enfants comme ça, ça ne devrait pas avoir le droit de se balader de cette façon, sans aucune supervision. Elle demanda à voir le directeur. Immédiatement. Mon cœur était sur le point de lâcher. D'une voix doucereuse, Patrick lui expliqua que son supérieur était rentré chez lui. N'importe qui aurait pu vous dire que c'était un mensonge. Monsieur Hoareau passait sa journée au foyer et ne le quittait qu'après le couvre-feu, une fois tous ses résidents endormis. Mais l'éducateur paraissait si désolé que la femme ne le questionna pas davantage.

« Je vous promets, lui affirma-t-il avec bienveillance, qu'ils seront sévèrement privés pour leur acte. »

Ce disant, il se tourna vers nous.

« Alors, vous deux, je crois que vous avez quelque chose à dire à ces messieurs-dames ? »

Non, je n'avais rien à leur dire. J'avais des envies de destruction, des pulsions d'agression à satisfaire, mais rien à dire. Après quelques secondes de silence, Patrick me donna une tape dans le dos.

« Pardon, finis-je par marmonner.

— Pardon », répéta Joseph sur le même ton.

Nos interlocuteurs ne furent troublés ni par nos grincements de dents ni par nos yeux fuyants. En fait, ils parurent doublement ravis. Ils avaient gagné, et notre rechignement ajoutait de l'huile sur le feu de notre humiliation.

« Ce n'est pas grave, railla le garçon à l'écharpe. Au moins, vous avez compris la leçon. »

Lorsqu'il partit enfin, il tint la porte ouverte à sa mère, et celle-ci nous regarda, l'air de dire : « Vous voyez ? C'est ainsi que des enfants de votre âge, des enfants bien constitués, devraient se comporter. »

« Ce n'est pas juste, dit Joseph à Patrick. C'est eux qui ont commencé.

— Je ne veux rien entendre. Je suis très déçu, vous savez. »

Patrick était l'éducateur préféré du foyer. Contrairement aux autres, il prenait le temps de connaître chaque résident. Il n'était pas rare de le voir discuter avec des enfants de leurs activités favorites. Que ce soit le football, la musique ou la littérature, il avait toujours une anecdote pertinente à apporter à la conversation. Aussi ce fut terrible, déchirant même, de l'entendre dire qu'il était déçu par nous. À peine réalisais-je l'importance de son approbation que je l'avais déjà perdue.

« Allez, on y va », dit-il. Puis, voyant que nous partions dans la direction opposée à la sienne : « Et où est-ce que vous allez exactement ?

— Eh bien, répondis-je, chez le directeur...

— Pas besoin de le déranger avant l'heure du dîner. Vous ne voudriez pas rater les lasagnes, tout de même ? »

Son sourire en coin me rassura. La situation était encore rectifiable. Joseph et moi étions encore rectifiables. Je lui affirmai que nous avions compris la leçon. Pourtant, quand vint le moment de raconter notre mésaventure à Patricia, nous ne pouvions nous empêcher d'en rire. Quatre garçons avaient essayé de nous provoquer, et il avait suffi d'une seule pierre pour que Joseph parvienne à les terrasser. Les réactions outrées de Patricia rendaient le récit plus comique encore. Dans son rôle d'aînée exemplaire, elle lista toutes les autres solutions qui s'étaient présentées à nous : sommer les garçons d'arrêter, prendre nos jambes à notre cou, appeler un adulte à la rescousse... Je lui ris au nez.

« Parce que tu penses qu'ils auraient fait quelque chose contre eux, Pat' ? »

Elle roula des yeux. Même si elle savait que j'avais raison, elle refusa de l'admettre.

« Voilà ce qui arrive quand vous vous retrouvez sans moi, conclut-elle. On ne devrait jamais vous laisser seuls tous les deux. »

Nous vérifierions très bientôt la véracité de cette affirmation. Le drame survint la semaine suivante, alors que nous rentrions à peine de l'école. Une des amies de Patricia se jeta sur notre chemin. Jusque-là, Joëlle avait pris soin de nous éviter. Nous étions trop jeunes, trop immatures pour elle. Elle n'avait de cesse de faire remarquer à Patricia nos défauts quand celle-ci lui imposait notre présence au dîner. Quelles mauvaises manières nous avions ! Quelle façon nous avions de parler ! À dire vrai, nous ne l'appréciions pas non plus, et nous faisions exprès de murmurer des insultes créoles ou de mâcher la bouche ouverte en sa présence. Ainsi, lorsqu'elle nous approcha ce jour-là, je me préparai à l'ultime confrontation. Joëlle était dans tous ses états, elle ne parvenait pas à rester immobile. Ses boucles blondes frémissaient d'excitation.

« Ils ont pris votre sœur. »

Je ne saurais dire si c'est par inquiétude ou par cruauté qu'elle avait désiré être la première à nous annoncer la nouvelle. Un mélange des deux, peut-être.

« Qu'est-ce que tu racontes ?

— Ils l'ont emmenée, dit-elle.

— Tu es une menteuse. »

Nous nous éloignâmes d'elle en pensant que la distance suffirait à nous écarter de la réalité. J'étais convaincue qu'elle bluffait. Pourtant, les regards emplis de compassion que nous jetaient nos camarades depuis le hall et les couloirs semblaient aller dans son sens. Je pris Joseph par le bras et partis en quête d'un adulte. « Viens, lui dis-je, on va demander où est Pat'. Elle doit être pas loin… »

La première monitrice affirma ne pas connaître de Patricia. On ne s'attendait tout de même pas à ce qu'elle sache les noms de tous les résidents ! Les autres ne se montrèrent pas plus utiles. Ils ignoraient de qui on parlait, ils n'avaient pas le temps, ils venaient d'arriver. Finalement, ce fut Patrick qui nous amena chez le directeur. Lui saurait nous expliquer. Lui trouverait les mots.

Le bureau de monsieur Hoareau était lugubre de simplicité. Aucune photo, aucun dessin accroché sur les murs blancs. Il y avait deux commodes et un bureau quelque part, caché sous une pile de papiers. D'épais rideaux empêchaient le soleil de rentrer. La seule lumière provenait d'une ampoule dénudée, suspendue au milieu de la pièce. Au loin sonnaient les éclats de rire et les discussions. L'heure du goûter.

« Ah ! Vous voilà, s'exclama-t-il en se levant de son fauteuil. Comment allez-vous ? Comment se passe l'école ? »

Je marmonnai des réponses aussi vagues qu'incompréhensibles.

« Je suppose que Patrick vous a dit... »

Entouré d'adultes, le directeur dégageait un magnétisme et une autorité incontestables. Seul, il perdait de sa magnificence. Ce n'était ni plus ni moins qu'un homme en costume. Un homme en costume qui bégayait et rangeait sa paperasse pour se donner contenance.

« Où est Patricia ? »

C'était la première fois que je m'exprimais à un adulte avec autant de fermeté. Je lui faisais face sans trembler ni détourner le regard. Si Patricia avait été là, elle aurait désapprouvé cette démonstration de défiance.

« Elle est partie suivre une formation de couturière avec d'autres jeunes filles de son âge, dit le directeur. C'est un très bon établissement et vous pourrez lui écrire quand... »

Il ne termina jamais sa phrase. Sous le choc, Joseph et moi nous mîmes à lui poser une série de questions incohérentes. Était-elle partie avec Michel ? Pourquoi n'avions-nous pas le droit de les rejoindre ? Quand est-ce qu'ils reviendraient ? Et maman, quand prendrait-elle l'avion ? À ce stade, j'aurais préféré que le directeur nous mente, qu'il nous donne un peu d'espoir, assez pour subsister ne serait-ce qu'une journée. Mais il ne parut pas saisir le raisonnement derrière notre inquiétude.

« Vous aurez tous les deux votre chance, dit-il. Vous avez ma parole, d'accord ? »

L'entretien prit fin sur cette note que monsieur Hoareau pensait pleine d'optimisme. Il avait maintes choses à faire et autant de personnes à rencontrer ce soir-là. Si nous le désirions vraiment, et si nous en avions absolument besoin, nous pourrions toujours prendre rendez-vous auprès de sa secrétaire. Je lus entre les lignes et compris qu'il ne pouvait plus rien pour Patricia. Ni pour nous, d'ailleurs.

Joseph et moi nous dirigeâmes vers le réfectoire. La scène était douloureuse par sa banalité. Des jeunes gens qui mangeaient et discutaient de tout et de rien. Les amies de Patricia s'étaient assises à leur table habituelle, sauf qu'à la place de ma sœur il y avait une nouvelle fille. Il y aurait toujours une nouvelle fille. La disparition de Patricia, comme celle de Michel, n'avait rien changé. Le foyer avait survécu au départ et à l'arrivée de centaines de résidents, peut-être même des milliers, et il n'était pas prêt à interrompre son activité pour nous. Il continuerait de tourner, tel un moulin infernal, jusqu'à ce que les mains de l'administration française cessent de le pourvoir en provisions humaines.

Même si Joseph et moi nous résignions à vivre dans l'inconnu, une question continuait à nous tourmenter, pareille à un courant d'air. Qu'adviendrait-il de nous ?

Le taxi quitte à peine l'aéroport que je ressens l'envie de vomir. Mon odorat n'est plus ce qu'il était. Les trop nombreux traitements l'ont tellement acéré que le plus délicat, le plus subtil des effluves parvient à me rendre malade. Ironiquement, cette fois, c'est l'exhalation du désodorisant à la menthe qui me fait cet effet. Alors je me tords sur mon siège, je cligne des yeux, j'ouvre grand la fenêtre afin de respirer l'air chaud et saturé de pollution de la nationale 6. Pendant une demi-seconde, j'entrevois, sous la lumière criarde du soleil réunionnais, ma propre main, large et exsangue, agrippée à la porte. Des veinules bleues la parcourent et la couvrent comme du marbre. Il me semble que bientôt je ne serai plus qu'une seule et gigantesque veine, palpitante et violacée. Cette vision me donne encore plus la nausée. Devant moi, le chauffeur de taxi s'inquiète. Pas pour moi, mais pour sa voiture.

« *Siouplé*, dit-il. Madame, pas sur mes sièges. »

Il me supplie encore et encore. Pas sur mes sièges, madame, pas sur mes sièges. Où donc veut-il que je vomisse ? Sur la route, sur ses genoux ? Tu lèves une main rassurante dans sa direction.

« Ne vous inquiétez pas. Nous avons peu de chemin à faire, elle ira bien. »

Il finit par se taire, mais n'en paraît pas moins troublé. Ses petits yeux bruns continuent à me scruter et à m'interpeller depuis le miroir. Comme je ne souhaite pas changer de taxi, je fais mine d'aller mieux. Un talent que j'ai cultivé des années durant.

Dix minutes passent et trépassent avant que la voiture atteigne le quartier de Barachois. Je perçois la ligne de canons dirigés vers le large, vers l'infini de la mer, et les rayons du soleil qui s'y fondent comme des gouttes d'or liquide. Et, dans le roulement de ses vagues, l'imperceptible écho des après-midi que nous passions, mes frères, ma sœur et moi, à nager ensemble. J'étais la moins douée des quatre sur ce front. Un jour où le courant s'était fait particulièrement fort, et où j'avais eu du mal à rejoindre la plage, Joseph, cinq ans, se précipita pour m'aider. Il me prit la main sous l'eau et me ramena à la rive. Michel le gronda.

« Tu es trop petit pour t'éloigner comme ça, dit-il. Et s'il t'était arrivé quelque chose ? »

Joseph parut abasourdi.

« *Kossa* ? Quoi ?

— Tu aurais pu te blesser, Joseph. *Oté !* Tu t'en rends compte quand même ?

— Ah, bon… »

La voix du chauffeur m'extirpe de mes rêveries. Soulagé, il annonce que nous sommes arrivés sains et saufs à notre destination. Il ne m'entend pas lui répondre qu'il reste encore du temps pour qu'une catastrophe advienne. Toi, par contre, tu émets un soupir.

« Par pitié, ne dis pas des choses comme ça. »

Bien que la menace du malaise l'ait quelque peu rebuté, le chauffeur se montre courtois et serviable, allant jusqu'à nous aider à porter nos valises devant l'immeuble. Peut-être a-t-il perçu ma fatigue, car il me serre longuement la main.

« Je vous souhaite un heureux séjour, madame. Vous allez voir, Saint-Denis est une ville magnifique. Très calme.

— Calme ? Ce n'est pas comme ça que je me la rappelle… »

Il a une cinquantaine d'années, le visage mangé par une barbe grisonnante et mal entretenue. Il pourrait être mon frère, ou un ancien camarade de jeu. J'hésite à lui demander son nom.

« Oh, dit-il, vous n'avez pas à vous inquiéter. Ici, c'est un quartier très sécurisé, très touristique. Vous allez pouvoir vous reposer autant que vous voulez. »

L'hôte de l'Airbnb nous attend devant l'appartement, au premier étage. Muriel a quarante-sept ans et tendance à jacasser. En cinq minutes, le temps pour elle de nous remettre les clés, elle réussit à relater l'intégralité de son parcours. Son mari et elle ont emménagé sur l'île de La Réunion il y a quelques années. Ils y possèdent déjà deux propriétés, et prévoient d'en acheter une troisième. Le marché fleurit. Elle est heureuse, parfaitement heureuse, et nous souhaite d'éprouver une joie semblable lors de notre séjour. Nous la remercions.

L'Airbnb est d'une beauté grotesque. Avec sa cuisine américaine, ses larges fenêtres et ses chambres dénuées de personnalité, il semble sortir tout droit d'un catalogue pour meubles scandinaves. Cet étalage de richesses est encombré de reliques de l'histoire réunionnaise, telles que des sabres à canne et des kayambs artisanaux. Avec enthousiasme, tu me guides à travers l'appartement jusqu'à la salle de bains. Ce qui nous y attend est, évidemment, d'une décadence exubérante. Douche italienne, double vasque en pierre blanche. Des murs décorés de carrelage bleu. Je n'en reviens pas.

« Combien est-ce que ça t'a coûté ?

— Tu n'as pas à le savoir. C'est un cadeau de Noël, ne l'oublie pas. On ne dit jamais le prix.

— Mais tu sais comme je déteste qu'on dépense de l'argent pour moi.

— Je suis au courant, oui.

— Tu promets d'avoir été raisonnable ?

— Bien sûr que non. »

De retour au salon, j'examine la bibliothèque. On apprend beaucoup sur les gens en regardant les ouvrages qu'ils possèdent. Ici, ce sont principalement des guides de La Réunion et des bouquins d'histoire. L'hôte veut paraître complaisante, utile. Cependant, niché entre deux épais ouvrages sur Saint-Denis, je repère un titre qui m'est trop familier. Une ancienne édition de *Danse avec tes chaînes*, de Joseph Gosse. Les pages se détachent à force d'avoir été feuilletées. Je dissimule le livre à l'arrière de l'étagère, là où personne ne peut le voir, et retourne te rejoindre dans la cuisine.

Il fut un temps où je ne haïssais pas Noël. Nous habitions encore avec notre mère ici, à Saint-Denis, et je portais sur cette fête un regard tragiquement enfantin. La semaine du réveillon, un vent de ferveur soufflait à travers l'île et bousculait les habitudes. Même les Réunionnais les plus démunis se sentaient pousser des ailes. C'était la saison des fruits, et Monmon revenait des courses avec des sacs gorgés de litchis, de mangues et d'ananas. Michel ramenait le sapin ; une branche de filao qu'il plaçait dans un coin du salon, près de la photo de notre père. Quand la branche tombait, ce qui arrivait souvent, notre mère jurait que c'était l'œuvre de son mari, revenu du paradis pour les fêtes. Après sa mort, nous avions tout perdu, y compris la maison familiale. Mais les invités continuaient de se réunir chaque année dans notre minuscule appartement pour goûter les plats de notre mère. Je ne sais comment elle réussit l'exploit de faire rentrer autant de personnes dans un espace aussi réduit. *Ti ash i koup gro bwa*, me disait-elle. Une petite hache peut couper une grosse bûche ou, plus simplement, on peut arriver à n'importe quoi à force de patience. Et de la patience, elle en avait. Dévote, elle commençait à préparer le menu de Noël deux semaines à l'avance. Amis et voisins passaient pour l'approvisionner en riz, grains et légumes. La cuisine bouillonnait d'engouement et d'effervescence des jours durant. Michel se plaignait volontiers des odeurs qui en émanaient. Puis le jour J arrivait, et tout était pardonné. Il aidait à dresser la table, accueillait les invités et les servait avec le dévouement d'un père de famille. À minuit, le quartier tout entier se pressait dans l'église la plus proche pour observer la messe. Je chantais des cantiques et priais Dieu de me pardonner des péchés dont j'ignorais encore l'existence.

En métropole, la magie était différente, pour ne pas dire absente. Les éducateurs s'occupaient de la décoration. Ils plaçaient un énorme sapin dans le hall, qu'ils agrémentaient de boules de Noël en verre, d'angelots et de bougies. Puis ils disposaient des paquets rouge et vert qui ressemblaient à s'y méprendre à des cadeaux, mais qui étaient vides.

Au réveillon, le directeur prononça un bref discours sur la signification de cette fête au foyer. Je l'écoutai avec intérêt. Quelques jours plus tôt, j'avais supplié Patrick de lui faire parvenir une lettre.

« C'est pour ma mère. Il faut que monsieur Hoareau la lui envoie le plus vite possible. Je ne me souviens plus de l'adresse exacte, alors j'ai écrit son nom là, tu vois ? Mariette Gosse. Tu crois qu'il pourra la trouver comme ça ? »

Patrick, dont le visage s'était adouci, avait posé une main sur mon épaule. Oui, il la trouverait. Je n'avais pas à m'inquiéter. Et comme je l'instruisais de ne pas en lire le contenu sous aucune condition, il demanda : « Quel secret caches-tu, Marie-Thérèse ? »

La missive était inscrite sur une feuille arrachée à mon cahier de géographie. De mon écriture tremblante, à peine déchiffrable, j'expliquais à ma mère qu'il ne restait plus que Joseph et moi. Que nous étions prêts à rentrer à la maison maintenant. Certes, c'était plus tôt que prévu et nous n'avions pas vu Paris. Mais elle nous manquait. Elle me manquait. Et j'espérais que nous lui manquions aussi. Du moins, suffisamment pour qu'elle accepte de nous récupérer. Joseph avait signé la lettre avec enthousiasme.

« Est-ce que tu penses qu'ils me laisseront emporter un ballon dans l'avion ? avait-il demandé. Je veux montrer à Monmon comment je jongle. »

Comme lui, je débordais d'optimisme. Chaque matin je guettais l'arrivée du courrier, j'interrogeais les éducateurs sur toute information qu'ils auraient pu récolter. « Non, tu m'as déjà posé la même question il y a une heure. La situation n'a pas changé. » Ainsi, toujours sans nouvelles, j'avais décidé d'affronter le directeur, à la fin de son discours du réveillon. Il était presque impossible de l'approcher. Une myriade d'enfants l'encerclaient, chacun voulant lui souhaiter joyeux Noël, lui offrir un cadeau. Ils s'agenouillaient presque autour de lui, impressionnés et respectueux comme devant une icône. Les offrandes allaient du dessin à la statuette modelée dans de la pâte Fimo. Un adolescent avait même usé de son argent de poche afin de lui acheter le nouvel album de Léo Ferré, *L'Espoir*. Il reçut une chaleureuse étreinte de la part de monsieur Hoareau. Quand ce dernier arriva à ma hauteur, le regard encore pétillant de joie, il s'exclama : « Alors, qu'est-ce que tu as pour moi ? » Cette question me prit au dépourvu. Je ne savais pas que je lui devais quoi que ce soit, encore moins un cadeau. Confuse, je fouillai les poches de mon gilet. Je n'y trouvai qu'un chouchou que je lui donnai timidement. Il feignit l'enthousiasme.

« Oh, c'est très gentil. Merci. Moi qui ai toujours voulu un... élastique.

— J'ai une question à vous poser. »

Il commençait déjà à se détourner de moi, et son regard semblait fuir son propre visage, emporté par un glissement inéluctable. Il avait certainement un dîner prévu, une famille qui l'attendait chez lui. Il avait autre chose à faire de son réveillon que de récolter les chouchous des résidentes.

« Avez-vous reçu une réponse de ma mère ? lui demandai-je.

— Une réponse de ta mère ? Une réponse à quoi ? »

Je crus qu'il se moquait de moi. Depuis une semaine, j'avais fait de la lettre mon sujet de prédilection. Je ne parlais plus que d'elle, que ce soit à Joseph, aux éducateurs ou aux camarades. Surtout, j'avais insisté pour que Hoareau transfère personnellement ce message à ma mère. Il était impossible qu'il ne sache où je voulais en venir. Et pourtant ses sourcils froncés, sa bouche entrouverte, tout chez lui portait à croire qu'il ignorait vraiment de quoi je parlais.

« À ma lettre, dis-je. Je vous ai donné une lettre à envoyer… »

Patrick, qui s'était tenu en retrait à quelques mètres de là, rejoignit la conversation.

« Nous n'avons pas reçu de réponse pour l'instant, dit-il. Je suis désolé, Marie-Thérèse. »

Il échangea avec monsieur Hoareau un regard lourd de sous-entendus. Celui-ci comprit et s'exclama :

« Oh ! La lettre. Non, Patrick a raison. Nous n'avons pas eu de réponse. Mais je te préviendrai dès que j'aurai des nouvelles. Joyeux Noël, mon enfant. »

Je n'eus pas la force de répliquer. Un épais nuage se forma au-dessus de ma tête, brouillant ma vision et mon esprit. Joseph le remarqua aussitôt. Au lieu de m'interroger sur les origines de ce changement d'attitude, il s'attrista par solidarité. Nous nous enfonçâmes dans un état d'inertie dépressive, alors que le foyer vibrait de joie et d'euphorie. Plusieurs groupes de résidents avaient préparé des spectacles de qualité douteuse. Des sketches, des danses et des mini-concerts qui reprenaient les tubes du moment, tels que « Waterloo » d'Abba, ou des chants de Noël. Les orphelins s'unissaient dans une solidarité sordide, n'ayant pour but que d'atténuer l'esseulement qui devenait insupportable pendant les fêtes. Cette ardeur ne décélérerait que bien après le Nouvel An. Une fois la fièvre retombée, chacun retournerait à ses propres préoccupations, à sa propre peine.

Première semaine de l'an 1975. Joseph et moi étions assis dans le réfectoire. Nous n'avions aucunement envie de déjeuner, seulement d'être entourés. Le brouhaha, pareil aux vagues de l'océan Indien, nous berçait avec douceur. Ce fut Patrick qui vint nous tirer de notre torpeur.

« Tous les deux, dit-il. Avec moi. »

Nous le suivîmes jusqu'au bureau du directeur sans prononcer un mot. Alors qu'il nous en ouvrait la porte, je ne pus m'empêcher de penser à ma stupide lettre. Ma mère avait-elle enfin répondu ?

« Entrez, s'exclama Hoareau. Entrez. »

Il paraissait grandi, heureux. Sa main tendue nous invita à serrer celles d'un couple assis face à lui. Leurs silhouettes ne me disaient rien. J'évitai de les regarder en face, mais remarquai en passant que l'homme avait des doigts poilus, ornés de petits ongles carrés qui s'enfonçaient dans la chair. Sa main colossale dans la mienne.

Monsieur Hoareau ne tarda pas plus longtemps à nous expliquer la situation. Madame et monsieur Brouillet, ici présents, étaient mariés, parents de deux enfants et propriétaires d'une ferme dans la Creuse. Ils désiraient nous y accueillir. Un acte charitable, altruiste. Grâce à eux, nous aurions non seulement une maison, mais aussi un avenir hors du foyer.

Tandis que le directeur égrenait les nombreux miracles que cette nouvelle vie nous accorderait, madame Brouillet acquiesçait de la tête avec énergie. Ses cheveux, qu'elle avait courts et blonds, s'agitaient dans tous les sens. Elle interrompait le discours de Hoareau de « Oh ! », de « Ah ! » et de questions importunes. Son mari ne disait rien. Il avait les bras croisés sur un ventre bedonnant, fuyard, à deux doigts d'échapper à la prison de sa chemise. De temps à autre, sa main droite s'élevait de son socle pour gratter une épaisse moustache, si caricaturale que je crus d'abord à un postiche. Joseph et moi restions immobiles et silencieux. Je savais qu'il ressentait la même confusion que moi, qu'il aurait été incapable de parler même si on l'avait sollicité. De toute façon, cela n'arriva pas. Personne ne demandait jamais notre avis. Le directeur laissa sous-entendre plus d'une fois que nous serions fous de ne pas souhaiter ce placement. Ce n'était pas tous les jours qu'une famille acceptait d'accueillir deux enfants sous le même toit. C'était une chance, une opportunité à saisir. Peut-être la seule.

Monsieur Brouillet, aussi connu sous le nom de René, se chargea de porter nos valises. Nous les avions faites à la hâte. Joseph s'inquiétait d'avoir oublié quelque chose d'important, mais il ne savait pas quoi. Le directeur lui assura qu'il n'avait pas de soucis à se faire. S'il retrouvait une de ses affaires, il prendrait soin de la lui remettre par la poste.

« Tu seras toujours chez toi ici », déclara monsieur Hoareau.

Madame Brouillet nous ouvrit la porte arrière de la 2CV avec cérémonie. De l'intérieur, je me souviens de l'arbre magique pendu au rétroviseur, d'un exemplaire de *Paris Match* sur le sol, de l'odeur de kérosène, et du genou de Joseph contre le mien. Il n'arrêtait pas de trembler.

« Tout le monde est installé ? » dit madame Brouillet.

Je me retournai vers le foyer, vers les dizaines de visages qui nous épiaient depuis le parvis, les couloirs et les fenêtres. Impossible de dire qui, entre ceux qui restaient et ceux qui partaient, ressentaient le plus de jalousie.

La voiture roula pendant près d'une demi-heure. Les kilomètres se succédaient, monotones, sur des routes cahoteuses et peu fréquentées. J'essayais de mémoriser chaque tournant, chaque arbre sur le chemin, tandis que Martine, notre mère adoptive, s'efforçait d'engager la conversation.

Ses questions portaient principalement sur nos hobbies, nos centres d'intérêt. Il était évident que le directeur lui avait livré toutes les informations qu'il avait sur nous. Elle m'interrogea à propos des livres et des poèmes que j'avais lus à l'école. Avec Joseph, elle parla football et dessins. Petite, elle avait aimé ça, le dessin. Tout le monde avait toujours affirmé qu'elle était talentueuse. Si seulement elle avait encore le temps de dessiner...

« Pourquoi est-ce que vous n'avez pas le temps ? m'enquis-je.

— Le travail à la ferme demande beaucoup de temps, dit-elle, pensive. Tu verras. »

Quelque chose de prophétique dans ses paroles. Je me retins de lui répondre que la vie d'adulte devait être triste si elle ne comportait pas de passion à assouvir. Assis devant moi, René conduisait dans un silence résolu. Ses deux mains étaient rouges à force d'étrangler le volant. À plusieurs reprises, je vis son regard glisser de la route pour nous lorgner dans le rétroviseur intérieur. Ses yeux comme deux trous noirs, vides de lumière.

Nos prénoms changèrent soudainement. Un jour Joseph et Marie-Thérèse, l'autre Florent et Marie. Nous avions subi tant de bouleversements que ce n'en était même plus surprenant. Une énième partie de moi s'évanouissait. Et donc ? Mon identité, à la manière d'un oignon, avait été épluchée, éraflée couche après couche au point qu'il ne me restait plus qu'un fragment de mon être, et ce fragment était Joseph. Tant qu'il était là, je savais que cette autre vie n'avait pas été rêvée. Tant qu'il était là, je savais la personne que j'avais été.

« Florent et Marie, bienvenue chez vous », dit Martine à notre arrivée. Je sortis de la voiture et enfonçai aussitôt mes chaussures sur un chemin en terre battue. À Ceyroux, la réalité de la campagne rejoignait l'idée que s'en faisaient les gens de la ville. C'était un village de pierres et de plantes, peuplé par davantage de bêtes que d'hommes. Les Brouillet y possédaient une maison de briques roses qui dominait un terrain de plusieurs hectares. Au loin se distinguait une bâtisse sordide, tout en métal, que Joseph et moi surnommerions plus tard « l'enfer », mais qui, pour l'instant, n'était rien d'autre qu'une étable.

Chez les Brouillet, on s'éclairait à la lampe ou à la bougie, puisque la lumière du jour n'osait pas pénétrer les rideaux de taffetas vert. L'entrée de la maison s'enfonçait étroitement entre le salon et un escalier en bois, qui menait au premier étage.

« Je vais préparer le déjeuner, annonça Martine. René va vous montrer votre chambre. »

Monsieur Brouillet bougonna quelques mots dans sa barbe, qui auraient pu être un message de bienvenue aussi bien que des insultes, avant de nous accompagner à l'étage. La chambre en question avait autrefois appartenu à leur fils cadet, Antoine. Il ne restait plus aucune trace de son passage ; il ne restait rien du tout, d'ailleurs. Rien sinon deux couchettes, une commode et une fenêtre étriquée. Dehors, un champ immense s'étalait et se perdait au bout du regard, comme s'il ne parvenait pas à saisir son ampleur.

« Il y a une deuxième chambre, informa René. Mais on l'utilise. » Il leva un doigt boudiné vers nos valises. « Vous pouvez défaire vos valises. »

C'était la première fois que Joseph et moi nous retrouvions seuls depuis le départ de Guéret. Je n'avais pas osé lui parler ni le regarder de façon trop intense. Maintenant que je pouvais le faire librement, sa fatigue me parut évidente. Il dépeça sa valise de ses vêtements et les rangea avec soin, comme Patricia lui avait appris à le faire. On posait, on ramenait les manches et on retournait. Je sentis qu'il ne voulait pas discuter, mais j'en avais terriblement besoin.

« Ils ont l'air gentils, dis-je. Et la maison est grande.

— Je n'aime pas le monsieur. »

Il avait répondu le dos tourné. Je me penchai, tentai d'apercevoir l'expression de son visage et essayai, par le biais du mien, de lui faire comprendre qu'il n'avait rien à craindre. « On vient de les rencontrer, le rassurai-je. Il faut un peu de temps pour apprendre à les connaître, c'est tout. » Mais ce que je ne lui disais pas, c'est que j'avais aussi eu un mauvais pressentiment en le voyant. Ses gestes brusques, ses regards noirs, j'avais tout remarqué. En bas, Martine nous appelait. Nous nous dépêchâmes de finir de ranger. Puis une voix, plus rauque et plus sévère cette fois, éclata. Florent ! Marie ! Apparemment, il en fallait peu pour que René perde patience. Tous les deux nous nous précipitâmes à travers l'escalier, le couloir et le salon. Une salle large et sombre, où les rideaux toujours tirés prenaient la poussière. Un assortiment de babioles couvraient les étagères sur les murs. J'avais du mal à concevoir que deux personnes puissent accumuler autant de choses.

En nous voyant arriver, Martine poussa un long soupir de soulagement, comme si nous l'avions quittée une éternité plus tôt.

« Quand on vous appelle, dit-elle avec fermeté, vous venez immédiatement. C'est compris ? »

Ses lèvres pincées ne formaient plus qu'une seule et même ligne sur son visage. Joseph et moi acquiesçâmes, perplexes. Visiblement, nous avions raté la première épreuve.

« Asseyez-vous. »

Dans l'étroite cuisine, l'espace était occupé par une table à manger en orme, recouverte d'une nappe vichy rouge et blanche. René s'asseyait en bout de table, Martine à sa droite, Joseph à côté d'elle et moi à gauche de René. On n'oublie pas son premier déjeuner dans sa nouvelle famille. Surtout quand il s'avérerait être l'un des seuls repas partagés avec la famille en question. Pendant les années qui suivirent, nous nous habituâmes à mettre la table, mais à ne pas nous asseoir. À cuisiner des mets que nous ne goûterions jamais. Mais pour célébrer notre arrivée, les Brouillet se montrèrent plus bienveillants. Martine avait préparé des pâtes et du poulet cuit au four. Parce que les journées à la ferme étaient longues, éprouvantes, le couple n'avait pas l'habitude de discuter lors des repas. Ils les considéraient comme des instants de repos, de méditation. J'en venais à regretter le réfectoire de Guéret, où le silence, comme l'intimité, n'était qu'une notion abstraite. Un seul être osait braver cette tranquillité. Une mouche virevoltait autour de la pièce, exhibant l'étendue de sa liberté. Nous la repoussions tous d'un revers de la main. Tous, sauf René. Lui ne cillait pas. L'insecte en profita pour parcourir la peau velue de ses bras. Pour explorer et lécher les sillons de beurre sur son assiette.

Les yeux de Martine suivaient la mouche. Ou peut-être était-ce son mari qu'elle observait. En tout cas, elle regardait dans leur direction et semblait attendre quelque chose. Je lui demandai l'autorisation de retourner à la chambre, afin de terminer de ranger nos affaires. Elle me foudroya du regard. Encore une épreuve de ratée. Le déjeuner ne prenait fin que lorsque

René l'avait décrété. Il posait alors ses couverts à droite de son assiette et s'essuyait la moustache au moyen d'une vieille serviette, toujours la même.

« Cet après-midi, je vous ferai faire le tour de la ferme, annonça-t-il. Vous vous reposerez un peu. Demain, on commence le travail. »

Je hochai la tête sans comprendre vraiment où il voulait en venir. Pour moi, le travail se rapportait à l'école. Je m'imaginais retourner à l'établissement de Guéret le lundi suivant, ma main nouée à celle de madame ou de monsieur Brouillet. Mes camarades n'en croiraient pas leurs yeux.

Il avait fortement plu les jours qui avaient précédé notre arrivée. La terre des champs s'était mue en une boue épaisse et malodorante. Nos mocassins s'enlisaient dans la vase. Pour éviter de tomber, je m'accrochais au coude de Joseph, et lui au mien. Nous riions maladroitement, conscients de passer pour des enfants de ville à côté de René qui trépignait loin devant nous. Il portait sa tenue de travail, un uniforme composé de lourdes bottes en caoutchouc et d'un imperméable vert Empire. Ce n'était pas un homme bavard, mais on sentait son âme s'animer lorsqu'il s'agissait de parler de son métier.

Officiellement, il avait hérité la ferme de son père quelques décennies plus tôt. Officieusement, il la dirigeait depuis l'enfance. Un brave homme que son père. Autoritaire, ferme. Parti trop jeune. Papy Brouillet lui avait enseigné en quoi consistait le rôle d'un homme, d'un mari, d'un fermier. Comme lui, René ne s'était jamais imaginé bâtir une existence en dehors de Ceyroux. Le reste de la France n'avait rien de mieux à offrir. « La vraie vie, c'est ici », disait-il.

Plus nous nous approchions de l'étable, plus l'air se chargeait d'odeurs de paille, de foin et de crottin. Des grondements rauques s'élevaient à chacun de nos pas, ponctués de frémissements de cloche. Quand René poussa la porte, je ne pus qu'ouvrir la bouche sur un hoquet de stupéfaction. Des vaches à perte de vue. Gigantesques, monstrueuses, elles se prélassaient dans des logettes pleines de fourrage. Des hollandaises, précisa René, comme si ce terme avait du sens pour nous.

La lumière froide de décembre inondait l'étable et peignait leur pelage de reflets bleuâtres. Joseph regardait partout autour de lui, la bouche grande ouverte. L'expression sur son visage oscillait entre la terreur et la fascination. René s'avança sur le large chemin de terre qui scindait l'étable et nous lui emboîtâmes le pas. D'après lui, l'élevage bovin était un art méconnu. Nous finirions par le comprendre en apprenant les ficelles du métier. Discrètement je m'approchai d'une vache allongée sur le sol. On aurait dit une épave échouée sur un océan de fourrage. Dans son œil sombre, serti de longs cils recourbés, je discernais mon propre reflet. Jamais ne m'étais-je sentie aussi infime face à un animal.

Toute la nuit durant, je ressentis le regard de la bête posé sur moi, plus noir encore que l'obscurité qui enveloppait la chambre. Il me tourmentait. Je me demandais si Joseph l'avait vu lui aussi, si c'était pour cela qu'il gigotait autant dans son sommeil. Il ne parlait jamais que quand sa journée avait été éprouvante. Et là il énonçait des phrases par intermittence, comme s'il échangeait avec un interlocuteur invisible.

« Je veux partir. Non, il n'y a pas… Non. Comment… Je veux partir… Laisse-moi partir. »

Cela me parut durer des heures. Il répétait la même chose.

Laisse-moi partir.

« DANSE AVEC TES CHAÎNES » L'ÉTAT FRANÇAIS SOUS LE FEU DES CRITIQUES APRÈS LA PUBLICATION DU RECUEIL À SUCCÈS

La publication posthume du recueil de poésie *Danse avec tes chaînes* de Joseph Gosse a lancé une polémique autour d'une affaire longtemps ignorée. Paru le mois dernier aux éditions Fresnel et déjà vendu à plus de 50 000 exemplaires, ce livre est un poignant témoignage d'un « enfant de la Creuse ».

Entre 1962 et 1984, on estime qu'ils sont plus de 1 000 mineurs réunionnais relevant de l'aide sociale à l'enfance (ASE) à avoir été « déplacés » dans 83 départements, dont la Creuse, afin de pallier l'exode rural. Certains ont été adoptés, d'autres, comme Joseph Gosse, ont travaillé pour des fermiers en manque de main-d'œuvre.

Selon sa maison d'édition, l'auteur aurait subi une « maltraitance inimaginable de la part du système et de ses familles d'accueil ». On connaît encore trop peu de choses sur les conditions dans lesquelles il a vécu. (…)

François Baroin, porte-parole du gouvernement, a indiqué que l'exécutif « se penchait sur la question » lors de son point de presse de mercredi dernier.

Extrait de *Libération*, novembre 1995

Chez les Brouillet, il fallait se lever tôt. De préférence avant René et Martine. Ainsi, Joseph et moi avions le temps de nous habiller, de mettre la table et de préparer le petit déjeuner. Café, thé, tartines au beurre et confiture de fraises étaient disposés de façon stratégique, selon les goûts de chacun. Au fur et à mesure, nous apprendrions à nous organiser, à distribuer les tâches de sorte que tout fût prêt d'ici l'arrivée de René. S'il n'avait rien à redire, nous avions réussi notre première mission de la journée. Ensuite, c'était à Martine d'entrer en traînant des pieds, les membres encore fourbus de sommeil. Le poste radio se réveillait avec elle. Philippe Gildas, la voix de RTL, rapportait l'actualité du jour. Il arrivait souvent qu'il évoque des événements, des informations, des sigles ou des acronymes que je ne saisissais pas. Au début, je m'aventurais à questionner ma famille d'accueil. « C'est quoi, l'UDR ? » Mais j'arrêtai rapidement, car René n'appréciait pas le bavardage, surtout lorsqu'il ignorait les réponses.

À six heures, Joseph et moi le suivions à l'étable. Le soin des vaches prenait l'intégralité de notre matinée. Traite, distribution de nourriture, paillage. Autant de termes et de gestes que je dus apprendre à maîtriser. René savait s'y faire avec ses bêtes. Il leur portait un amour intarissable, une affection dont personne ne le pensait capable. Elles le lui rendaient bien. Au premier grincement de porte, elles meuglaient de joie à en faire trembler les murs. « Oui, disait-il. Je sais, je sais que je vous ai manqué. » Quand il nous les présentait, on aurait dit que nous rencontrions une véritable personne, un être non seulement doté de sensibilité, mais de passions et de hobbies. Celle-ci aimait gambader le matin, celle-là aurait passé sa journée à faire des siestes si elle en avait la possibilité. L'une d'elles, je m'en souviens, s'appelait Yvonne. Le nom de sa belle-mère. Elle était grosse et têtue comme elle, expliqua-t-il en s'esclaffant. La seule fois où je l'entendis rire en notre présence.

Vers midi trente, treize heures, nous retournions tous les trois à la maison pour le déjeuner. Martine se chargeait du repas, même si je devais souvent l'aider. Elle aussi avait longtemps œuvré à l'étable. L'entreprise familiale avait été toute sa vie. Toutefois elle ne pouvait plus y participer comme avant, car sa santé lui jouait des tours. J'ignorais ce que cela signifiait, une santé qui jouait des tours. Je m'imaginais un petit être en elle qui, chaque matin, jetait des dés afin de déterminer si son hôte serait en mesure de vivre et de travailler correctement. L'idée me faisait sourire. À présent, quand on m'interroge sur mes innombrables séjours à l'hôpital, j'utilise la même réponse. Ma santé me joue des tours.

À l'instar des Brouillet, je perdis l'habitude de discuter en mangeant, ou de discuter tout court. Je sentais la fatigue des heures ronger mes os. Mon dos me faisait souffrir. J'avais du mal à comprendre comment René, après cinquante ans de labeur, parvenait à rester debout. Il trouvait même la force de quitter la ferme pendant ses pauses pour rejoindre des amis. En son absence, Martine devenait notre responsable. Elle nous assignait du ménage ou de la cuisine à faire. Parfois, il arrivait que les pauses de René coïncident avec les siestes de Martine. Ces brefs instants d'autonomie représentaient tout pour nous, car nous étions libres de faire ce que nous désirions. Dans la limite du raisonnable, évidemment. En cela, le territoire des Brouillet était parfait, puisqu'il était entouré de champs et de forêt. Joseph et moi nous amusions à braver l'interdit en franchissant les frontières qui nous avaient été tacitement imposées. À chaque fois, nous nous aventurions un peu plus loin, et nous y restions un peu plus longtemps.

Ces balades impromptues devinrent la source de nombreuses illusions et rêveries. Je m'imaginais Patricia, Michel, et parfois ma mère, surgir de l'ombre des chênes pour venir nous embrasser. Quelle surprise, quelle coïncidence de les trouver là, au milieu de nulle part ! Sûrement était-ce le destin qui jouait, enfin, en notre faveur. Malheureusement les arbres ne faisaient que cacher d'autres arbres, et il était rare de croiser ne serait-ce que le spectre d'un oiseau. Nous rentrions bredouilles de nos promenades, sans savoir exactement ce que nous cherchions, mais persuadés de l'avoir manqué de peu.

Le travail reprenait plus tard dans l'après-midi. Direction l'étable et les champs, donc, pour plusieurs heures supplémentaires. Quand on pensait la journée finie, quand le bâtiment se retrouvait plongé dans l'obscurité, quand les bêtes elles-mêmes ne demandaient plus qu'à être laissées tranquilles, René parvenait à trouver une tâche à accomplir. Cette vache avait besoin d'être soignée, cette partie de l'étable devait être nettoyée. Et tiens, pourquoi pas rajouter du foin ici et là.

Je ne me souviens que trop bien des retours à la maison. De mes genoux qui flanchaient sous mon poids, et de mon frère qui vacillait près de moi. Ensuite il restait le dîner à préparer, le ménage à terminer. Je m'endormais en pleurant. Joseph faisait mine de ne pas m'entendre et, plus tard, de ne pas faire de même.

Un mois s'écoula avant que nous nous enquîmes de notre rentrée à l'école. C'était l'heure du dîner, et René avait été frappé par une envie de frites. Cependant qu'il regardait la télévision dans le salon, sa femme et moi tâchions d'éplucher les pommes de terre et mon frère de les couper en lamelles.

Même Joseph commençait à regretter les bancs de l'école. Il n'était pas rare qu'il mentionne, avec un timbre de voix étrangement nostalgique pour son âge, des parties de jeu auxquelles il avait participé dans la cour de récréation. Comme il avait bien joué ce jour-là ! À l'entendre, on aurait cru à un vieillard ressassant les exploits d'une jeunesse depuis longtemps révolue. Moi, je ne regrettais pas les récréations autant que les leçons de Mme Pierrat. J'avais rapporté plusieurs cahiers d'école dans ma valise et il m'arrivait parfois de les relire, le soir, pour ne pas « prendre trop de retard ». Une fois même, je demandai à Joseph de me faire réciter la dernière fable de La Fontaine que nous avions étudiée : « Le Cheval et l'Âne ».

En ce monde il se faut l'un l'autre secourir.
Si ton voisin vient à mourir,
C'est sur toi que le fardeau tombe.

« C'est vraiment pas joyeux, ton histoire, dit-il.

— Toutes les histoires ne connaissent pas une bonne fin, rétorquai-je.

— Si tu le dis. Continue. »

C'est lui qui demanda à Martine la date de notre retour à l'école. Immédiatement, je cessai toute activité pour lever la tête et observai la figure de Mme Brouillet. J'y perçus une perplexité sincère. Incrédule, elle fronça les sourcils et répondit :

« Mais tu es à l'école, Florent. »

À Ceyroux, il y avait le jour, il y avait la nuit, il y avait la maltraitance. Bien que celle-ci ne soit pas apparente dès le début, à dire vrai, elle avait toujours été sous-jacente. Les gens se trompent en pensant que la cruauté s'installe dans un foyer comme ça, du jour au lendemain. Elle emménage petit à petit et prend ses racines dans notre quotidien.

Le refus des Brouillet de nous donner accès à une éducation représentait une forme de violence en soi. C'était nous priver d'un futur, nous condamner à une existence de labeur. De solitude, aussi. Des mois passèrent sans que nous rencontrions qui que ce soit. Et pourtant je savais que nous n'étions pas les seuls habitants du village. René et Martine ne laissaient pas de doute là-dessus ; ils passaient de nombreux coups de fil, partaient sans prévenir pour revenir des heures plus tard, des rires encore plein la bouche. Chaque dimanche, ils se rendaient à la messe dans une ville voisine. Ils ne me paraissaient pas comme un couple adepte du christianisme, mais plutôt comme des gens qui appréciaient l'aspect communautaire que leur octroyait l'église. Martine, surtout, profitait de cette occasion pour se mettre sur son trente-et-un. En général son choix se portait sur de longues robes droites à motif géométrique ou à fleurs, et sur des chaussures noires à talons carrés, rehaussées par des boucles en argent. Lorsque je la vis les enfiler pour la première fois, je songeai qu'elles avaient quelque chose d'antique, de sculptural. Je devais les fixer du regard, car elle m'informa, un peu sur la défensive, que ses semelles étaient aussi usées à cause d'une jeunesse passée à danser. Par ces mots, elle souhaitait me faire comprendre qu'il avait été une époque où elle et ses souliers avaient été désirables. Qu'une telle détérioration n'était pas la conséquence d'une quelconque négligence de sa part, mais bien le prix à payer pour une vie vécue. Tandis qu'elle parlait, j'imaginais ses chaussures valser, de leur propre mouvement, sur une piste de danse encombrée d'escarpins, d'espadrilles et de mocassins. Je la félicitai d'avoir tant vécu et expérimenté d'un ton qu'elle jugea trop sarcastique. Cela n'avait pas été mon intention, j'ignorais jusqu'à la définition du mot « sarcastique ». Je n'avais fait que lui envier ses souliers et ses souvenirs de liberté. Toutefois, Martine avait interprété la situation autrement.

« Quels enfants insolents » furent les derniers mots qu'elle prononça avant de claquer la porte. Je songeai pendant de longues heures à cette conversation, incapable de déterminer l'instant exact où j'avais échoué.

« Tu parles trop, affirma Joseph. Moi, je me tais et je rencontre moins de problèmes.

— J'ai l'impression d'entendre Patricia. *Okip*-toi de ton ménage. »

Joseph avait raison. La parole, comme tout, possède un prix. Malheureusement pour moi, je faisais partie de ceux qui ne peuvent se permettre le coût de la liberté d'expression. À leur retour de l'église, Martine m'annonça d'une voix sévère que j'étais privée de déjeuner. Et, parce que je m'ingéniais à lui faire comprendre que je n'avais rien fait de mal, je manquerais le dîner. Cela m'apprendrait. Évidemment, même si je ne mangeais pas, il me revenait de préparer les repas. J'avais tellement faim que l'odeur des pâtes me tordait les intestins. Lorsqu'elle s'aperçut que sa punition avait de l'effet, Martine décida de pousser le vice encore plus loin : elle intima à Joseph et à moi de les rejoindre à table.

« Mais si je ne mange pas…

— Elle t'a dit de t'asseoir, rouspéta René. Donc tu fais ce qu'on te dit et tu t'assois, compris ? »

Je ne bougeai pas, tétanisée. Il reprit la parole :

« Compris ? Je n'ai pas entendu, je crois.

— Compris. »

Ils mangèrent pendant que je les regardais derrière une assiette résolument vide. Chaque coup de fourchette semblait être dirigé contre moi, un impact de plus infligé à mon estime. Le scénario se répéta presque exactement ce soir-là, sauf que j'étais plus éreintée et affamée encore. À côté de moi, Joseph me lançait des regards anxieux. Il mangeait avec hésitation. Plusieurs fois, Martine lui fit remarquer qu'il était impoli de jouer comme il le faisait, du bout de son couteau, avec la nourriture. Et puis il n'avait pas à s'inquiéter pour moi : je n'avais que ce que je méritais. « Que ça te serve de leçon à toi aussi, Florent », conclut-elle.

Au moment où nous rejoignions notre chambre à l'étage, Joseph déclara avoir quelque chose pour moi. Il avait cet air malicieux qu'il arborait autrefois, à La Réunion. Je m'étais tellement habituée à le voir triste et morose que cela me fit bizarre.

« *Daborinn*, d'abord, j'ai voulu te prendre une pomme, mais ç'aurait été plus difficile à cacher. »

Il sortit de sa manche un quignon de pain et me le tendit. Émue, je m'en emparai du bout des doigts, comme si je tenais là le plus précieux des joyaux.

« Merci, marmonnai-je. Mais tu aurais très bien pu te faire prendre.

— *Goni vide y tient pas debout.* »

Ces mots me firent sourire. C'était un de ces proverbes réunionnais que Monmon aimait évoquer quand l'un de nous, souvent Patricia, affirmait ne pas avoir faim. Un sac vide ne tient pas debout, prévenait-elle.

Le lendemain je m'excusai auprès de Martine, même si, au plus profond de moi-même, j'étais persuadée de ne pas avoir été en tort. Elle parut satisfaite. « Crois-moi, dit-elle, ça ne me fait pas plaisir de te punir. Mais c'est comme ça qu'on apprend de ses erreurs. »

Les masques ne tombèrent pas soudainement, mais peu à peu, dévoilant dans leur chute progressive des aperçus aussi effrayants qu'improbables des visages qu'ils dissimulaient. J'entrevis celui de René pour la première fois à son retour du marché. En son absence, Joseph et moi avions à nous occuper des bêtes. Je ne sais plus qui a commencé. Sûrement avions-nous décrété en même temps qu'il fallait que nous nous divertissions d'une façon ou d'une autre. Nous décidâmes de nous affronter dans une bataille de foin. L'étable devint une aire de jeu exempte de règles et de gagnant, même si Joseph se révéla un meilleur tireur. À la fin, j'avais les vêtements couverts d'herbe, de déjections et de débris. Je m'en fichais royalement. J'étais heureuse à cet instant, et je priais pour que ce moment ne se termine jamais, quitte à ce que Joseph et moi demeurions cloîtrés dans cet espace nauséabond pour l'éternité. Mais toutes les bonnes choses avaient une fin. René fit irruption, accompagné d'un flot de lumière, comme s'il dévoilait à grand jour quelque chose de proscrit.

« Qu'est-ce que vous faites ? »

Par instinct, je me plaçai entre mon frère et lui. Il sortit les mains de ses poches et je fus frappée par leur largeur et leur villosité.

« Qu'est-ce que vous faites ? répéta-t-il.

— Rien », répliquai-je.

Je sentis Joseph se raidir à côté de moi. Dans sa tête, il tenait sans doute son discours habituel : arrête de parler, Marie.

« Rien ? rugit René. Je vous ai donné du travail, non ? Sales petits cons ! Vous ne devriez pas être là à ne rien faire. À moins que vous en vouliez davantage… »

Je secouai la tête. René passa à autre chose, mais il n'oublia pas. Ce n'était que le premier accès de colère d'une longue et douloureuse liste.

Joseph avait pissé dans son lit. Ça ne lui était jamais arrivé auparavant, même à La Réunion. J'avais toujours pensé que ces affections touchaient uniquement les autres enfants, des êtres de nature plus fragile que nous. Au foyer comme à la pouponnière, ils étaient une dizaine à mouiller les draps tous les soirs. Dans le meilleur des cas, on les prenait en pitié. Au pire, on se moquait d'eux sous cape. Mais là, c'était différent. C'était Joseph. Et nous avions quitté le cadre faussement rassurant de l'aide à l'enfance. Il n'y avait pas d'éducateur pour nous conseiller, ni pour nous consoler. L'incident surprit et préoccupa Joseph au point qu'il me réveilla en plein milieu de la nuit.

« Je fais quoi ? » me demanda-t-il.

Les rayons de lune, plus délicats que ceux du soleil, relevaient avec douceur ses traits d'enfant. Il avait les yeux brillants de larmes, mais ne s'autorisait pas à pleurer devant moi.

« Ne t'inquiète pas, lui déclarai-je. J'irais voir Martine, d'accord ? Un drap se nettoie, ce n'est rien. »

Je m'efforçais de faire preuve d'un aplomb digne d'une grande sœur responsable, pour le rassurer. Mais je perdis toute contenance une fois que je me retrouvai en face de Martine.

Ce drap avait besoin d'être passé à la machine, dis-je précipitamment. Serait-il possible d'en avoir un de propre ? Madame Brouillet scrutait le tissu dans mes bras comme s'il dissimulait un cadavre. Elle me demanda pourquoi, exactement, je tenais à ce qu'il soit lavé.

« Il a été sali, répondis-je.

— Par qui ?

— Joseph.

— Comment ?

— Il a… fait pipi. »

Elle grimaça et réfléchit. Pour cette fois, elle ferait fi de cet incident. Mais seulement pour cette fois, insista-t-elle. Que cela ne se reproduise pas. Je fis l'erreur de lui donner ma parole. Comme tu te l'imagines, la chose s'est répétée. Encore. Et encore. Et encore. Chaque nuit, Joseph me réveillait, toujours un peu plus abasourdi par le fonctionnement de son propre corps. « Je te promets que je ne fais pas exprès », geignait-il. Mais Martine commençait à penser le contraire. Elle remarquait le nouveau linge à sécher et la couchette exposée dans la chambre. Sans compter le changement de pyjama au réveil. Elle l'interdisait de s'abreuver le soir. « Si c'est pour que tu pisses encore sur mes draps… » sifflait-elle.

René ne disait rien, mais il n'en pensait pas moins. Assis en bout de table, il semblait ruminer un peu plus chaque jour. Son échine se penchait progressivement au-dessus de son assiette. La colère et l'agacement montaient en lui comme la vase dans un étang. Jusqu'au soir où il ne tint plus ; il ordonna à mon frère d'enfiler un manteau et de le suivre à l'extérieur. Cette requête étonna tout le monde, même sa femme.

Dehors, l'obscurité s'était faite. Une fine pluie s'abattait sur le village. Joseph, terrorisé à l'idée de se retrouver seul avec René au milieu de la nuit, me contempla avec des yeux ronds.

« Est-ce que je peux venir ? demandai-je à René, mais il m'ignora.

— Florent, dit-il. Ne me fais pas répéter. »

Il n'avait pas levé la voix. Il n'en avait pas besoin. Joseph courut dans l'entrée chercher les imperméables et ils partirent tous les deux. Je priai Martine de me dire où ils pouvaient bien aller à cette heure, mais elle se butait à m'ordonner de débarrasser la table. On pouvait voir, depuis la minuscule fenêtre de la cuisine, deux silhouettes se glisser dans les ténèbres. Dix minutes plus tard, René revint, seul. Il essuya ses bottes lourdes de terre et de pluie sur le paillasson comme si de rien n'était.

« Joseph est resté dehors ? » l'interrogeai-je.

Sur son visage, le même regard que la dernière fois, dans l'étable. Je sentis comme un incendie se répandre sur ma joue et ma tête fut projetée sur le côté. Il m'avait giflée.

« C'est Florent, compris ? »

Plus tard je réussirais à rejoindre ma chambre, à me mettre en pyjama. À dormir, peut-être. Je n'en garde aucun souvenir. Ma mémoire ne reprend que le lendemain, lorsque je retrouvai Joseph dans la cuisine. Il préparait le café et portait les mêmes vêtements que le jour précédent, désormais maculés de terre et de fourrage. Il sursauta en m'entendant arriver.

« C'est moi, lui chuchotai-je. Quand est-ce que tu es rentré ?

— Il n'y a pas longtemps, dit-il. Il est venu me chercher, il est dans la salle de bains. »

Il sortit deux tasses du placard. Je me rapprochai. Une forte odeur de terre et de bête émanait de ses cheveux crépus.

« Qu'est-ce qu'il t'a fait ? demandai-je et il détourna le visage.

— Rien du tout, souffla-t-il. Prends le pain, c'est à toi de faire les tartines. »

J'aurais peut-être été amenée à oublier l'incident s'il n'était pas revenu aussi chamboulé. Joseph était entré dans le bâtiment, mais c'était Florent qui en était sorti. Et Florent ne dévoilerait rien de ce qu'il s'était passé. Pour autant, les accidents nocturnes ne s'arrêtèrent pas. Il cessa simplement d'en parler. D'un accord tacite, nous décidâmes de les ignorer. Il nous semblait plus raisonnable de dissimuler les preuves, de dormir dans la pisse, que de demander de l'aide à notre famille d'accueil, pas si accueillante en vérité.

Des années plus tard, quand mon propre enfant présenterait les mêmes problèmes urinaires, je ne m'en inquiéterais pas. J'avais déjà vu ça. Ce n'était qu'un chemin de passage à mes yeux. Aussi, lorsque j'évoquai ces accidents à une amie dont les enfants étaient bien plus âgés que le mien, et qui était, par voie de conséquence, une mère plus expérimentée que moi, je ne m'attendais pas à ce qu'elle réagisse avec autant d'émotion. Elle me prit par le bras, les yeux brillants d'inquiétude.

Avais-je déjà pensé à emmener mon enfant chez un psychiatre ?

Les bras liés, nous nous enfonçons dans le petit marché de Saint-Denis. Le nombre incalculable de corps qui s'y promènent intensifit l'effet de la chaleur. Il y a des touristes, des habitants de la capitale, des bambins, des chiens, des chats, des poules aussi. Cela fait longtemps que je n'ai pas assisté à tant d'agitation. Les étals aux parasols rouges offrent leur ombre aux passants afin qu'ils puissent reprendre leur souffle, abrutis de chaleur. Les vendeurs les apostrophent. Ils montrent du doigt leurs étalages brillants de fruits, de légumes, de poissons ou de poterie malgache, ils s'exclament : mais n'est-ce pas que c'est beau ? Ne voudriez-vous pas goûter, toucher, soutenir mon travail ? Les locaux connaissent bien ces manœuvres, les touristes un peu moins. Gênés par ces démonstrations, ils se sentent obligés de mettre la main au portefeuille et achètent à chaque recommandation. Ils seraient capables de payer le prix fort pour du papier toilette si on leur affirmait qu'il était de tradition réunionnaise.

D'ailleurs, c'est aussi un peu ton cas. Je le vois à tes yeux, deux larges mares où se reflètent les couleurs iridescentes des papayes, des anones, des hibiscus, de toutes ces choses que tu n'as jamais connues qu'en photo. Un homme te propose de goûter un litchi gros comme le poing d'un nourrisson, et tu acceptes en riant. Il est jeune, séduit par ton sourire, peut-être es-tu convaincu par le sien. Je m'écarte un peu pour te donner la place de vivre.

À proximité du marché, un groupe de trois garçons attire mon regard. Leur peau dorée se reflète comme du cuir tanné au soleil. Au premier abord, ils paraissent occupés à lancer des cailloux contre un mur. Rien d'inquiétant. Mais mon instinct me pousse à m'avancer davantage. Entre les pierres, une chatte errante se bat pour protéger sa progéniture.

Personne à part moi ne semble avoir remarqué cette scène. Sûrement est-elle trop banale. Les garçons doivent avoir douze ans. L'âge des bêtises, de l'ennui. Eux aussi sont en congé et cherchent autre chose que du temps à tuer. Dans ce genre de jeu, c'est à celui qui sera le meilleur tireur. La perversité innocente dont ils font preuve les fait marrer.

Je m'écarte pour revenir à l'étal, le sifflement désespéré de l'animal toujours à l'oreille. Le marchand a réussi son coup : tu te tournes vers moi, chargée de deux sacs de litchis.

« J'ai tout prévu pour le goûter », tu t'exclames avec fierté.

Alors que nous passons devant le groupe d'adolescents, tu les interpelles du regard et les sommes silencieusement d'arrêter. Ton audace les perturbe. Les chats profitent de cette diversion opportune pour disparaître dans les tunnels d'étals. Nous sommes si différentes, toi et moi.

Il me fallut un temps considérable afin de me familiariser avec les animaux, et plus longtemps encore pour les apprécier. Surtout les vaches. À mes yeux, elles représentaient tout ce que la terre avait de pire à offrir : des bêtes énormes et stupides, exemptes de sentiments. Elles n'étaient bonnes qu'à donner du lait. Pendant la traite, je craignais de m'approcher d'elles de peur qu'elles ne décident soudain de m'écraser, mues par un instinct sauvage et inexplicable.

« Vas-y, merde, s'agaçait René. Elles ne vont pas te mordre. »

J'appris à les comprendre, à leur reconnaître des qualités. Yvonne, en particulier, était dotée d'une douceur infinie. Elle quémandait des caresses et meuglait de frustration dès qu'on s'arrêtait. C'était notre préférée, à Joseph et moi. J'irais jusqu'à affirmer que, compte tenu des circonstances, elle fut notre première amie à la ferme. Mais de telles amitiés ne durent jamais longtemps.

Ce matin-là, René s'était montré plus exécrable que d'habitude. Il aboyait pour un rien. Une large veine bleutée saillait sur son front. J'aurais dû me douter de ce qu'il se tramait lorsqu'il nous somma d'isoler un couple de vaches, dont Yvonne, du reste du troupeau. Cependant, j'ignorais encore tout des codes d'une étable. Nous nous apprêtions à prendre notre pause déjeuner quand un bruit de moteur retentit à l'extérieur, si puissant qu'il faisait trembler le terrain. Enfin, soupira René. Il s'empara d'un chiffon et essuya ses mains pleines de terre.

« Tenez-vous bien », dit-il.

Un camion de transport s'étalait de tout son long sur la pelouse, à quelques mètres de l'entrée de l'étable. Un homme vêtu d'une salopette en descendit. Il s'appelait Marcel. Sa stature mince et élancée contrastait avec celle de René. Côte à côte, ils ressemblaient à un duo de série comique. L'un, grand et joyeux, l'autre, rondouillard et cynique. Mais René parut presque content de le voir, plus content qu'il ne l'était en notre présence ou en celle de sa femme. Marcel le salua, avant de tendre à Joseph et moi une main bienveillante.

« Et vous, qui êtes-vous ? » demanda-t-il.

René répondit à notre place.

« Florent et Marie. Tu sais, je t'en avais parlé. Ils m'aident à la ferme.

— Eh bien, tu en as de la chance ! Vous faites du bon travail, j'espère ? »

Cette fois, René resta silencieux. Il ne fit que hausser ses sourcils broussailleux, l'air de dire : on fait ce qu'on peut avec ce qu'on a. Marcel gloussa, révélant au passage l'éclat d'une dent en or au coin de sa bouche.

« Je suis sûr qu'ils sont excellents », certifia-t-il.

René ne parvenait pas à dissimuler sa gêne. Il trépignait. Nous n'étions pas là pour faire la conversation, et encore moins pour intégrer son paysage social. Notre existence se résumait au travail. Aussi nous renvoya-t-il dans l'étable pour leur ramener les vaches sélectionnées. J'étais plutôt soulagée, à vrai dire. Je ne supportais pas de le voir discuter avec autant d'affabilité, autant d'obligeance avec Marcel, en sachant qu'il ne se comporterait jamais de la sorte envers nous.

À l'intérieur du bâtiment, les bêtes avaient ressenti l'étrangeté de la situation. On dit que les animaux perçoivent ce genre de choses. Yvonne fut la plus difficile à sortir. Sûrement avait-elle observé maintes de ses consœurs partir dans les mêmes conditions. Elle lutta longtemps, tira sur son licol au point que je crus qu'il allait céder. « C'est que nous, Vonnie, répétait Joseph, c'est que nous. » J'étais vexée de l'attitude de l'animal. Nous qui avions été de si bons amis jusque-là, voilà qu'elle décidait de nous compliquer le travail et de nous mettre en danger. Dehors, René commençait à s'impatienter. Il tint deux minutes entières avant de hurler : « Bon, alors ? »

Yvonne finit par se résigner sur son sort. Ensemble nous marchâmes maladroitement vers les deux hommes. Le camion avait été éventré, il exposait ostensiblement son intérieur de métal. Des harnais pendaient de partout, tortueux et emmêlés les uns dans les autres, pareils à des intestins en plastique. Les parois, qui avaient dû être blanches à une époque, étaient maintenant maculées de terre, de poussière et d'autres débris. Marcel nous aida à hisser Yvonne, et ce malgré les recommandations de René, qui affirmait que nous étions tout à fait capables de le faire seuls.

« Oh, je sais, déclara-t-il. Mais j'ai envie de les aider. »

Je le regardai attacher l'animal de part et d'autre.

« Ne t'inquiète pas, cela ne lui fait pas mal. C'est pour sa sécurité. Tu vois ? »

Il tira sur le harnais pour faire bonne mesure.

« Où est-ce que vous allez les emmener ? » l'interrogeai-je à demi-voix.

Il se mit à genoux près de moi, et je me sentis aussitôt prête à éclater en sanglots. Ce n'était pas le destin tragique d'Yvonne qui m'émouvait aux larmes, mais plutôt la douceur de Marcel. Cette image me rappela celle de mon père, que le temps avait presque effacée de ma mémoire. Il ne restait qu'une silhouette sans visage. Je venais de coincer mes doigts dans l'embrasure d'une porte et il s'était agenouillé devant moi. Lui qui était si distant d'habitude avait embrassé ma main. Il n'existe pas de bobo qu'un *piouk* ne puisse arranger.

« C'est une vache très âgée, dit Marcel. Elle va aller au ciel se reposer.

— Non ! »

L'un et l'autre, nous fûmes étonnés de la force avec laquelle j'avais prononcé ce simple mot. Je ne m'en étais pas rendu compte. Je me tournai vers René avec effroi. Trop tard. Son regard s'était assombri. C'était à peine si j'arrivais à déceler le cercle de ses pupilles. Debout à côté de lui, Joseph n'osait même pas me regarder.

On dit que les enfants perçoivent ce genre de choses.

Marcel continuait à me parler, mais sa voix ne me parvenait que dans un murmure. Yvonne avait eu une belle vie. Elle était sans doute très reconnaissante de tout ce que j'avais fait pour elle. Au moment de se dire adieu, je détournais le regard.

« Je te promets que je m'occuperai bien d'elle, assura-t-il. Elle est en sécurité avec moi, d'accord ? »

Il ne réalisait pas que je n'avais plus peur du sort d'Yvonne, mais du mien. En remontant dans son camion, il nous fit signe. René serra mon épaule de ses doigts gargantuesques et m'enjoignit de lui répondre par un signe de la main. Ce que je fis, telle une marionnette. J'espérais que Marcel remarque toute l'artificialité de la scène, qu'il sache voir au-delà des masques et du décor en papier mâché. Qu'il nous sauve. Mais le véhicule démarra. Il traversa le champ avec une lenteur déchirante, pour finalement disparaître dans l'horizon brumeux.

J'eus immédiatement conscience, à la manière dont il me frappa ce jour-là, que ce n'était pas la première fois que René battait un enfant. Il savait exactement quoi faire, quoi dire pour faire durer la punition et la rendre aussi humiliante que douloureuse. Pas douloureuse au point de mener à des jambes ou des bras cassés, puisque de telles lésions m'empêcheraient de travailler, mais suffisante pour que j'en ressente les conséquences pendant les semaines qui suivirent. Il utilisait un bâton réservé à ce seul exercice. C'était un manche à balai qu'il avait taillé de sorte qu'il laisse sur mon dos des marques saillantes et putrides.

Aujourd'hui, je me souviens moins de ma douleur que des cris déchirants de Joseph, enfermé à l'extérieur du bâtiment, qui le suppliait d'arrêter. Ces braillements finirent par ennuyer René. Le châtiment cessa quelques minutes, le temps pour lui de sortir menacer mon frère de la même pénitence. Cela ne sert à rien de crier comme ça. Elle l'a bien mérité. C'est ce qu'il me disait aussi : je l'avais bien mérité, à parler à ses amis comme ça, à vouloir faire l'intéressante. Je ne trouvais rien à rétorquer. Toutes mes forces m'avaient quittée. J'étais au sol, le regard fixé sur la charpente de l'étable. Des toiles d'araignée frémissaient avec une délicatesse presque insultante au-dessus de moi et je songeai à la fois où, défié par Patricia,

Michel avait mangé une faucheuse dans notre chambre à La Réunion.

C'était juste après la perte de la maison, et nous venions d'emménager dans ce vétuste appartement du quartier du Chaudron. L'insalubrité dans laquelle nous nous apprêtions à vivre était source d'autant de dégoût que d'imagination. À cet âge, on prend tout ce que la vie nous donne, et il se trouvait que la vie nous avait offert un nid d'araignées. Aucun de nous n'osait s'en approcher.

« Je ne vois pas pourquoi vous faites vos chochottes, déclara Michel. Ce ne sont que des insectes.

— Attrapes-en une, si tu es si courageux, le toisa Patricia.

— Je peux faire mieux. Je vais en manger une.

— Montre. »

Et il le fit. Une toute petite araignée certes, mais ce fut assez pour nous mettre dans tous nos états. Patricia, qui l'avait pourtant mis au défi, le réprimandait tandis que je le suppliais de décrire le goût en détail. Joseph, lui, partit en quête d'un insecte à avaler. Les rires de cet après-midi semblaient pleuvoir sur moi en même temps que les coups de René, et je me demandai si les araignées au plafond étaient les mêmes que celles de La Réunion, s'il était possible qu'elles soient venues jusqu'ici pour se venger. Et si, comme René le répétait, je l'avais bien mérité.

Je refuse de prendre un taxi, malgré ton insistance. Il est hors de question que je retourne chez moi en tant que touriste. Non, ce trajet, il faut que je l'entreprenne en bus. Tu acceptes, sans cacher ton rechignement. Si je vomis, me préviens-tu, ce sera dans mon sac.

Le ticket des Barachois jusqu'au Chaudron nous coûte deux euros chacune. Le car jaune est, sans surprise, bondé de monde à cette heure. Un jeune homme me cède sa place. Vieillir a ses avantages.

Nous quittons les maisons coloniales, les palmiers, l'ambiance touristique, pour les tours HLM, les bars-tabacs et les motos. J'ai du mal à reconnaître mon quartier. Je te désigne divers bâtiments du doigt, je te dis : ici, tu vois, il y avait une épicerie. Et là, à la place de cette boutique Orange, c'était une boucherie. Le passé, bien qu'invisible aux autres, agit à la manière d'un papier calque sur ma vision. Il transparaît dans tous les coins. Quand vient notre arrêt, j'hésite à descendre. La peur de ce que je risque d'y trouver me pétrifie. Qu'est-ce qui serait le pire ? Un amas de ruines ou un faubourg gentrifié ? De la sueur coule sur mon front, dans mon dos. Mais comme toujours dans ces moments, tu es à mes côtés, tu m'extirpes du chaos de ma pensée d'un léger coup de coude et m'accompagnes à notre destination.

Le bâtiment est exactement tel que je l'ai quitté ; des étages d'appartements sociaux aussi étriqués qu'hostiles, armés de balcons et de lourdes antennes télévisées grises de pollution. Les graffitis ont changé, mais ils ne sont guère plus innovants qu'à mon époque. « Nike la Bac », « Nik la Popo », « J'aime les putes ». Plus original peut-être, des vers de Joseph ont été inscrits en grosses lettres rouges : « Je ne parle que pour les vaincus / que pour les pions de l'échiquier / sacrifiés au nom du bien-être / collectif et de la bienséance. »

J'éprouve un soulagement devant cette vue pourtant si désolante. Car si maintes choses ont changé sur l'île, la pauvreté, elle, reste intemporelle. Par une habitude qui m'est douloureuse, mon regard se dirige au deuxième étage. La fenêtre de notre ancienne cuisine est ouverte, pareille à une invitation. On ne peut entrevoir que le haut d'un réfrigérateur et les branches d'un hibiscus, néanmoins j'ai l'impression d'en avoir trop vu.

Certains détails ont changé. À l'intérieur de l'immeuble, les habitants se protègent comme ils peuvent à l'aide de portes blindées, de serrures électroniques et de passes d'entrée. Rien de tout cela n'existait en mon temps. Tout le monde pouvait pénétrer dans la résidence, et tout le monde le faisait. Sûrement était-ce le problème.

Tandis que tu fais s'enchaîner les noms des résidents sur l'interphone, ils défilent dans ma mémoire. Payet, Durand, Duchemann, Nativel. La plupart ne me disent rien. Puis, finalement, un nom me saute aux yeux : Ramakavelo.

Cette même voisine qui habitait l'étage du dessous et qui apportait des friandises à Joseph à son retour du marché. Il était son préféré, son amoureux comme elle l'appelait, et elle savait combien il aimait la réglisse. Avant notre départ pour la métropole, elle lui avait promis qu'elle lui en enverrait par la poste. « Je ferai tout pour mon amoureux », jurait-elle à ma mère.

Un homme décroche l'interphone. Tu lui récites un discours écrit à l'avance dans les notes de ton téléphone.

« Bonjour, je me permets de vous déranger, car je suis accompagnée de ma mère qui connaissait madame Ramakevelo. Elle a habité ici, il y a longtemps, et elle souhaiterait voir son ancien appartement… »

Un silence. Pendant un instant, je pense que l'homme au bout du fil va raccrocher. Une chose que je comprendrais tout à fait, compte tenu de l'improbabilité de la situation. Mais il finit par demander :

« Elle connaissait ma mère ?

— Oui, tu lui réponds. Elle s'appelait Marie-Thérèse et habitait au deuxième étage.

— Et quand est-ce qu'elle a vécu ici ?

— Au début des années 70.

— Attendez. »

Un clic. Silence. Tu me jettes un regard plein d'espoir avant que la sentence ne tombe.

« Elle dit ne pas connaître de Marie-Thérèse. »

Mon cœur se serre. Je regarde la fenêtre du deuxième étage. Ma fenêtre. À tout moment, Patricia se penchera de celle-ci et m'ordonnera de rentrer. Il est tard, dirait-elle, Monmon s'inquiétait.

« Dites-lui que je suis la sœur de Joseph Gosse », suggéré-je.

Après cinq minutes, un homme gigantesque nous rejoint dans le hall. Il est si imposant que sa chemise ne parvient pas à couvrir le bas de son ventre. Suivez-moi, ordonne-t-il. Au premier étage, une vieille femme se tient debout sur le pas de sa porte. Une masse de cheveux gris flotte comme dans un rêve au-dessus de sa tête, alors que son visage, lui, s'affaisse et s'écroule sous le poids du temps. Madame Ramakevelo me reconnaît dès qu'elle m'aperçoit. Elle me prend dans ses bras, et sa peau rêche comme du cuir râpe contre la mienne. Je souris quand elle dit que ça fait du bien de me revoir, souris aussi quand elle affirme que je n'ai pas changé. C'est grâce à la chimiothérapie, ai-je envie de répondre. Tout le monde s'en plaint, mais elle a le mérite de vous écraser, de vous rapetisser pour ne plus rien laisser, sinon l'essence de votre être.

Ensemble, nous montons les marches vers le deuxième étage. Madame Ramakevelo et moi nous accrochons l'une à l'autre comme de vieilles amies. Et c'est ce que nous sommes après tout, même si notre différence d'âge a longtemps limité nos conversations à des sujets enfantins et superficiels. Aujourd'hui, nous sommes les derniers témoins d'une époque révolue.

Elle m'explique que l'homme derrière nous, celui qui nous a ouvert la porte, n'est autre que son fils Laurent. J'ai du mal à la croire. L'un et l'autre ne ressemblent en rien au souvenir que j'ai d'eux. Elle, une jeune femme belle, robuste, au tempérament de feu. Lui, un gazouilleur minuscule, accroché au dos de sa mère au moyen d'une écharpe rouge et blanche.

Arrivée devant la porte, ma porte, mon ancienne voisine frappe sans cérémonie.

« Les Payet sont des gens très gentils, m'informe-t-elle. Ils vont comprendre. »

Une femme apparaît sur le palier. Elle a une quarantaine d'années, ses cheveux sont dissimulés par un turban wax à l'imprimé bogolan. Derrière elle se cache un garçon qui lui ressemble affreusement, le même nez épaté, la même fixité des yeux.

« C'est pour quoi, Faly ? » demande la femme à madame Ramakevelo, et celle-ci se charge de tout lui expliquer. Dès lors qu'elle apprend mon identité, madame Payet ouvre grand sa porte. « Bien sûr, s'exclame-t-elle, faites comme chez vous. »

Une étrange sensation que de retrouver votre maison et de constater avec quelle efficacité on a effacé votre présence. Ce n'est pas ma cuisine, et pourtant c'est bien là que chantait et dansait ma mère en préparant le carri de volaille. Ce n'est pas mon lit, et pourtant c'est bien ma chambre. Ici, nous dormions tous ensemble, mes frères, ma sœur et moi. Ici, nous nous disputions pour savoir qui éteindrait la lumière, ou qui passerait le balai.

Maintenant qu'elle n'est plus occupée par quatre enfants, cette pièce me paraît inconcevablement grande. Il y a de la place non seulement pour un lit, mais aussi pour une commode, un coffre de jeux, une bibliothèque. Le fils de madame Payet entre et s'assoit en tailleur sur le matelas.

« C'est ma chambre », déclare-t-il.

Comme si ses peluches, les nombreuses photos de lui et de ses parents ne rendaient pas cela évident. Tu te penches vers lui avec bienveillance et lui dit qu'avant c'était la mienne. Cette information le trouble grandement. Non, ça doit être une erreur. Cet espace a toujours été le sien. Même avant sa naissance, cette chambre l'attendait. Puis il se laisse distraire par ses jouets, il te montre ses voitures miniatures préférées et t'explique leurs diverses fonctionnalités.

De l'autre côté du mur me parvient le murmure d'une conversation. Les voisins de palier sont chez eux. Certainement pas les mêmes qu'à mon époque. Nous n'apercevions presque jamais les Fontaine, nous ne faisions que les entendre. Le couple passait une quantité inquiétante de temps dans leur appartement, isolés du reste de la résidence. Ils étaient les seules personnes de l'immeuble à manquer les dîners de ma mère. Non pas parce qu'ils n'étaient pas invités – Monmon ouvrait sa porte à quiconque se présentait sur son palier –, mais parce qu'ils refusaient de participer à la vie sociale du quartier. L'homme sortait toujours seul. Il était rare que sa femme l'accompagne, plus rare encore qu'elle se déplace sans lui. Néanmoins, tout l'immeuble avait conscience de son existence. Nous l'entendions tous se faire battre, de jour comme de nuit.

Quelques minutes plus tard, lorsque nous nous retrouvons tous autour d'un café, je demande à Ramakevelo ce qui est advenu des Fontaine.

« Ils sont partis il y a longtemps, dit-elle. Un peu après vous, je pense. Heureusement d'ailleurs, parce que ça n'aurait pas été vivable autrement. »

Elle se tourne vers Mme Payet et toi, elle vous explique avec un drôle de ton qu'elle n'a jamais connu de voisins aussi bruyants que les Fontaine. Elle ne mentionne ni les hurlements ni les coups qui faisaient trembler les murs. Elle ne semble pas concernée par les actes qu'on aurait dû faire, les paroles qu'on aurait dû dire.

La violence a l'effet d'une pilule dans le verre de la vie. Elle s'y fond et s'y mêle en laissant toutes sortes de dépôts sur les bords, des marques que l'on préfère ignorer. On s'habitue à son goût acerbe, que ce soit à Ceyroux ou ailleurs.

Comme la traite, le ménage, la maltraitance devint presque une activité à part entière dans notre emploi du temps. René ne cherchait plus d'excuse pour nous battre ; notre seule présence justifiait ses accès de colère. Au début, Joseph et moi avions essayé de nous défendre. Pas physiquement, car nous avions conscience de ne pas faire le poids contre les cent kilos de graisse et de muscle qui composaient René. Non, pour lutter contre lui, nous avions décidé d'en parler à Martine. Peut-être pensions-nous que quelque chose en elle, sa sensibilité féminine, son instinct maternel peut-être, la pousserait à réagir. Mais elle perçut cet appel à l'aide comme une provocation contre son mari. « Si vous vous comportiez correctement, nous n'aurions pas à vous punir. » Par la suite, elle nous défendit de mentionner le traitement que nous réservait René. C'était son choix, sa pédagogie.

Pendant la journée, Joseph et moi n'échangions plus que quelques phrases, le strict nécessaire pour subsister. J'avais conscience que, si j'avais à lui parler d'autre chose que de l'étable ou de la météo, je m'effondrerais. Cela ne faisait pas un an que nous étions à Ceyroux et nous ne tenions plus. Il nous fallait une échappatoire. Une raison de se lever chaque matin, autre que le travail.

C'était pendant notre pause déjeuner. Nous nous étions réfugiés dans la forêt, où la pluie s'était mise à tomber. Le feuillage des arbres ne suffisait pas pour nous protéger des gouttes, mais il était hors de question que nous rentrions à la maison.

J'ai une idée, marmonna Joseph. Et il me fit signe de le suivre derrière le bâtiment. Parce que je portais des bottes de seconde main trop larges pour moi, j'avais du mal à marcher aussi vite que lui. « Attends, putain », grognai-je. Petits, notre mère nous interdisait de jurer. Les jurons comme les blasphèmes n'avaient aucune place à la maison. Mais, à Ceyroux, ils n'étaient qu'un élément de langage parmi d'autres. J'aimais bien les gros mots, finalement. Ils aidaient l'esprit à se vider, ne serait-ce que quelques secondes. Après un bon « merde », on se sentait plus léger.

Derrière l'étable, il y avait tout ce que les Brouillet ne souhaitaient pas voir : des morceaux de bois gondolés, des bidons, des outils rouillés de pluie. Je n'avais jamais rien pensé de ce tas d'ordures, alors que Joseph, lui, paraissait déjà avoir tout préparé dans sa tête. Il réfléchissait vite. Emporte ça à l'orée de la forêt, derrière cet arbre. Tiens ça. Plus haut, Marie. Le résultat était une fébrile cabane juste assez large pour nous deux. On s'assit là, à même la terre. La pluie tombait en trombe autour de cet abri de fortune. Pourtant, dans l'humidité et l'obscurité, il me sembla être heureuse. Un étrange sentiment de sécurité m'enveloppa comme une couverture. Une impression de calme, de sérénité retrouvée. Joseph le sentit aussi. Nous nous mîmes à imaginer comment étendre ce projet. Il y aurait ici un salon, là une cuisine, des chambres pour nous deux, pour Michel et pour Patricia. Pour notre mère, également. Après tout, les Brouillet possédaient plusieurs hectares de terre. Il y aurait suffisamment de place pour la famille entière. Fini, quatre enfants dans une chambre. Fini, les voisins braillards. Même enfant, Joseph avait déjà les réflexes d'un architecte. Il pensait matériaux, agencements, emplois du temps. Moi, je discutais de la décoration, de l'énorme bibliothèque qu'on aurait et des lettres que j'écrirais à la famille pour les prévenir de notre plan. Seul le bruit du moteur de René réussit à nous extirper de nos rêveries. Et encore, l'extraction ne fut pas totale. Sûrement que nous souriions toujours lorsque nous arrivâmes à sa hauteur, car il nous jeta un regard empreint de la plus grande sévérité.

« Vous n'avez pas intérêt, dit-il, à avoir fait de conneries pendant que je n'étais pas là. »

Je lui assurai que non, nous avions été sages. Nous étions simplement heureux de reprendre le travail. Je jubilais telle l'héroïne d'une saga fantastique venant d'ouvrir la porte d'un second monde. Et cet univers nous attendait à quelques mètres de là, prêt à être découvert.

Quand le brouillard enveloppe votre monde et teint votre vie de gris, le moindre rayon de soleil vous apparaît comme un miracle. Une révélation. Sans m'en rendre compte, cette stupide cabane devint une raison de vivre. Le matin, je me levai tôt pour regarder par la fenêtre. À cette heure-là, c'était à peine si l'on pouvait discerner les arbres de la forêt, sans parler de la cabane qu'elle hébergeait. Et pourtant je la voyais sans la voir, je souriais de la savoir de l'autre côté. Joseph riait et disait que ça en devenait une obsession. Mais il finissait toujours par me rejoindre à la fenêtre. D'une voix trop adulte pour être la sienne, il m'expliquait ce qu'il comptait faire une fois qu'il aurait tous les matériaux dont il avait envie. Une charpente, des soliveaux, et plein d'autres choses qu'il avait apprises je ne sais où.

Si nous voulions déménager dans la cabane, nous aurions besoin de vivres. Aussi commençai-je à subtiliser des paquets de gâteaux, des fruits, quelques couverts. Tout ce qui était assez discret, assez insignifiant pour que les Brouillet n'en remarquent pas l'absence. Du moins, pas immédiatement. C'était une opération difficile, minutieuse, mais terriblement exaltante. Joseph se mit à son tour à dérober de la nourriture, et nous comparions nos butins dans l'obscurité de notre refuge. C'était à celui qui apporterait l'objet le plus improbable.

À cet âge, n'importe quelle activité se transforme en jeu, et j'avais désespérément envie d'en gagner un. N'importe lequel. Je décidai de risquer le tout pour le tout, et de voler la friandise favorite de Martine : un pot de confiture de coings. L'aisance avec laquelle je le dérobai me surprit moi-même. J'eus seulement à le glisser dans ma poche au moment de débarrasser le petit déjeuner. J'ignore encore comment j'ai fait pour m'en sortir, et comment personne n'a fait pour ne pas remarquer la bosse énorme que formait le bocal dans mon pantalon. Une fois à l'étage, je le dissimulai dans l'armoire pour le récupérer plus tard, pendant notre pause. Il n'avait fallu que deux semaines pour que la cabane prenne des airs de bunker, avec ses paquets de gâteaux, sa vaisselle sale et ses bouteilles d'eau.

« À trois, dis-je, on sort ce qu'on a pris. Prêt ? Un, deux… trois ! »

Le pot de confiture brillait dans l'obscurité à la manière d'un diamant. Je ris devant la figure stupéfaite de Joseph ; lui n'avait réussi qu'à subtiliser un morceau de pain rassis.

« T'es complètement folle, s'écria Joseph. Elle va le remarquer !

— Et alors ? C'est bien fait pour elle. Tu veux ? »

La désapprobation de Joseph ne dura pas. Bientôt, nous savourions notre trophée en riant. Je ne suis pas une adepte de la confiture de coings, mais aucune nourriture ne rivalise avec l'exultation qu'elle me prodigua ce jour-là. Elle avait le goût de la victoire, de l'enfance retrouvée.

Le lendemain, néanmoins, j'étais beaucoup moins sûre de mon coup. Les regrets et l'inquiétude commençaient à me ronger de l'intérieur.

Je voyais la réaction de Martine et m'imaginais la punition de René. Il utiliserait sans doute la ceinture, cette fois. Celle qu'il ne sortait que pour les grandes occasions et qui faisait un bruit de fouet avant de s'abattre sur vous.

Au moment de préparer le petit déjeuner, je décidai de remplacer la confiture de coings par de la confiture de myrtilles. Je n'étais pas sans savoir que Martine remarquerait aussitôt la différence. Quand elle me questionna sur ce choix, je lui affirmai que j'avais regardé partout, mais que je n'avais rien trouvé d'autre. Elle avait dû finir le pot sans s'en rendre compte. Joseph fronça les sourcils. Un bon menteur aurait su qu'on n'accuse jamais la personne qu'on essaie de convaincre. Mais mentir ne me venait pas aisément. J'avais les mains moites, les pupilles frémissantes. De toute façon, il était trop tôt pour que Martine ait la force de réfléchir. « Bon, il faudra ajouter ça sur la liste de courses alors. » Je retins un sourire. Pour la première fois de ma vie, j'avais gagné.

Je ne fus pas surprise de trouver, un matin, Martine assise à la table de la cuisine, perdue au milieu d'un océan d'enveloppes, de factures et de courriers. Il lui arrivait souvent de se mettre en scène ainsi. Tout chez elle était performatif.

Maintenant qu'elle ne travaillait plus à la ferme, elle trouvait le temps long. S'ennuyait à en mourir. Elle souhaitait que Joseph et moi lui donnions l'attention dont elle avait tant besoin, et que René lui refusait, par lassitude. Cette fois-ci, elle désirait qu'on la questionne au sujet de la carte postale qu'elle cachait dans ses mains, celle qui la faisait sourire comme une amante prise sur le fait. Ce que je fis, sans grand entrain.

« Oh, ça, dit-elle. Ce n'est rien. Vous pouvez débarrasser la table et mettre le couvert. »

Mais elle continuait à sourire, signe qu'elle n'était pas prête d'arrêter son cinéma de sitôt. Entre ses doigts j'aperçus la photo qui figurait sur la carte postale : l'avenue des Champs-Élysées.

« Ça vient de Paris ? » demandai-je.

Je n'avais pas abandonné mon fantasme parisien. Comment aurais-je pu ? Scotchée au-dessus de ma couchette, l'image de Notre-Dame veillait sur mes nuits à la manière d'un attrape-rêves. Le temps ne l'avait pas épargnée. Une tache d'humidité obscurcissait le côté droit et emportait avec elle la silhouette d'une passante. À mes yeux, cette altération ne faisait qu'ajouter au caractère mythique et mystérieux de la capitale.

La carte venait du plus jeune de ses fils, Antoine. C'était sa chambre que Joseph et moi occupions, m'informa Martine d'une voix chargée d'amertume. Comme si nous avions choisi de prendre sa place. Antoine était parti pour l'Île-de-France dans le cadre de ses études. Séduit par la capitale, il avait pris le parti d'y faire carrière. Sa mère ne savait presque rien de ce qu'il faisait, sinon que son emploi impliquait la présence d'un bureau. René fit son apparition dans la cuisine alors qu'elle louait les exploits de leur fils. Premier de la classe, premier de sa compagnie. C'était étonnant qu'il ait trouvé le temps de leur écrire, compte tenu de toutes ses responsabilités ! René se mit à secouer la tête. De larges cernes creusaient son regard. Je le crus d'abord frustré d'avoir à entendre les tergiversations de sa femme pendant la pause déjeuner. La matinée avait été longue, éprouvante. J'aurais compris qu'il souhaite se recueillir en lui-même, dans le calme. Mais le problème n'était pas là. Parce que Martine nous avait divertis avec ses histoires, Joseph et moi n'avions pas terminé de préparer le déjeuner. Grossière erreur.

« Pourquoi ça piaille comme ça ? Et pourquoi la table n'est toujours pas mise ? Vous êtes là pour quoi ? »

Cette question, il la posait de plus en plus. Vous êtes là pour quoi ? Une façon de nous rappeler, à Joseph, à moi, et peut-être à sa femme aussi, la dette que nous avions envers lui. Plus tard, j'entendrais cette même phrase dans diverses situations, à l'intérieur de magasins de vêtements, d'offices de tourisme, et je la percevrais toujours, peu importe le contexte, comme une accusation déguisée.

Vous êtes là pour quoi ?

Joseph se dépêcha de mettre les fourchettes tandis que je m'occupai des verres. Toujours assise, Martine lut la lettre à son mari. Antoine leur annonçait que tout se passait pour le mieux de son côté. Il était heureux au travail comme à la maison, surtout maintenant que les beaux jours revenaient. Il pensait fort à eux et espérait les revoir bientôt, peut-être à l'anniversaire de sa mère, qui approchait à grands pas. Sa venue à Ceyroux n'était qu'une simple suggestion, mais les Brouillet l'interprétèrent comme une certitude.

« Il n'a pas intérêt à jouer son Parigot cette fois, soupira René.

— S'il vient, il faudra vider la deuxième chambre, avisa sa femme. C'est un vrai capharnaüm.

— Oui, je t'avais dit qu'il fallait faire le tri. »

Martine tourna autour du pot tout le déjeuner. Il était évident qu'elle désirait organiser une fête pour son anniversaire, mais qu'elle ne savait comment aborder le sujet avec son mari. Pensait-il que les Mortellet seraient disponibles cette semaine-là ? Et quid de monsieur Michas ? René mastiquait ses haricots verts avec de plus en plus d'agacement.

« On verra plus tard. Qui est-ce qui m'a donné deux fourchettes, là ? Je n'ai pas de couteau. »

Joseph, tremblant de honte, se hâta de lui en trouver un. Il reçut une claque sur le crâne pour son étourderie. Son anniversaire à lui aussi approchait. Dans une semaine, il aurait douze ans. Les Brouillet n'en savaient rien.

Chez nous, il était rare de recevoir des cadeaux. Notre mère n'avait pas les moyens de nous en offrir. Pourtant, lors de l'ultime anniversaire de Joseph à La Réunion, elle redoubla d'efforts pour lui faire plaisir.

Un jouet exposé dans la vitrine d'un magasin lui avait tapé dans l'œil. C'était l'une de ces boutiques dans lesquelles nous ne pouvions même pas rêver entrer un jour, mais que, par un cruel hasard du destin, nous étions obligés de dépasser sur le chemin du marché. Mon frère s'était arrêté soudainement, comme frappé par la foudre. C'était, avait-il informé Monmon, la plus belle création qu'il ait jamais vue. Pour l'époque, le jouet avait tout ce qu'il y a de plus extraordinaire : une reproduction filoguidée d'un char Puma, véhicule de guerre allemand, avec un personnage qui vous observait depuis son poste de commande.

Notre mère avait été obligée de solliciter l'aide de madame Ramakevelo pour l'acheter. Quand il découvrit le jouet dans le salon, le jour de son anniversaire, Joseph fondit en larmes. Michel se moqua de lui. Quel bébé ! Pas étonnant qu'il fût le petit préféré ! Mais quelques minutes plus tard, il lui expliquait comment faire fonctionner la voiture, tandis que j'aidais ma mère et ma sœur à préparer une tarte aux pommes. Aucune célébration ne pourrait rivaliser avec celle-là. J'en avais conscience. Seulement, à mes yeux, il aurait été plus terrible encore d'ignorer son anniversaire. On n'avait pas douze ans tous les jours. Mais lorsque je lui demandais ce qu'il souhaitait recevoir, il me répondait qu'il ne voulait rien. J'avais pourtant en tête plein d'idées de choses qu'il pourrait désirer. Une balle ? De nouvelles chaussures ? Un gâteau ? Non, non et non.

« Je ne suis plus un petit, déclara-t-il.

— Ce n'est pas une question d'âge, m'offusquai-je. Regarde, Martine. Elle va fêter son anniversaire et elle est vieille.

— Ouais, c'est Martine. Ce n'est pas un bon exemple. »

D'un côté, il y avait donc Joseph, qui prétendait avoir passé l'âge de telles futilités ; de l'autre, Martine, dont l'engouement ne faisait que croître au fil des heures. Je m'occupais de ranger du matériel dans l'étable lorsqu'elle surgit de nulle part, le souffle coupé. Elle affirma à René qu'elle avait besoin de moi. C'était urgent. Et sans lui laisser le temps de protester, elle ajouta :

« Cela ne lui prendra même pas cinq minutes. »

En réalité, je passai pratiquement tout l'après-midi à ses côtés. Il fallait préparer le menu, faire l'inventaire de ce que nous avions déjà, de ce dont nous aurions besoin à l'avenir, composer la liste de courses et d'invités. J'avais du mal à croire que les Brouillet connaissent autant de gens, et encore plus de mal à concevoir qu'ils les apprécient assez pour venir à cette stupide fête. Depuis notre arrivée à la ferme, je n'avais rencontré que deux autres protagonistes : Marcel et le facteur.

« Tous les invités habitent Ceyroux ? l'interrogeai-je.

— Certains vivent ici, à Aulon, Saint-Dizier-Leyrennes, d'autres à Augères, Guéret… »

Martine prévoyait à manger pour tout un régiment. Elle voulait des chips, des huîtres, du poisson. J'essayai de tout écrire, mais ma petite main d'enfant avait du mal à suivre. « Allez, dit-elle en me secouant par l'épaule, dépêche-toi de noter ! Mon Dieu, le nombre de fautes que tu fais... »

Je ne posais pas de questions, mais elle se sentait tout de même obligée de justifier ses dépenses. Tu sais, quand j'avais ton âge, c'était la guerre. Je n'avais pas le droit à de jolies choses. Aujourd'hui, j'en profite. Vous, les jeunes, vous n'avez pas connu cela. Vous ignorez tout de la pénurie, du désespoir. Toutes ces choses qui, d'après elle, avaient péri en même temps que la Seconde Guerre mondiale.

Et puis, répétait-elle, on n'a pas soixante ans tous les jours.

Près d'une trentaine de personnes seraient convoquées à cette fête d'anniversaire. Le plus âgé de ses fils, qui résidait à Montpellier, ne pourrait certainement pas se déplacer. Le pauvre, sa femme et ses enfants lui en faisaient voir de toutes les couleurs. Mais Antoine, lui, serait là. Il avait promis qu'il viendrait. À l'entendre, on aurait presque dit que cette fête lui était destinée. Elle n'avait organisé cet événement qu'après avoir reçu sa lettre, et l'avait adapté selon ses goûts. Il n'y aurait pas de plats à base de tomate ni de tarte aux pommes. Antoine détestait cela. Elle partit en ville acheter du vin rouge, le même qu'il buvait à Paris.

Plus tard, elle m'annonça qu'il était temps d'entreprendre le « grand ménage ». Je la suivis jusqu'à l'étage, jusqu'à la porte de la troisième chambre qui, pendant tout ce temps, m'avait été interdite. J'avais perdu des heures de sommeil à imaginer ce qu'elle pouvait enfermer. Un trésor, peut-être, ou les corps d'autres enfants, ceux qui avaient été là avant nous, un peu à la Barbe bleue. Ces deux hypothèses me paraissaient tout à fait probables. Mais lorsque la porte s'ouvrit, la pièce n'était qu'obscurité.

Ne bouge pas, chuchota Martine. Et elle appuya sur l'interrupteur.

Au premier regard, la chambre s'apparentait au hangar d'un musée délabré. Il y avait des cadres sans tableau, des buffets, des commodes d'une autre époque, ainsi que des coffres remplis de jouets et de poussière. Cet agencement donnait l'impression d'entrer dans un mémorial dédié à l'histoire des Brouillet. On y trouvait surtout des affaires de leurs deux enfants, partis une décennie plus tôt du foyer familial. Je me sentis quelque peu embarrassée d'empiéter sur l'intimité de gens que je ne connaissais pas. Martine, quant à elle, fouillait chaque recoin. Elle ouvrit un tiroir rempli de caleçons et de chaussettes.

« Parfait, s'exclama-t-elle. Il n'aura pas besoin d'apporter des vêtements de rechange. Il faudra faire une lessive, par contre. »

Elle semblait avoir tout conservé de la scolarité de ses fils, même leurs cahiers de brouillon. Elle avait été très fière d'eux. Des élèves brillants devenus des membres productifs de la société. En dépit de leur réussite, elle leur vouait un certain mépris. S'ils avaient été aussi doués à la ferme, pensa-t-elle tout haut, peut-être qu'ils seraient toujours là.

Je n'arrivais pas à ressentir de l'empathie pour elle. Imagine-toi la tentation, la jalousie qui emplissaient ma poitrine tandis que j'ouvrais boîte après boîte et que j'y trouvais toujours plus de jouets, toujours plus de raisons d'imploser. Je découvrais que les Brouillet étaient tout à fait capables de donner de l'affection à des enfants et de pourvoir à leurs besoins. Seulement, pour une raison qui m'était encore inconnue, ils ne nous pensaient pas dignes de la même attention.

Au fond d'un des coffres, je trouvai un tank en tôle. Il n'était pas sans ressembler à celui que ma mère avait offert à Joseph une éternité plus tôt, si ce n'était que celui-ci était miniature et rongé d'humidité. Je jetai un regard à Martine. Un tendre sourire étirait ses lèvres cependant qu'elle triait les pantalons de ses fils. Cette image acheva de m'énerver. Je glissai le jouet dans ma poche.

Ce fut avec surprise que je constatai n'éprouver aucune culpabilité à la suite de mon geste. Le vol de nourriture m'avait pourtant habituée à une inexorable adrénaline. Je m'attendais à ce que mon cœur s'emballe, à ce que mes doigts tremblent. À ce que mon corps me trahisse d'une façon ou d'une autre. Au contraire, je me sentis sereine, victorieuse, comme si j'avais gagné une guerre que j'ignorais avoir menée.

Je continuai d'aider Martine à déplacer les meubles, à ranger les jouets et à dépoussiérer les draps. À un moment, elle surprit l'esquisse d'un sourire sur mes lèvres. Un vent de panique traversa les sillons de mon âme. J'étais persuadée d'être démasquée. Mais Martine se contenta de me remercier de mes efforts, à sa façon.

« Tu as été sage, admit-elle. Si seulement tu pouvais être comme ça tous les jours. »

Notre famille étant trop pauvre pour s'offrir des cadeaux, nous avions établi à la place une tradition ludique et à moindre coût. Nous avions pris l'habitude de réveiller la personne dont c'était l'anniversaire de la façon la plus désagréable qui soit. À mes sept ans, par exemple, Patricia avait déversé sur moi un verre d'eau froide. En retour, je lui avais coupé une mèche de cheveux. Nous avions ligoté les jambes de Michel le jour de ses quatorze ans. Alors, pour le premier anniversaire de Joseph en métropole, je décidai de lui rappeler le bon vieux temps, et de lui écraser un oreiller sur le visage en guise de réveil.

« Merci d'y avoir pensé », marmonna-t-il.

Sans surprise, les Brouillet ne parurent pas au courant de l'importance de cette journée. Une partie de moi était soulagée qu'ils ne puissent pas utiliser l'anniversaire de Joseph contre lui. L'autre partie, toutefois, souffrait de voir mon frère subir les violences quotidiennes en ce jour si particulier. Car René ne le ménageait pas. Plusieurs fois, dans l'obscurité de l'étable, il le frappa, le traita de « petit con ». Comment avais-je pu endurer autant de rage, autant d'acharnement injustifié ? Comment avais-je pu supporter le regard brillant de souffrance de mon frère ? Comment supporté-je ces souvenirs aujourd'hui ?

Un vent frais soufflait en rafales à travers la forêt et s'engouffrait entre les planches qui soutenaient notre misérable cabane. Joseph avait ramassé des pierres qu'il avait placées de façon stratégique afin d'empêcher son écroulement. Il prétendait ne pas avoir froid, mais tremblait de tout son corps. Nous ne possédions qu'une seule paire de gants, que nous portions à tour de rôle. Il n'y avait pas de gâteau. À la place, j'avais subtilisé un assortiment de biscuits : deux Pépito et un paquet de Palmito. Joseph me remercia d'une voix timide.

« Attends avant de manger, lui dis-je. Tu n'as pas soufflé ta bougie !

— De quoi tu parles ? »

Je fouillai dans ma poche et sortis une boîte d'allumettes. Joseph me considéra avec stupéfaction, comme si j'avais réalisé le plus complexe des tours de magie.

« T'as quoi d'autre dans ton manteau ? demanda-t-il, subjugué.

— Tu verras, dis-je. D'abord, tu dois faire un vœu. »

Après une dizaine d'essais, je réussis à craquer une allumette. Sa faible lueur ne parvenait qu'à illuminer le bout de mes doigts. Joseph hésita entre plusieurs souhaits. Son visage s'approchait de quelques centimètres pour se reculer aussitôt. Je le regardais faire cependant que la flamme s'avançait en direction de mon index et mon pouce. Je pris peur. Tout à coup j'eus la vision de mes vêtements calcinés. Du corps de mon frère embrasé. Ce moment ne dura que quelques secondes, il me parut interminable. Je forçai Joseph à souffler.

« Je n'ai même pas pu faire un bon vœu, se plaignit-il.

— Tu ne vas pas bouder pour ça, rétorquai-je en jetant l'allumette par terre, loin de moi. Sinon, je garde ton cadeau pour moi. »

Faute d'emballage adéquat, j'avais enroulé le jouet dans une feuille d'aluminium. Je le découvris avec cérémonie. L'expression sur le visage de mon frère changea aussitôt. Un mélange de joie, de confusion, de culpabilité. Il n'estimait pas mériter autant d'efforts.

« Tu as intérêt à aimer, le prévins-je. J'ai failli y laisser ma peau. »

Quand le reste du monde se remémore Joseph, il se représente d'abord sa photo d'auteur. Toujours la même : son visage est émacié, il porte une chemise blanche trop grande pour lui. Une cigarette pend au bout de ses doigts.

Je ne l'ai pas connu comme ça.

Moi, quand je songe à Joseph, c'est ainsi que je le vois : un préadolescent assis à l'indienne à même la boue, un tank dans ses mains et un sourire sur ses lèvres. « Tu n'aurais pas dû », me répète-t-il, à jamais figé dans le temps.

Alors que je quitte l'appartement familial, j'ai l'impression que les effluves d'un autre temps m'accompagnent. Mes vêtements exhalent la nostalgie et le regret. La porte se referme sur les visages des Payet, les nouveaux occupants de mon ancienne maison, et je comprends que ce sera la dernière fois que je viendrai ici.

Laurent, le fils de madame Ramakevelo, nous reconduit à notre Airbnb. Non pas parce qu'il souhaite nous rendre service, mais parce que sa mère en a décidé ainsi. Elle s'est moquée de moi lorsque je lui ai affirmé que je pouvais prendre le bus. « Ma fille, tu n'as plus l'âge des transports ! »

L'état de la voiture de Laurent témoigne d'un célibat chronique. Des cadavres de barres chocolatées, de bouteilles de bière ainsi qu'un magazine exhibant des femmes plantureuses jonchent la banquette arrière. Le concerné n'en ressent aucune gêne. Il balance ce joyeux bazar dans le coffre et nous invite à monter. Une fois à l'intérieur, il prend la peine de redresser légèrement son siège avant de se tourner vers toi.

« Ça va derrière ? Assez de place ? » demande-t-il.

Malgré le fait que tu as ramené tes genoux contre ta poitrine, tu lui réponds que oui. Il choisit de te croire.

La conduite de Laurent est nerveuse, brutale. Il passe les vitesses distraitement, plus par habitude que par réflexion. Je sens qu'il cherche désespérément quoi dire, lui qui ne se souvient pas de moi. Il n'avait pas cinq ans quand j'ai quitté La Réunion. Il ne me doit rien, pas même une conversation.

« Vous savez, dit-il enfin, j'aimais beaucoup votre mère. C'était une gentille dame. Elle cuisinait bien. »

Je hoche la tête. De l'autre côté de la vitre, la ville me confronte encore une fois au passage du temps. Je découvre de nouvelles boutiques à tous les coins de rue : Réunion Assurance, épicerie Numaa'n, Iness Glam. Les visages des passants se succèdent, mais ne coïncident en rien avec ceux qui résident dans ma mémoire.

« Tu lui ressembles, ajoute-t-il. Vous avez les mêmes cheveux. »

Sa phrase me serre le cœur. Peu importe qu'elle soit le résultat d'une bonne ou d'une mauvaise intention, elle n'est pas un compliment. Car quand il évoque ma mère, il ne parle pas d'elle telle que je l'ai connue. Il ne parle pas de la splendide jeune femme qui figure sur la photo de mariage, un bouquet de fleurs de frangipanier dans la main droite. Il parle de Mariette, la vieille femme solitaire qui hantait le troisième étage. Il parle de sa voisine qui avait tout perdu – sa progéniture, ses cheveux, son esprit. Celle qui disparut presque sans laisser de trace. Il parle du reflet dans le miroir que je cherche à éviter chaque matin.

Déjà à Ceyroux, je m'inquiétais de mon apparence. Je commençais à comprendre, par le biais des Brouillet, de la télévision, des magazines, que je ne convenais pas aux attentes de l'époque. Les médias vantaient le mérite des traits fins, du teint de porcelaine et des cheveux lisses. Je ne ressemblais en rien aux femmes que Martine admirait, pas tant par ma couleur de peau que par ma chevelure crépue, indomptable. Elle avait découpé l'harmonieuse silhouette de Brigitte Bardot dans un exemplaire de *Bazar Magazine* qu'elle gardait précieusement dans son agenda. L'égérie française la fascinait par le charme de ses courbes, la franchise de ses gestes et sa sensualité épanouie. Elle essayait de l'imiter au quotidien, tant dans sa façon d'agir que dans celle de se présenter. Elle portait des ballerines, retroussait ses jeans à la cheville. Teignait ses cheveux en blond. Le jour précédant son anniversaire, elle fit venir une coiffeuse. Joseph et moi avions dû nettoyer le salon de fond en comble. Chose difficile, car cette pièce contenait de nombreux meubles et autant d'objets fragiles. Même l'air avait du mal à s'y déplacer. Martine s'assura de la propreté de chaque recoin, n'hésitant pas à nous faire récurer le même endroit une dizaine de fois. Si elle nous demandait tant d'efforts pour une simple coiffeuse, pensais-je, comment se comportera-t-elle le jour de sa fête ?

Pour une raison que je ne découvris que trop tard, Martine refusa de nous congédier. Nous resterions avec elle dans le salon, à attendre l'arrivée de la coiffeuse. Celle-ci apparut dans le salon en tirant derrière elle une épaisse valise noire qui raclait le parquet. Je croisai les doigts pour qu'il en ressorte indemne. Autrement, la faute nous retomberait dessus.

« Et qui c'est, ça ? » s'enquit la femme.

Sa voix aiguë, chantante, s'apparentait à celles des princesses Disney. Elle en avait aussi les yeux, deux globes convulsés à l'extrême, d'une verdure quasi caricaturale.

Bien que Martine la surnomme sa « petite coiffeuse », Josette n'avait jamais suivi de formation professionnelle. La coiffure ne constituait même pas son activité principale. En semaine, elle travaillait en tant que secrétaire à la mairie, une vocation qu'elle avait choisie en raison du nombre de potins qu'elle pouvait y récolter. La passion des cheveux, nous expliquerait-elle plus tard, lui venait de sa mère. Cette dernière avait tenu à Aulon un salon très réputé. Pour Josette, toutefois, la coiffure ne représentait qu'un moyen supplémentaire pour s'insinuer dans l'intimité des gens et leur soudoyer des informations. Elle n'appréciait pas les brushings autant qu'elle aimait entendre ses clientes lui raconter les rebondissements de leur vie sexuelle.

« Viens, dit-elle à Martine, que je te mouille les cheveux dans l'évier. Ensuite, on discute. »

Elles disparurent toutes les deux dans la cuisine. Joseph et moi demeurions dans le salon, les bras croisés. Je n'avais pas pour habitude de rester immobile. Je craignais que René débarque et qu'il nous découvre seuls, assis sur son canapé et sans supervision. Il était parti faire les courses avant la fête, à la demande de madame. Cela ne lui aurait pas plu d'apprendre que nous nous tournions les pouces en son absence.

Mais les deux femmes finirent par revenir. Avec ses cheveux trempés et plaqués en arrière, Martine ressemblait à un chihuahua surpris par la pluie. À son regard, je sus qu'elle nous interdisait la moindre réaction. Je sus aussi que Joseph rigolait dans sa tête, et qu'il suffisait qu'il craque pour que j'en fasse autant.

« Comme ils sont sages, ces enfants, s'exclama Josette. Tu en as de la chance !

— C'est seulement parce que tu es là. Sinon, je ne te dis pas... »

Tandis qu'elle coupait les cheveux de son amie, Josette lui rapporta les dernières rumeurs. Son sujet de prédilection n'était autre que le fils d'une de leurs prétendues amies. Un terme que Martine et elle utilisaient librement, mais qui pouvait aussi bien désigner une femme avec qui elles discutaient tous les jours qu'une vendeuse au marché. Elle avait appris des gens du village que le garçon en question sortait à toute heure de la journée, qu'il terrorisait les professeurs de son école. Quand il daignait se présenter, évidemment. À un moment, elle arrêta son récit pour me demander quel âge j'avais. Je répondis en bégayant.

« Tu vois, dit-elle, il a le même âge que Marie et je suis sûre qu'elle ne ferait jamais de telles bêtises. C'est une question d'éducation. »

Martine grimaça. Je n'aurai su dire si c'était à cause de la remarque de Josette ou des coups de brosse que celle-ci lui assénait. La mode était alors aux brushings aériens, aux mulets ébouriffés. Mais Josette, qui se proclamait de l'ancienne génération, préférait les boucles sculptées, les chignons banane et les foulards. Ainsi, madame Brouillet se retrouva avec une coupe d'un autre temps, une sorte de carré blond et frisotté qui la vieillissait. « N'est-elle pas belle ? » demanda Josette. Par peur des représailles, nous acquiesçâmes et marmonnâmes des compliments à Martine. Elle ne nous remercia pas.

« Au tour de Marie », annonça-t-elle en se levant de la chaise.

Un instant, je crus à une mauvaise blague. Seulement, tout faisait sens désormais : pourquoi Martine avait prévenu René de l'arrivée de la coiffeuse, pourquoi elle avait exigé que Joseph et moi patientions dans le salon. Elle avait prévu ce retournement de situation depuis le début.

« Non, merci, hésitai-je. C'est gentil, je pense que…

— Tu penses quoi ? Tu as vu l'état de tes cheveux ? » fit Martine.

Il n'avait fallu que quelques mois pour que mon cuir chevelu se détériore au point de non-retour. Aucun produit, à Ceyroux comme ailleurs dans la Creuse, ne convenait à ma crinière. Je me servais de l'unique savon prodigué par les Brouillet, une barre Dove dénuée de parfum. Faute de brosse, j'avais longtemps utilisé mes doigts pour démêler ma tignasse, mais cette solution ne suffisait plus. Je ne parvenais pas à toucher mon crâne sans rencontrer un étroit réseau de nœuds. Souvent, René se saisissait de ma chevelure et la secouait avec frénésie. Il affirmait qu'une famille d'oiseaux aurait pu y emménager. Sa femme partageait son mépris. Elle suggérait qu'on me rase comme on l'avait fait aux prostituées après la guerre. Grâce à Josette, son souhait était sur le point de se réaliser.

La masse de mes cheveux n'entrait pas dans l'évier de la cuisine. Josette était obligée de récolter l'eau glacée dans ses mains, de la faire gicler sur l'arrière de ma tête. Je compris vite pourquoi la coiffure était un hobby et pas un emploi à plein temps pour elle ; aucun potin ne valait un tel châtiment. Jamais elle n'avait eu affaire à une chevelure comme la mienne.

D'abord elle tenta de me démêler les cheveux au peigne fin. Ensuite, elle se mit à couper un peu au hasard. « Je n'ai jamais vu autant de cheveux », attesta-t-elle. Je m'excusai pour cette défaillance génétique, dont elle semblait me tenir coupable.

À La Réunion, ma mère m'emmenait toujours à la même adresse, chez une particulière qui vivait sur le grand boulevard du Chaudron. Comme Josette, elle n'était pas réputée pour sa douceur. Mais elle savait y faire avec les cheveux bouclés et crépus. À chaque fois, Monmon la sollicitait pour des peignures de plus en plus complexes. Vanilles, tissages, tresses plaquées à trois brins. Cela pouvait durer des heures. Sous les mains impétueuses de la vieille femme, on sentait la passion, le désir de bien faire. Sous celles de Josette, j'avais l'impression d'être un objet de mépris. Pendant qu'elle coiffait, coupait et lissait, elle continuait à discuter avec Martine. La conversation portait maintenant sur les coiffures ethniques. Elle était d'avis que les Africains avaient le don pour se faire remarquer, et que leurs cheveux en étaient la preuve. Ils ne pouvaient pas se peigner comme tout le monde. Non, il fallait qu'ils élaborent des arrangements complexes, disgracieux.

Je n'imaginais pas qu'il était possible de faire plus douloureux que les tresses plaquées, mais Josette me prouva le contraire. La torture terminée, elle ne laissa aucun doute sur ce qu'elle pensait du résultat. Elle me passa un miroir de poche et soupira. « J'ai fait ce que j'ai pu. » Une coupe garçonne, très courte, pas du tout structurée, qui laissait entrevoir çà et là la peau de mon crâne brûlée par le fer à lisser. Autour de moi gisait une légion de boucles, tombées au combat. Je regardai Joseph et Martine, les deux spectateurs de cette tragédie. L'un et l'autre se montraient impassibles. Mais je savais ce que madame Brouillet attendait de moi, car j'entendis le sifflement de sa voix dans ma tête : qu'est-ce qu'on dit ?

« Merci, Josette, marmonnai-je.

— Mais de rien, dit-elle. À toi, mon garçon. »

Alors que je retournais sur le canapé, les yeux brillants de larmes, je pris soin de ne pas piétiner les mèches au passage. Elles avaient assez souffert comme cela. Mon frère fut meilleur client que moi. Il ne broncha même pas quand Josette, à court de patience, sortit un rasoir électrique de sa valise. Au fur et à mesure que la machine accomplissait sa tâche, les traits de Joseph se transformèrent, gagnèrent en maturité. Il paraissait avoir cinq ans de plus. Lorsqu'il rencontra son nouveau reflet, il sourit et remercia chaleureusement la coiffeuse.

« Tout le plaisir est pour moi, mon petit », s'exclama-t-elle, impressionnée par ses manières.

Les deux femmes terminèrent leur discussion dans la cuisine, autour d'une tasse de café. Leurs commérages nous servaient de bande-son tandis que nous remettions de l'ordre dans le salon. De grosses larmes s'échappaient de mes yeux et je les laissais couler. Je me sentais dépitée, révoltée et, surtout, très bête. Bête de pleurer pour si peu. Bête d'avoir l'impression de me séparer un peu plus de mon identité à chaque poignée de cheveux que j'enfonçais dans le sac-poubelle. Bête aussi d'avoir glissé une boucle dans ma poche, en souvenir.

Le soir, je m'étalai sur ma couverture et pleurai à chaudes larmes, la mèche entre les doigts. Je n'osais plus me contempler dans la glace. La vision que j'avais eue quelques heures auparavant suffirait à alimenter mes cauchemars des dix prochaines années.

Joseph, lui, avait vécu l'expérience différemment. Tandis que je sanglotais, il se tenait devant la fenêtre. Il admirait la rotondité de son crâne à travers la vitre. Je m'attendais à ce qu'il me rassure, à ce qu'il me jette au moins un regard. Cependant, il paraissait subjugué par sa nouvelle apparence. Lorsque je fus calmée, je lui demandai s'il était véritablement satisfait de ce résultat. S'il n'avait pas fait semblant, comme moi, afin d'éviter le courroux de Martine. Il fronça les sourcils.

« Non, dit-il sans quitter son reflet du regard. Je trouve qu'elle coupe bien, Josette.

— Est-ce que tu as vu ma tête ?

— N'exagère pas. C'est plus beau, de toute façon, les cheveux lisses… Je fais plus grand comme ça, tu ne penses pas ? »

Après la visite de notre ancien appartement, l'Airbnb dans lequel nous résidons m'apparaît immense et ridicule. Pourquoi deux personnes, deux *touris*, auraient besoin d'autant de place ? N'y a-t-il pas sur l'île une famille méritante à qui cet appartement conviendrait davantage ?

C'est en essayant d'ôter mes vêtements que je constate l'épuisement de mon corps. Sans que je m'en rende compte, mes pieds ont gonflé, ou bien ce sont mes chaussures qui ont rétréci, et je suis incapable de les retirer seule. Tu te penches et me les enlèves en silence. C'est fou comme les gestes les plus simples me paraissent remarquables à présent. Tu te relèves du sol comme ça, d'un bond, avec une aisance qui me serre le cœur. J'essaie de te sourire, mais ça aussi, je n'en ai pas la force.

« Va te reposer, me conseilles-tu. Je vais faire à manger. »

Tu te diriges dans la cuisine et ouvres grand la fenêtre. Je m'écroule sur le canapé. Des effluves de lessive flottent au-dessus de moi, légèrement dissipés par les courants d'air marin et l'odeur des litchis que tu as disposés sur le comptoir. Pendant quelques instants, j'oublie les raisons qui m'ont amenée ici, à La Réunion. Je ne suis qu'une vieille femme allongée sur une montagne de coussins, qui attend que le repas soit prêt avant sa sieste.

Quand mon téléphone sonne, j'hésite à décrocher. Je pourrais continuer à échapper à mon existence, à profiter de cette parenthèse riche en douceurs et en illusions. Mais le nom qui s'affiche me force à mettre fin à cette évasion.

« Allo ? dis-je.

— C'est moi, répond-il. Ça va ? Tu es bien arrivée ?

— Oui.

— Qu'est-ce que vous avez fait ? »

Je cherche quelque chose à lui raconter qui ne soit pas trop personnel. Derrière moi, je t'entends approcher sur la pointe des pieds, espérant percevoir les bribes d'une conversation qui ne te concerne pas.

« Pas grand-chose, dis-je finalement. Je suis allée acheter des fruits au marché hier. »

Une légère agitation à l'autre bout du fil. Sûrement fait-il les cent pas dans sa chambre d'hôtel tandis qu'il réfléchit à sa prochaine question. Je reste silencieuse.

« On se voit toujours demain ? demande-t-il.

— Oui, cela ne change pas.

— Très bien… Tu préfères quelle heure ?

— Je suis disponible au déjeuner. Vers treize heures.

— D'accord, d'accord. Je m'occupe de tout. Je vais t'envoyer l'adresse du restaurant par WhatsApp, alors. Prends soin de toi. »

Prendre soin de moi. Cette phrase m'interpelle autant qu'elle me révulse. Est-ce qu'il veut que je prenne un bain ? Que je fasse de la méditation ? Et tout cela pour quoi ? Pour me préparer physiquement et mentalement à le voir demain ? Sait-il seulement à quel point tenir une conversation au téléphone avec lui m'est difficile ?

Comme j'ignore quoi lui répondre, je conclus la discussion par « À demain ». La ligne coupe aussitôt.

De certaines amitiés ne résultent que des discordes, des représailles et des tragédies. Joseph et moi n'aurions pas dû rencontrer Simon.

Enfin le grand jour était arrivé, celui de la fête d'anniversaire de Martine, et il pleuvait des cordes. Un détail que même Météo France n'avait pas su prévoir. « Quand je dis qu'il ne faut pas se fier aux médias », souffla René. Si cruel et vicieux qu'il fût envers nous, son amour pour sa femme ne faisait aucun doute. Il avait redoublé d'efforts pour la satisfaire en amont de la fête. Il avait complété la liste des courses, appelé certains invités afin de confirmer leur venue et s'était mis sur son trente-et-un. De fait, il portait un pantalon en tweed marron, un polo et ses mocassins éculés, qu'il réservait d'habitude à l'église. Martine aussi se fit belle, évidemment. Elle se saupoudra de poudre Gemey, appliqua une dizaine de couches de mascara. Ensuite, elle enfila une robe bohème aux imprimés fleuris. Un choix surprenant, puisque Martine détestait la « nouvelle mode », et que ce modèle ressemblait à ceux qui faisaient la une des magazines pour jeunes. Quand René lui en fit la remarque, elle se défendit en affirmant que la vendeuse lui avait recommandé cette robe.

« Giulia m'a dit qu'elle m'irait à ravir, ajouta-t-elle. Quoi, tu n'es pas d'accord ? »

René bougonna que si, elle lui allait très bien, sa tenue. Martine se tourna vers moi.

« Et toi ? demanda-t-elle. Qu'en penses-tu ?

— Oui, répondis-je.

— Oui, quoi ?

— Oui, elle te va très bien. »

Martine marqua une pause.

« Je veux que Florent et toi, dit-elle en nous pointant du doigt, vous montiez dans votre chambre et que vous y restiez. Je n'en veux pas un seul ici. Compris ?

— Compris, nous répondîmes à l'unisson.

— Si vous gâchez cette journée… »

Sa phrase resta en suspens.

Dans le salon, René n'avait pas bougé de son fauteuil. Il ne décollait son regard de FR3 que pour jeter des coups d'œil frustrés à sa montre. Il valait mieux, pour les invités comme pour nous, que les célébrations commencent vite. Je promis à Martine que nous demeurerions hors de ses pattes toute la journée, en échange de quoi elle me servit deux verres de Pschitt. Sur le moment, je crus lire dans son geste une certaine tendresse. Je la remerciai du bout des lèvres avant de m'éclipser à l'étage, quelque peu gênée.

La fenêtre de notre chambre nous offrait une vue de premier choix sur la grande parade des invités. Ils défilaient à pied, sur des bicyclettes, à l'intérieur de voitures criblées de boue. L'entourage des Brouillet prenait forme sous nos yeux. Nous les observions tous avec curiosité, mais nous n'attendions qu'une seule personne : le fils des Brouillet. Martine nous en avait fait un portrait-robot plus que prometteur. Un jeune homme d'une vingtaine d'années, imposant, à l'air noble et sublime. Toutefois, après une heure de surveillance, nous n'avions repéré aucun invité avec de tels attributs. Pour combler le vide de l'attente, je m'amusais à attitrer à chaque convive un nom, une existence. Cette femme boitillante s'était fait passer pour un homme pendant la guerre, cet homme marié entretenait une liaison avec son boulanger. Joseph trouvait ce jeu hilarant. Plus tard, trois silhouettes masquées apparurent dans la cour. La première grande et dégingandée, les deux autres frêles et nerveuses. Elles couraient pour échapper à la pluie.

« Et eux, qu'est-ce qu'ils font ? » demanda Joseph.

Un vent espiègle abattit l'une des capuches, dévoilant le visage pâle d'un adolescent. Celui-ci porta une main tremblante de frustration à ses cheveux gommés, les ébouriffa, les plaqua, recommença. Un air mauvais déformait son visage. Ce garçon, affirmai-je à mon frère, était le plus jeune meurtrier de l'histoire. Joseph éclata de rire. Comme s'il avait pressenti notre présence, le garçon releva les yeux et s'arrêta un instant sous la pluie. Il nous observait. Son regard clair, presque blanc, semblait se tourner vers les profondeurs de nos âmes, comme s'il eût été capable de discerner notre passé, présent et futur. Puis la plus imposante des silhouettes lui empoigna le bras, visiblement frustrée, et le tira à l'intérieur.

L'instant n'avait duré que quelques secondes, et pourtant j'en étais ressortie terrorisée. La fenêtre était entrouverte. Avait-il entendu nos rires ? Les rapporterait-il à cette femme qui l'accompagnait ou, pire, aux Brouillet ? C'était une chose d'avoir peur des actions des adultes, c'en était une autre d'appréhender celles d'un enfant.

Le jeu prit fin. Joseph retourna sur son sac de couchage. Je tirai le rideau, qui n'était, en réalité, qu'un drap poussiéreux coincé par la chambranle de la fenêtre. En bas, le chahut prenait en ampleur. Pas une seconde ne passait sans que l'on perçoive des rires, des exclamations, des applaudissements. Dans cette maison où un claquement de porte accidentel pouvait vous valoir un châtiment corporel, entendre autant de clameurs me perturbait. Après une heure ou deux, Joseph et moi nous y habituâmes. Mon frère jouait avec son tank sur la commode, je relisais mon cahier de poésie. Dans les moments d'agitation comme celui-ci, La Fontaine parvenait toujours à m'apporter un semblant de tranquillité.

Nous étions tous les deux si investis dans nos activités respectives que nous n'avions pas réalisé qu'on nous observait. Lorsqu'une voix atone demanda : « Vous foutez quoi ? », mon regard se porta aussitôt sur Joseph, mais son expression hébétée me fit comprendre qu'il n'était pas à l'origine de ces mots. Dans l'embrasure de la porte se tenait un garçon, celui que nous avions aperçu plus tôt dans l'après-midi. Le plus jeune meurtrier de l'histoire. Il paraissait encore plus effrayant de près. Ses mains gonflaient les poches de son pantalon en lin bleu. J'avais peur de découvrir ce qu'il y cachait.

« C'est notre chambre, déclarai-je.

— Non. »

Il répondit avec une telle fermeté que, pendant quelques secondes, je doutai à mon tour de la vérité de cette information. Mais c'était bien notre chambre, c'étaient bien nos couvertures sur le sol et nos affaires dans la commode.

« Si, confirma Joseph, et tu n'as pas le droit de rentrer.

— Est-ce que monsieur et madame Brouillet savent que vous êtes là ? » s'enquit-il.

Il fallut de longues minutes pour qu'il comprenne notre situation. À la réception, il avait entendu parler d'une certaine Marie et d'un certain Florent, mais il avait du mal à accepter que nous étions les enfants en question.

« Pourquoi tu ne nous crois pas ? demandai-je.

— Vous faites trop petits. »

Simon, nous l'apprîmes au fil des années, doutait de tout. Même de l'existence. Il fallait lui exposer des arguments convaincants, détailler les plus simples situations, aller au-delà de la raison pour qu'il admette quoi que ce soit. Il faisait difficilement confiance.

Il entra dans la chambre, inspecta un peu les alentours. Vous n'avez pas de jouets ? Quand Joseph lui montra le tank, l'expression sur son visage oscilla entre perplexité et mépris. Néanmoins, il l'écouta énumérer les capacités extraordinaires de ce véhicule. L'étendue de ses connaissances me surprit. Joseph avait combiné ce qu'il avait appris lors de son court passage à l'école et ce qu'il avait entendu à la radio et à la télévision. Probablement y mêlait-il aussi des détails de son invention. Si tel était le cas, Simon et moi ne nous en aperçûmes pas. Son récit nous captiva tellement que nous le suppliions presque de jouer avec le tank. Chacun son tour, répétait-il alors que nous nous disputions pour déterminer qui l'aurait en premier. Dès nos premières minutes ensemble, nous formions une fratrie dissonante, mais indissociable.

Certains parleront de destin, d'autres de hasard. Personnellement, je pense plutôt que cette étrange et soudaine camaraderie était née d'une blessure commune. Nous souffrions tous les trois de la vacuité de la vie ceyrousienne, de la douce mélancolie propre à la campagne. Une douleur que les adultes qui festoyaient au rez-de-chaussée ne soupçonnaient pas. Ils étaient si captivés par leurs conversations qu'ils ne se rendirent compte de la disparition de

Simon qu'une heure plus tard. L'apéritif s'apprêtait à se terminer et les invités étaient déjà ivres de cidre et d'allégresse. Des cris alcoolisés s'élevèrent à la manière d'un cantique : Simon ! Simon, où es-tu ? Simon !

Joseph et moi tremblions de panique. Que diraient les adultes s'ils nous voyaient ensemble ? Que feraient Martine et René ? Devions-nous nous cacher, prendre la fuite, ou tout avouer ? Simon, quant à lui, ne montrait aucun signe d'inquiétude. Ce n'est rien, râlait-il. On peut continuer à jouer. Lorsque je l'informai qu'il devait retourner à la fête au plus vite, il parut profondément vexé. Je ne le comprenais pas. Il était inconcevable qu'il préfère rester à l'étage, dans cette pièce qui, pour rappel, sentait la pisse et la sueur, tandis qu'en bas l'attendaient un festin de roi et des conversations cent fois plus intéressantes que les nôtres. Nous nous disputions quand Joseph intervint.

« Il y a encore quelqu'un à la porte », chuchota-t-il.

Et en effet, une fillette aux cheveux blonds se tenait là, juste devant nous, les yeux écarquillés. Elle froissait l'ourlet de sa robe à carreaux du bout des doigts. Je la fixai bêtement du regard.

« Qu'est-ce que tu fais ici, toi ? » gronda Simon.

D'emblée, la fille répondit par une autre question.

« Qui sont ces gens ?

— Personne, dit Simon. Occupe-toi de tes affaires et retourne en bas.

— Tu la connais ? » s'enquit Joseph.

Simon laissa échapper un bref soupir.

« C'est Catherine, ma petite sœur », avoua-t-il.

Catherine se mit à parler avec un débit impressionnant. Elle avait neuf ans, sa mère comptait offrir à Mme Brouillet des accessoires de cuisine, Catherine n'était pas sûre de leur utilité, elle le lui avait dit, elle avait vu Simon monter l'escalier un peu plus tôt, mais elle savait que, si elle lui avait demandé où il allait, il aurait refusé de le lui dire, il n'était pas discret de toute manière, personne n'avait remarqué quand elle avait disparu à son tour, elle l'avait repéré tout de suite, et pourquoi ces étrangers étaient chez Martine ? Son frère lui répéta que notre identité ne la regardait pas et qu'elle devait s'en aller. Joseph et moi étions ses amis, pas les siens. Elle n'avait qu'à se trouver ses propres copains.

« Vous devez partir tous les deux, dis-je. Si vous ne le faites pas, Joseph et moi allons nous faire disputer.

— Moi aussi ! rétorqua Simon.

— Tu ne risques rien si tu descends maintenant. Tu n'as qu'à dire… Tu n'as qu'à dire que tu étais aux toilettes.

— Parce qu'ils vont croire que j'ai passé tout ce temps à déféquer, peut-être ? »

Il se tourna vers Joseph, qui s'était éloigné de la scène pour ranger son tank. Mon frère ne dit rien, il ne fit qu'acquiescer, mais Simon comprit. Il renfila sa veste, prit la main de sa sœur et disparut.

Qui sait ce que Simon et Catherine racontèrent aux adultes à leur retour, s'ils se tinrent à l'histoire des toilettes ou s'ils élaborèrent un scénario plus ingénieux. En tout cas, aucune commotion singulière n'eut lieu, ce que j'interprétai comme un bon signe. Le dîner s'enfonça tard dans la nuit, festif, a priori agréable. Les invités chantèrent « Joyeux anniversaire » à Martine en martelant la table. Quand le moment d'ouvrir les cadeaux arriva, des oh ! et des ah ! éclatèrent à la manière de feux d'artifice.

Joseph et moi ne dînâmes pas. Cette fois, sans aucune faute de notre part. La faim ne constituait plus un problème à présent, puisque nous en connaissions l'antidote : dormir. Ainsi, alors que la fête se poursuivait, nous partîmes nous coucher. Je ne pris pas la peine de me mettre en pyjama. Le chahut me berça jusqu'à ce que je m'effondre dans un turbulent sommeil.

Au milieu de la nuit, je crus sentir le plafond s'écrouler sur moi. J'avais rêvé de fin du monde, d'apocalypse, je m'imaginais que mon heure était venue. J'entendis les cris étouffés de Joseph. Quand j'ouvris les yeux, je constatai avec effroi que la lumière était allumée, et que ce que j'avais pris pour des pierres était en réalité les poings, tout aussi lourds, tout aussi accablants, de René. Monstre qu'il était, il n'avait jamais fait irruption au milieu de la nuit dans le seul but de nous battre. Une colère différente l'animait ce soir-là. Il frappait au hasard, vigoureusement et sans rythme. L'alcool suait de tous ses pores.

La première année, j'avais fait l'erreur de m'imaginer que la tombée du jour nous garantissait une certaine sécurité. Que René, puisqu'il dormait lui aussi, nous laisserait tranquilles. Cette nuit-là, je me rendis compte que la cruauté ne dort jamais.

Pendant l'enfance et l'adolescence, je pris l'habitude d'habiter la maison d'étrangers, de me glisser dans des draps qui ne m'appartenaient pas. Aujourd'hui il est rare que je passe la nuit chez quelqu'un. Quand on trouve sa maison après des années de recherche et d'errance, on ne veut plus la quitter. Aussi, chaque nuit passée dans l'Airbnb m'est éprouvante ; la charpente de l'immeuble crisse sous mon poids, les sons de la mer au loin adoptent des accents sinistres et clivants. J'ai trop froid. Trop chaud. Mes yeux ne réussissent pas à se fermer tout à fait. Ils croient discerner, dans le coin de la pièce, une masse familière de par sa largeur. Quelque chose – non, quelqu'un – est assis sur le fauteuil. Un homme.

Prise de panique, j'allume la lampe de chevet. Une lumière jaune inonde la pièce. Il n'y a rien, rien à l'exception de ma fichue robe de chambre perchée sur une chaise. Quelle idiote ! Quelle peureuse ! À ton âge, franchement !

J'hésite à me rendre dans ta chambre. À te réveiller, comme toi tu l'avais fait autrefois, en prétextant un cauchemar ou un monstre sous le lit. Mais je sais que je n'ai pas le droit. Je t'ai suffisamment tourmentée pour le reste de ton existence.

Alors, la lumière encore allumée, je me rallonge. Il faut plusieurs heures pour que Morphée se résolve à me prendre dans ses bras. Là, j'entends une voix, pas celle de la divinité grecque, mais la sienne, sa voix qui me rassure avec douceur : « Il doit dormir maintenant, ne t'inquiète pas. »

Martine gardait difficilement les yeux ouverts. Nous nettoyions les dégâts de la fête, tôt le matin, sous sa supervision. À chaque mouvement que j'esquissais, les muscles de mes bras me faisaient souffrir. Un coquard soulignait mon œil droit. L'ironie du sort avait voulu que Joseph en ait un, presque identique, sous l'œil gauche. Sa lèvre inférieure avait doublé de taille. À son réveil, il s'était plaint d'un mal de tête et avait découvert, en tâtonnant aveuglément sur l'arrière de son crâne, une bosse à l'apparence inquiétante. Même Martine la remarqua. Elle inspecta la contusion de la manière froide et détachée d'un médecin, ses lunettes perchées au bout du nez.

« Ce n'est rien, déclara-t-elle. Mets un peu de beurre, ça va partir vite. »

Joseph la remercia. De mon côté, je me sentis obligée de lui demander comment s'était passée la fête. Tout avait été parfait, dit-elle.

Absolument parfait, si ce n'était que son fils Antoine n'avait pas pu arriver à temps. Il avait téléphoné tard dans la soirée, alors que le dîner avait déjà commencé. D'après lui, la météo avait été trop mauvaise pour qu'il parte à l'heure prévue. Ç'aurait été trop dangereux. Mais il avait promis qu'il serait là pour le déjeuner. Dans le cœur de Martine, l'amertume avait remplacé la déception. René avait raison : leur fils se considérait comme trop respectable pour la vie à la campagne. Il jurait d'y revenir un jour et parlait de ses tâches à la ferme avec une nostalgie affectée. Sans le vouloir, ses parents tombaient dans le panneau à chaque fois. Ils s'affairaient à lui faire plaisir à la moindre occasion. Ils l'aimaient de cet amour indulgent et inconditionnel propre à ceux qui possèdent peu. J'utilise le pronom personnel « ils », mais peut-être conviendrait-il mieux de le remplacer par « elle ». Car c'était Martine qui subissait les conséquences émotionnelles de cette interminable comédie.

Le simple fait d'avoir à rapporter les paroles de son fils la tourmentait, alors elle le fit de la manière la plus succincte possible, préférant rediriger la conversation vers une thématique plus plaisante : les cadeaux qu'elle avait reçus. Ses amis l'avaient gâtée : livres, bijoux en argent, outils de jardinage… Tout était fièrement exposé sur la table du salon, à l'image d'une rétrospective sur les néo-sexagénaires et leurs goûts. Elle nous expliqua avec entrain qui lui avait offert quoi, qui s'était surpassé et qui, au contraire, aurait pu faire davantage d'effort.

« La mère Michelle m'a fait don de couteaux de cuisine, railla-t-elle. Elle aurait dû se les garder, car elle en a plus besoin que moi. Elle qui passe son temps à donner des coups de poignard dans le dos des gens… »

Elle ricana, et je l'imitai. Compte tenu de ce qui était advenu la nuit précédente, je ne souhaitais pas qu'elle se fâche à son tour. Il faut dire que je la prenais en pitié, d'une certaine façon. J'avais aussi été victime des promesses fallacieuses de membres de ma famille et, comme Antoine, ils avaient fini par disparaître dans la nature.

Lorsqu'un véhicule se gara face à la maison, je crus à une illusion d'optique. L'horloge au-dessus du poste de télévision indiquait huit heures. Nous n'avions pas terminé la vaisselle de la nuit précédente.

« Il est là, s'écria Martine. Oh, dépêchez-vous de ranger ! »

Elle se précipita à l'extérieur afin d'accueillir Antoine. Par-delà la fenêtre, on entendait des rires et des embrassades. Quelques minutes plus tard, elle revint en portant les affaires de son fils.

À première vue, Antoine ne ressemblait à aucun de ses parents. Il n'avait pas hérité de la chevelure châtain clair, du teint olivâtre et de l'embonpoint familial. Ses cheveux, sombres et brillants comme de l'huile, formaient de lourdes boucles qui tombaient sur son visage et qui juraient avec la pâleur presque maladive de sa peau. Le manteau en laine qu'il portait chaque hiver dissimulait un corps svelte. J'imaginai que les Brouillet avaient dû l'adopter, lui aussi. Du moins j'en étais persuadée avant de remarquer ses mains. Elles étaient larges et fines, pourvues d'articulations saillantes, des mains presque parfaites, à l'exception de ses pouces, qu'il avait petits et ronds. Comme son père. Quand il tendit l'une d'elles vers moi, je sentis tous les muscles de mon corps fléchir.

« Bonjour, je m'appelle Antoine. » Sa voix, qu'il avait douce et suave, semblait jaillir du tréfonds des limbes. Je me détendis quelque peu.

« Marie, dis-je.

— Je sais, dit-il. Et toi, tu es Florent. C'est bien ça ? »

Joseph ne répondit pas, mais il hocha la tête. Quelque chose dans la façon dont Antoine nous considérait me perturbait. Peut-être était-ce cela, le respect.

« Je vais chercher ton père, annonça Martine. Pas de bêtise en mon absence. »

Bien que ce message soit adressé à Joseph et moi, et non à Antoine, il y répondit en criant : « J'ai passé l'âge, maman ! » Un silence prit la place de Martine. Le jeune homme se tenait au milieu de la cuisine, les bras croisés. Je cherchais désespérément quoi lui dire. Que raconte-t-on au fils de ses persécuteurs ? Si j'avais posé la question à Joseph, il m'aurait rétorqué que nous n'avions aucune obligation morale envers lui, sinon de le traiter avec indifférence. D'ailleurs, il avait rouvert le robinet et reprenait la vaisselle.

« Alors, dit Antoine. Parlez-moi de vous. »

Joseph me tendit une assiette et un chiffon. Silencieusement, il m'intimait de me taire. Je réfléchis un instant et demandai :

« Que voulez-vous qu'on vous dise ?

— Ce que vous désirez. »

Nos existences ayant été réduites à la servitude, je ne trouvai d'autres informations à lui fournir que nos âges. Antoine fit mine d'être impressionné.

« Vous êtes des grands alors, dit-il. Moi, je suis plus vieux encore. J'ai vingt-trois ans. »

Il s'apprêtait à poser une énième question lorsqu'un grincement, sinistre parce que tellement reconnaissable, l'interrompit. René descendait l'escalier. Je jetai un regard à Joseph, mon complice, puis à Antoine, un parfait inconnu, et je vis briller dans leurs yeux le même éclat, la même crainte. Seulement, Antoine parvenait à la masquer d'un habile sourire. Quand il salua René, le timbre de sa voix avait tout perdu de sa limpidité.

« Bonjour, papa. »

René avait mal dormi. Son matelas avait marbré son visage de traces écarlates. S'il était heureux de voir son fils, il ne le montra pas. Il se contenta d'apposer sa main sur l'épaule d'Antoine et de la serrer quelques secondes. Puis il se tourna vers nous.

« Et la table ? »

René ne se réveillait jamais si tard. D'habitude, ses devoirs de fermier ne le lui permettaient pas. Mais il avait été obligé de faire une exception, car il souffrait d'une impressionnante gueule de bois. Les coups qu'il nous avait infligés la nuit précédente l'avaient sans doute fatigué aussi. Joseph et lui s'en allèrent vérifier la bonne santé des vaches. Pendant ce temps, je préparai le petit déjeuner à vive allure. Antoine m'aida à mettre la table. Il dut me prendre pour une perfectionniste, car je ne pouvais m'empêcher de passer après lui pour redresser un couvert, ou replier une serviette. Les Brouillet remarquaient toujours les mauvais détails.

Lors du repas, Martine et Antoine discutèrent longuement de son emploi à Paris. Je me tenais à quelques mètres, dans le salon, où je faisais semblant de dépoussiérer les étagères. J'appris qu'il travaillait dans le secteur économique. Volontaire et motivé, le jeune prodige gravissait les échelons avec célérité. Ses anecdotes brossaient le portrait d'un Paris tragiquement excentrique. Quelques jours auparavant, il avait eu un rendez-vous avec un cadre très haut placé. La rencontre avait eu lieu dans un restaurant du 8e arrondissement, et l'homme avait commandé une assiette de crevettes. Il les avait décortiquées comme un animal pendant qu'Antoine avait tenté de lui parler de dossiers importants. Les Parisiens n'ont aucune manière, de toute façon, commenta Martine. Son fils rit, mais ne la contredit pas. Du coin de l'œil, je vis René hocher son énorme tête.

« Je t'ai préparé la chambre de Jean, déclara Martine à la fin du repas. Florent, monte-lui ses affaires. »

Antoine voyageait léger. Dans le coffre de sa voiture, il n'y avait qu'un sac à dos et une mallette en cuir. Impossible, alors, que son séjour ne dure plus d'une nuit. Cela n'empêcha pas Martine de prévoir une liste d'activités et de lieux à visiter avec lui. Elle lui prépara un emploi du temps minutieux, méthodique, pareil à celui d'un président en déplacement. Pas une minute à perdre. Je ressentis une certaine tristesse en les voyant tous les deux monter se changer, alors que je m'apprêtais à retourner en enfer avec René.

Une série de rebondissements avait brièvement bouleversé notre quotidien, et voilà que nous nous retrouvions à la case départ, les pieds dans la bouse de vache. Sans compter que la nuit précédente avait mis tout le monde de mauvaise humeur. C'était surtout le cas de René qui, à mesure qu'il sillonnait l'étable, trouvait toujours davantage de raisons d'être en colère. Quelques heures de retard avaient suffi à saboter notre journée de travail.

Je récurais les logettes quand Antoine poussa la porte de la grange, habillé d'un jean coupé droit et d'une chemise à carreaux. On aurait dit un bourgeois essayant d'endosser le rôle de paysan, tant le résultat était invraisemblable et maladroit.

« Vous ne venez pas avec nous ? » s'enquit-il.

Trois personnes se trouvaient face à lui, mais il ne regardait que Joseph et moi. Nous restions cois. De sa voix caverneuse, René affirma que nous avions trop de travail pour parader en ville. À cet instant, il inspectait l'une de ses bêtes, et n'avait même pas daigné détacher son regard des pis rosés pour contempler son fils. Alors Antoine me salua et fit demi-tour.

Entre les vaches, le nettoyage, les champs, la journée s'éternisait. René avait raison de dire que deux heures de perdues se regagnaient difficilement. Vers quinze heures, il passa brièvement à la maison afin de se confectionner un sandwich au jambon. Il ne nous proposa rien à boire ni à manger, en dépit de notre fatigue évidente. Je manquai de m'évanouir à plusieurs reprises. Mon corps se rattrapait au dernier instant, par habitude, à l'objet le plus proche. Râteau, poulie, planche de bois. À un moment, ce fut Joseph qui me redressa, sans un mot. Quand nous rentrâmes à la maison, le soleil terminait sa valse autour du village dans un festival de couleurs. Je ne ressentais aucun soulagement.

Un dîner de cinq couverts nous attendait. En plus d'avoir dressé la table, Antoine avait choisi de cuisiner. Il dut supplier sa mère pour qu'elle l'autorise à passer derrière les fourneaux. Encore aujourd'hui, il ne maîtrise que deux plats : l'omelette au fromage et la quiche lorraine. C'est ce second plat qu'il prépara ce soir-là. À mon retour de l'étable, je le trouvai assis sur le canapé, toujours vêtu du tablier de Martine, ses jambes fluettes perchées sur la table basse. Il était pris dans la lecture d'un roman de Patrick Grainville, *Les Flamboyants*. Il redressa la tête. Ses iris noirs baignaient dans une clarté verte et ambrée, si précieuse, si spectaculaire, qu'on aurait dit deux émeraudes montées sur des bijoux en or.

« On vous attendait, m'informa-t-il. Ça s'est bien passé ?

— Euh… oui, bégayai-je.

— Heureux de l'apprendre. »

Et, parce que je continuais à fixer le livre entre ses mains comme s'il représentait l'artefact le plus dangereux qui fût, il poursuivit :

« C'est un roman qui parle de l'Afrique. Il a gagné le prix Goncourt il y a deux ans.

— D'accord.

— Je pourrais te le prêter, si tu veux. Tu sais lire ? »

Antoine insista auprès de ses parents pour que nous mangions tous les cinq, et en même temps. Il n'écouta pas Martine lorsqu'elle lui assura que Joseph et moi avions déjà dîné. « Maman, je viens si rarement, disait-il. Autant qu'on soit tous ensemble. » Tous ensemble. Par ces simples mots, Antoine ne faisait pas que nous placer au même rang que ses parents et lui, il nous unissait. À table, l'illusion de la famille réunie était complète.

Je m'assis à côté de Joseph, qui peinait à dissimuler sa faim. Il se tenait la tête d'une main et l'estomac de l'autre. Une fois servi, il mangea sa part de quiche avec précision. Chacun de ses gestes semblait être calculé à l'avance pour en maximiser l'efficacité, pareil à un chirurgien lors d'une opération délicate. Il commença par grignoter la croûte. Ensuite, il s'attaqua aux flancs à l'aide de légers coups de fourchette et il continua jusqu'à atteindre, petit à petit, le cœur fromagé de la quiche. J'avais trouvé cette méthode tout à fait ridicule, avant de réaliser que j'opérais moi-même de façon similaire. J'avais segmenté ma part en une centaine de minuscules morceaux, et je choisissais méticuleusement chaque bouchée afin de faire durer le plaisir.

Martine luttait contre le silence. Elle parlait de tout, de rien, de leur virée du jour à Aulon, du bien-être des vaches et du futur de la ferme. Autant de tentatives qui ne parvinrent pas à détourner l'attention de René. Ses yeux étaient fixés sur un cheveu au sommet de sa quiche, une longue boucle noire et brillante. Il n'y avait qu'Antoine pour répondre à Martine, et encore, il lui arrivait d'oublier. De temps à autre, il posait sur son père un regard vide, indifférent. Je me demandais ce à quoi il pouvait penser. Il y eut un instant où ce même regard glissa de René à Joseph, puis à moi, et il sembla retrouver toute sa chaleur. « Je vous ressers, les enfants ? »

Antoine pouvait nous cajoler autant qu'il voulait, cela ne pouvait m'empêcher d'avoir des doutes quant à la sincérité de son approche. Joseph aussi. Alors, quand le jeune homme frappa à notre porte dans la soirée et demanda à rentrer, mon frère lui opposa un silence dédaigneux. J'aurais pu faire de même. Mais en repensant au dîner, au fait qu'il était la raison pour laquelle nous avions mangé, je ne parvenais pas à être cruelle avec lui. Je lui dis d'entrer.

Antoine s'avança à pas de loup dans cette pièce qui avait été sa chambre. Il palpa les murs, scruta la commode. Aucune nostalgie ne transparaissait dans ses gestes. Il ressemblait plutôt à un archéologue passionné, qui découvrait les vestiges d'une civilisation longtemps disparue.

« J'avais quelque chose à vous demander », annonça-t-il.

Il s'attendait probablement à ce que, poussés par une curiosité juvénile, Joseph et moi l'encouragions à nous questionner. Mais nous restions immobiles l'un et l'autre, parfaitement silencieux. Plus poupées de chiffon qu'enfants.

« Qu'est-ce que vous avez au visage ? » s'enquit-il.

La violence faisait partie de notre quotidien depuis si longtemps qu'il ne nous était pas venu à l'idée d'en dissimuler les marques. Je n'ose même pas imaginer ce qui a traversé l'esprit d'Antoine lorsqu'il nous a aperçus la première fois. Moi, avec mon coquard, mes cheveux rapiécés et des griffures le long des bras. Joseph, l'œil gauche gonflé, son crâne rasé, ses lèvres en sang. Les Brouillet n'avaient pas essayé d'expliquer notre apparence auprès de leur fils. Ils n'en avaient pas éprouvé le besoin. D'instinct, nous comprîmes que c'était à nous de nous justifier.

« On s'est battus, répondis-je d'une voix étranglée.

— Pourquoi vous vous êtes battus ?

— Elle m'énervait », affirma Joseph.

Antoine s'appuya contre le mur et dirigea son regard vers les champs, que la nuit avait colorés de reflets bleuâtres. « Je me bagarrais beaucoup avec mon grand frère, se rappela-t-il. On ne s'entendait pas du tout. Je pense que c'est quelque chose qui passe avec l'âge. » Une infime partie de moi regrettait de lui avoir menti. De ne pas l'avoir supplié de nous libérer de notre enfer. Seulement, Antoine était un Brouillet. Il n'était pas digne de confiance. Alors qu'il s'apprêtait à quitter la chambre, il jeta un œil à la carte postale de Notre-Dame collée sur le mur.

« Vous êtes allés à Paris ? » m'interrogea-t-il.

Je secouai la tête.

« Je vous y emmènerai un jour. »

Il partit tôt le lendemain, avant que sa famille ne soit levée et sans dire au revoir. Sa mère n'était pas surprise.

Il faisait toujours ça.

Tu n'as pas voulu entrer dans le restaurant avec moi, ce que je peux comprendre. L'exubérance ostentatoire des nouveaux riches répugne les plus honnêtes gens. Comme moi, tu dois te souvenir de votre dernière rencontre, pendant laquelle il avait comblé chaque silence en ressassant l'obtention de sa récente acquisition immobilière. Si j'avais le choix, j'aurais préféré rester avec toi.

« Tu m'appelles si tu as besoin. D'accord ? »

Je souris. Avant, c'était mon rôle d'être inquiète. J'étais celle qui t'assignait des couvre-feux à tout-va. Celle qui te harcelait au téléphone quand tu bravais ces mêmes couvre-feux pour rejoindre tes amies. À présent que les rôles se sont inversés, tu m'accompagnes à tous mes entretiens, notamment avec cet homme que je m'étais promis de ne plus jamais revoir. Nous nous donnons rendez-vous une heure plus tard aux Barachois.

C'est lui qui a choisi le lieu, et je comprends vite pourquoi. Situées au rez-de-chaussée d'un bâtiment colonial, la brasserie Roland-Garros et sa terrasse offrent une vue imprenable sur l'océan Indien. Le bruit somptueux des vagues se mêle à celui, plus discret, des conversations mondaines. Une demi-douzaine de garçons en chemise blanche servent tour à tour des cafés viennois, des bourbons, des burgers au foie gras et des têtes de veau à la sauce ravigote. L'établissement n'est ni créole ni métropolitain. C'est une terre neutre, une passerelle entre nos deux cultures. Une invitation à la paix.

Je repère Antoine sans difficulté. Assis à l'extrémité de la terrasse, il tend son visage blafard au soleil.

« Tu vas attraper une insolation, dis-je.

— Cela ne me déplairait pas. »

Il se lève pour me faire la bise, et je ne peux m'empêcher de constater le poids qu'il a pris et les centimètres qu'il a perdus. Vraiment, la vieillesse n'épargne personne.

Officiellement, nos chemins se sont séparés des décennies plus tôt, mais les liens que nous avons créés, quand bien même je les aurais réprouvés, ne se sont jamais résolus à la rupture. Ils n'ont fait que s'étendre avec le temps. Quelquefois, pareils à des élastiques, ils se rétractent et nous ramènent l'un à l'autre d'une façon brutale, comme aujourd'hui.

Ces retrouvailles débutent doucement. Nous passons beaucoup de temps à siroter nos espressos et à écouter la mer. Je n'ai pas à lui dire ce que je pense de sa venue à La Réunion, il le sait déjà. C'est un voyage inutile qu'il n'avait pas à entreprendre. Il n'a pas non plus à expliquer sa visite, car je conçois qu'il ait ressenti le besoin de se trouver à mes côtés. Après la mort de Joseph et celles des Brouillet, je suis l'ultime témoin de sa précédente existence, et mon temps est compté.

Le goût du café, ou l'odeur iodée que porte le vent, me donne la nausée. Antoine ne s'en rend pas compte. Ses yeux sont fixés sur la tasse vide devant lui. Peut-être n'ose-t-il pas me regarder en face, car il ne souhaite pas constater les dégâts provoqués par la chimiothérapie. Je lui ai interdit de mentionner le traitement. « Ne parlons pas de choses qui fâchent, l'ai-je prévenu quelques semaines plus tôt par téléphone. C'est assez difficile comme ça. »

Il commande à nouveau deux cafés – longs, cette fois – et je me demande combien de temps je vais réussir à tenir.

« Es-tu déjà allée chercher les dossiers ? » m'interroge-t-il. Quelques secondes me sont nécessaires afin que je puisse réorganiser mes pensées. Les dossiers. C'est vrai, je suis là pour les dossiers.

« J'ai rendez-vous demain, lui dis-je.

— Je peux t'accompagner, si tu veux. »

Je reprends une gorgée de café. Grossière erreur. Aussitôt, l'amertume qui tapisse ma langue me dégoûte, j'aimerais tout recracher, tout vomir, mais la terrasse déborde de monde. Je porte la main à ma bouche et avale avec difficulté. Je fais fi de l'inquiétude grandissante d'Antoine pour me concentrer sur l'horizon, sur la statue de Roland Garros baignée de lumière. Bien qu'elle me tourne le dos, ses traits m'apparaissent avec une exactitude troublante. Elle me rappelle Antoine quand il était jeune. Ou, plus précisément, l'image que je m'étais faite de lui suite à notre première rencontre. Un géant au sourire mystérieux, qui n'a rien à voir avec l'homme à côté de moi. Mais cela ne peut être qu'Antoine, puisqu'il a toujours eu le chic pour dire les mauvaises phrases aux mauvais moments. Une vague de nausée s'abat sur moi pile à l'instant où il affirme : « Florent serait fier de toi. » Et ces paroles sont sans doute le déclencheur de tout ce qui suit, la raison pour laquelle je me penche sous la table et vomis si impunément sur ses claquettes en cuir. De sa bouche s'échappe un cri peu viril. Pendant quelques secondes, je le vois comme il est réellement. Je le vois qui recule, prêt à partir. Prêt à m'abandonner une deuxième fois. Mais s'il s'éloigne à cet instant, ce n'est que pour me rapporter des serviettes en papier.

« Il y a quelqu'un », chuchota Joseph.

C'était après le déjeuner. Mon frère et moi nous apprêtions à nous rendre à la cabane lorsqu'une silhouette attira notre attention. C'était Simon, l'adolescent que nous avions rencontré à la fête de Martine. Debout sur la pelouse, il semblait plongé dans une profonde et étrange réflexion. Son corps n'enfourchait qu'à moitié sa bicyclette, comme si le dilemme qui le tourmentait l'avait figé dans le temps. Quand il avait fait son apparition dans notre chambre, une tempête ravageait les champs. Ce jour-là, les oiseaux chantaient sur des branches lourdes de fruits. Plusieurs mois étaient passés et Simon n'avait presque pas changé. Il n'avait fait que grandir. Joseph et moi, a contrario, nous nous étions transformés subrepticement. Nos cheveux avaient repoussé, plus crépus encore. Nos traits s'étaient endurcis, comme si le labeur et le froid avaient rigidifié nos épidermes. Ainsi, ce fut avec étonnement que je vis le visage de mon frère produire une grimace ressemblant presque à un sourire. Plusieurs de ses dents étaient cassées. Je fus troublée un instant puis, encouragée par son enthousiasme, j'interpellai le jeune garçon : Simon !

Celui-ci sursauta, grimpa sur son vélo et se mit à pédaler à toute vitesse dans la direction opposée, vers le village. Sa roue arrière émit un grincement cependant qu'il remontait la route. « Il est bizarre, non ? » demandai-je à mon frère. Son sourire s'était effacé. Il haussa les épaules, mais n'en parut pas moins affecté. La scène se reproduisit à l'identique presque chaque jour pendant les semaines qui suivirent. Sans que nous sachions pourquoi, Simon venait devant la maison des Brouillet, et il attendait que l'un de nous l'interpelle pour déguerpir aussitôt. Au début, le jeu nous intrigua. Il y avait quelque chose de chimérique dans la façon dont Simon apparaissait un peu partout sur le domaine des Brouillet.

Ces apparitions me rappelaient une histoire que notre mère nous racontait étant petits, celle de Granmer Kal. Le fantôme de cette vieille dame, dont le passé changeait selon l'interlocuteur, hantait l'île depuis des siècles. Quand elle s'extirpait des enfers, ce n'était que pour annoncer de sinistres présages à tous ceux qui avaient le malheur de croiser son chemin. Simon serait-il son équivalent métropolitain ? Afin de déceler ce mystère, je prêtais davantage attention à ce que Martine racontait à ses proches au téléphone. Si un fantôme se baladait dans le village, elle serait la première au courant, la première à colporter la nouvelle. Elle n'évoquait pas d'esprit, mais critiquait souvent les manières d'une de ses « amies », qui aurait mieux fait de s'inquiéter de son fils plutôt que de lui donner des conseils sur comment élever les siens.

Au fur et à mesure, les visites de Simon eurent l'effet contraire de ce qu'il désirait. Nous finîmes par nous lasser de cette interminable course-poursuite. Étant donné que les Brouillet nous traitaient déjà comme des lépreux à la maison, ce comportement nous donnait l'impression d'être des monstres aux yeux de tous. Un jour, Joseph hurla : « Si c'est comme ça, arrête de venir ! » Et parce que Simon faisait toujours exactement le contraire de ce qu'on lui demandait, il revint sur ses pas.

« Je peux venir avec vous ? » demanda-t-il.

Dans la cabane, il n'y avait pas assez de place pour trois personnes. Alors Joseph rajouta du bois pour l'agrandir. Lui et moi avions perdu l'habitude de discuter avec des individus de notre âge. Tout ce que nous racontions nous paraissait terriblement maladroit. Nous n'étions pas certains qu'il souhaite nous revoir après cela. Mais Simon réapparut le jour suivant. Et le jour suivant. Et le jour suivant encore. Je ne mentionnais pas le fait qu'il portait les mêmes vêtements, et il ne prononça pas un mot sur nos bras et nos jambes contusionnés. Une fois seulement, Simon nous demanda pourquoi nous n'étions pas à l'école. Je lui retournai la question.

« Je n'aime pas le collège, répliqua-t-il. Alors je sèche. Ma mère s'en fout.

— Et ton père ? dis-je. Et ta sœur ? Ils ne disent rien ?

— Mon père n'habite pas à Ceyroux. Catherine est ma petite sœur. Ce n'est pas elle qui va me dire quoi faire. »

Simon et moi étions nés la même année. Dans une dimension parallèle, nous fréquentions la même classe. Cette idée me serrait le cœur. Je m'imaginais faire le chemin de l'école avec sa sœur Catherine, mon frère Joseph et lui. Je me représentais la salle de classe, le réfectoire, le sac à dos lourd de devoirs avec une précision qui m'était douloureuse. Il m'arrivait de demander à Simon ce qu'il avait étudié en cours de français ou de mathématiques. Il me rembarrait sans différer. N'avais-je pas conscience que le collège était une prison ? Qu'on nous y enfermait pour mieux nous contrôler ? Dans de rares occurrences, il revenait de cours pour nous raconter des histoires rocambolesques sur ses professeurs, des mensonges qui enchantaient Joseph et qui m'exaspéraient au plus haut point. Je lui enviais sa situation autant qu'il jalousait la mienne.

Bientôt, prétendait-il, il proposerait ses services à René. Ainsi l'école deviendrait obsolète, sa mère ne l'embêterait plus, et nous resterions ensemble à toute heure de la journée. Il disait nous avoir épiés au travail, dissimulé de tous les regards, et il en avait déduit qu'il possédait les aptitudes nécessaires. Les activités de la ferme ne semblaient pas si compliquées que cela. Ce qui devait être une simple plaisanterie se transforma en un scénario très sérieux. Plus notre amitié s'affirmait, plus Simon nous confrontait à l'idée de travailler ensemble à l'étable. Cela me rendait folle qu'il ne réalise pas à quel point il était chanceux. Il fallut une matinée particulièrement pénible pour que je craque enfin. Quelques heures plus tôt, René m'avait porté un coup de marteau à l'estomac parce que je n'avais pas été suffisamment réactive à son goût. J'avais senti mes organes se mouvoir sous le choc. Un large hématome obscurcissait la peau de mon ventre, bleu comme une galaxie, et constellé de taches de sang séchées que je n'avais pas réussi à retirer avec ma salive. Quand Simon mentionna à nouveau sa perspective d'embauche, c'était comme si cet univers, cette rage impétueuse, s'étendaient à l'intérieur de mon être pour m'ingurgiter tout entière.

« Tu ne sais pas de quoi tu parles », lui déclarai-je.

Simon fronça les sourcils.

« C'est toi qui ne sais pas de quoi tu parles, rouspéta-t-il.

— Parce que c'est toi qui vis ici, peut-être ? »

Joseph soupira. « Vous pouvez éviter de vous disputer pour rien, s'il vous plaît ? »

Simon l'ignora. Il se mit à répéter son discours habituel, à parler de sa mère, de sa sœur, de leur négligence et de ce que les enfants subissaient à l'école. Je le coupai dans son élan.

« J'en ai marre, débitai-je en criant presque, j'en ai marre que tu cherches à comparer ta vie avec la nôtre, alors qu'on passe nos journées à bosser avec des vaches et à nous faire taper dessus. La vérité, c'est que tu ne sais pas ce que c'est de vivre ici. Tu ne sais pas non plus ce que c'est de travailler. Tu viens quand ça t'arrange, quand tu n'as rien d'autre à faire et après tu rentres chez toi, chez ta mère. Tu ne sais même pas quelle chance tu as. »

La tête baissée, Simon se mit à ricaner.

« Tu as de la chance d'être une fille, railla-t-il.

— Quoi ? Tu veux me frapper ? Viens. »

Quand il s'agissait de se battre, Simon n'était pas du genre à discriminer. Il nous l'avait déjà prouvé. Un dimanche où les Brouillet s'étaient absentés pour expier leurs péchés à l'église, il était venu à la ferme sans se rendre compte que sa sœur l'avait suivi. Un léger sourire éclairait le visage de la petite Catherine. Sur le chemin, elle avait cueilli des marguerites qu'elle avait épinglées à sa tresse. Dès que son frère s'aperçut de sa présence, il lui donna une claque qui démantela l'intégralité de son méticuleux travail. Des pétales blancs s'écrasèrent sur la pelouse. Je m'attendais à ce que Catherine pleure, comme n'importe quel autre enfant de son âge l'aurait fait, mais elle se contenta de répliquer par un coup de pied. C'était ainsi qu'ils communiquaient ensemble.

« Qu'est-ce que tu fous ? dit-il en grinçant des dents.

— Je veux jouer avec Joseph, répondit-elle.

— Tu n'as pas le droit.

— Et avec la fille ?

— Pas le droit non plus. Retourne à la maison, sinon je vais casser ta Barbie. Tu sais que je le ferai. »

Catherine partit en boudant. Jamais plus elle ne réessaya de s'immiscer dans notre groupe.

Même si j'avais vu Simon vaincre sa sœur, j'étais persuadée d'avoir ma chance contre lui. J'avais grandi avec deux frères à La Réunion, joué au football, nagé dans l'océan, voyagé à l'autre bout du monde. Simon n'était comparable en rien à ce que j'avais pu affronter. Mais au lieu de me prendre au mot, il éclata de rire. Une seule chose est pire que de perdre un combat : se le voir refuser. Je ne voyais d'autre solution que de sortir de cette humiliation de façon spectaculaire, inoubliable. Il y avait dans la cabane un réceptacle où nous glissions nos déchets. Je le renversai sur Simon, qui poussa un cri de mécontentement et partit sans se retourner. Ce ne fut qu'à la hauteur de l'étable que je constatai l'absence de Joseph. Mon frère, mon allié depuis toujours, ne m'avait pas suivie. Je l'appelai plusieurs fois à mi-voix. Rien. Je fis demi-tour et je le retrouvai a côté de Simon, assis à l'endroit exact où je l'avais quitté. J'eus même l'impression que mon absence avait achevé de les rapprocher. Le blondinet déclara avec dédain que « Florent » resterait avec lui. Le sang déferlait dans mes tempes.

« Déjà, il s'appelle Joseph », dis-je.

Je ne regardais pas mon frère, car je craignais sa réponse. Elle me parvint de toute manière.

« Non, dit-il. Je m'appelle Florent. »

Sa voix n'était qu'un murmure. J'en avais assez entendu. Je me dépêchai de fuir. Alors que je courais jusqu'à la maison, les yeux à moitié clos, je sentis une ombre glisser près de moi et me caresser les cheveux. Je fus incapable de dire si c'était un coup de vent ou la main invisible de Granmer Kal, qui se manifestait pour prédire un énième malheur.

La littérature n'occupait qu'une place secondaire chez les Brouillet. C'était dans leur chambre que se réfugiait l'unique bibliothèque de la maison. Quatre étagères de bois qui pliaient sous le poids d'ouvrages poussiéreux. J'avais souvent côtoyé cet endroit pendant nos heures de ménage, et j'avais été frappée par l'état des livres qu'il recelait. La plupart dataient de la dernière décennie mais, étant donné qu'ils quittaient rarement la torpeur des rayonnages, ils jaunissaient et tombaient vite dans la désuétude. Je ne me résolvais pas à en prendre un. Je pouvais voler de la nourriture, des couverts, mais pas des livres. Il m'arrivait de feuilleter quelques pages, lorsque je savais Martine et René hors de portée. Ces lectures furtives me confrontaient à la réalité de mes capacités. J'avais maintenant quinze ans, et je lisais encore comme une fillette de primaire. Les Brouillet n'avaient pas jugé nécessaire que nous poursuivions l'école, ou que nous nous cultivions de quelque manière que ce soit. En fait, Martine oubliait souvent que Joseph et moi étions capables, à des degrés variables, de lire et écrire. Ainsi, quand arriva la première lettre de l'assistante sociale, elle nous la récita à haute voix comme l'aurait fait une maîtresse de maternelle.

Les représentants de la DDASS se devaient de visiter chaque famille d'accueil afin de s'assurer du bon déroulement de l'adoption. Seulement, cela faisait près de trois ans que les Brouillet nous avaient ramenés chez eux, et l'administration n'avait pas enquêté sur les conséquences de cette décision. Du moins, jusqu'alors. La lettre annonçait la venue imminente d'une assistante sociale. Je déduisis au ton alarmiste de Martine que cette arrivée était une très mauvaise nouvelle. D'emblée, elle chercha à faire annuler le rendez-vous. Elle écrivit maints courriers aux accents parfois courtois, parfois fermes. Elle appela le secrétariat et demanda à parler à la personne possédant le plus haut rang possible dans cette affaire. Elle justifiait cet acharnement en expliquant tour à tour que le travail à la ferme ne leur permettrait pas de se libérer, que René venait de perdre sa mère et que Joseph, leur fils adoptif adoré, avait attrapé une maladie grave et contagieuse. La DDASS ne voulait rien entendre. Elle ne fit que proposer de reprogrammer la visite quelques semaines plus tard, et Martine fut obligée d'accepter l'inévitable.

« Si ce rendez-vous ne se passe pas correctement, me prévint-elle, ils vous renverront au foyer, ils vous sépareront et vous ne ferez rien de votre vie. C'est ça que tu veux ? »

Ce n'était pas ce que je voulais. Je désirais demeurer avec mon frère loin des dortoirs, des halls d'entrée et des cantines où nous ne serions que des orphelins parmi d'autres.

Parce que nous ne possédions aucun vêtement présentable, Martine décida de nous emmener en acheter à Vieilleville, une commune à quelques kilomètres de Ceyroux. Une virée shopping qui incarnait l'événement de l'année. Tandis que la voiture traversait le village, mon regard se heurtait à une myriade de visages inconnus. Ils me considéraient en retour avec une curiosité empreinte de crainte et d'un certain mépris. Martine, quant à elle, semblait connaître tout le monde. Elle saluait presque chaque personne qu'elle apercevait, s'arrêtant parfois au milieu de la route pour discuter avec une piétonne sur le chemin de la boulangerie. D'une voix mielleuse, elle s'enquérait de la santé des enfants des uns et des autres, avant de confier à quel point elle était débordée à cause de nous. J'avais l'impression qu'elle avait élaboré un itinéraire plus long que nécessaire de sorte qu'on puisse voir et être vus par son entourage. Une façon de couvrir ses arrières, au cas où les services sociaux chercheraient à enquêter de ce côté-là aussi.

Cette mascarade se poursuivit lorsque nous entrâmes à l'intérieur de la Boutique Creusoise, l'un des rares magasins de vêtements aux alentours. Il ne ressemblait en rien aux établissements que nous avions connus à La Réunion. Nichés dans une rue pavillonnaire, le magasin et sa façade blanche aux encadrements en granit se fondaient dans le décor champêtre. Martine nous poussa à l'intérieur. « Wow », s'exclama Joseph. Des rangées de vêtements irisés s'étalaient devant nous. Il n'y avait pas de musique, rien que le léger carillon de cintres qu'on accroche et qu'on décroche. Une lointaine conversation se déversait comme de la pluie depuis la mezzanine. Je levai le regard et remarquai qu'il y avait là-haut toujours plus de tissus et de chaussures. Ce qui aurait pu durer cinq minutes nous prendrait des heures.

« Martine, s'écria une voix, je t'attendais ! »

La femme qui surgit de derrière le comptoir ressemblait à Mme Brouillet, quoique cette dernière n'eût pas apprécié cette comparaison. Elles avaient toutes les deux la soixantaine, les cheveux brushés, le corps déformé par l'âge et plusieurs grossesses menées à terme, ainsi qu'un timbre de voix qui sonnait faux.

« Giulia, roucoula Martine, je te présente Marie et Florent. Comme je t'ai dit au téléphone, il y a du boulot. Mais s'il y a quelqu'un dans cette foutue région capable de miracle, c'est bien toi. »

Giulia rit de bon cœur, et ce faisant dévoila une fausse dent en or. Plus tard, Joseph me demanderait quelle valeur un tel objet pouvait avoir. Je lui répondrais que je ne savais pas. Plus que tout ce que nous possédions et ne posséderions jamais, probablement.

La propriétaire nous conduisit à travers son magasin, en haut d'un escalier en bois. Une forte odeur de lavande et de citron imprégnait les murs. À l'étage, deux autres personnes exploraient le rayon enfants.

Je reconnus sa voix avant de voir son visage. « Tu as entendu ? » me demanda Joseph à voix basse. À quelques mètres de nous se tenait Catherine, la petite sœur de Simon, et sa mère. La jeune fille se plaignait du manque de choix proposé par la boutique. Elle voulait une robe rouge à carreaux, la même que sa copine. Pourquoi était-ce si difficile à trouver ? J'espérais que notre présence passe inaperçue, mais c'était sans compter Martine et son insatiable besoin de se faire remarquer. Dès qu'elle repéra le duo, elle les apostropha : « Oh, Michelle ! Quel plaisir de vous voir ! » Les deux femmes se firent froidement la bise alors que Joseph, Catherine et moi nous regardions en chiens de faïence.

Joseph et moi n'avions pas reparlé de la dispute qui avait éclaté dans la cabane. Simon non plus. La page s'était tournée sans émettre de bruit. Nous avions tous conscience que nous n'étions pas prêts à ce que le livre de notre amitié, si bref soit-il, s'achève sur une note aussi pathétique et amère. S'il avait à se terminer, il devrait le faire dans un théâtre de flammes impérieuses et implacables qui éclipseraient ce chapitre de nos vies. Mais cet incident n'avait même pas réussi à provoquer ne serait-ce qu'une étincelle, et Simon s'était présenté chez les Brouillet le lendemain, comme d'habitude. Je passai moi aussi à autre chose. Cela ne m'empêchait pas de ruminer les conséquences de cet événement chaque heure de la journée, surtout maintenant que Joseph ne répondait plus qu'au nom de Florent. Et j'y repensais encore lorsque nous nous retrouvâmes face à Catherine. Il aurait suffi d'un mot de sa part pour exposer cet autre monde, cette autre réalité dans laquelle Joseph et moi nous réfugions dès que les Brouillet tournaient le regard. La petite fille aurait eu raison de nous dénoncer, étant donné qu'aucun de nous ne s'était montré bienveillant envers elle. Mais elle ne dit rien. Quand Michelle nous présenta l'une à l'autre, de la manière la plus formelle qui soit, je prétendis être surprise de découvrir qu'une autre fille réside dans le village.

« Tu vas aussi à l'école ? » s'enquit Michelle.

Mes yeux se dirigèrent vers Martine qui, d'une façon machinale, répondit à ma place.

« Non, dit-elle. Ils aident René à la ferme. Ils ne sont pas faits pour l'école tous les deux, tu sais comment c'est. Et puis, compte tenu de mes problèmes de santé… »

La mère de Simon acquiesça, l'air pensif. Elle avait les mêmes yeux que ses enfants, ou plutôt ses enfants avaient les mêmes yeux qu'elle. Une étrange nuance de vert, ponctuée d'éclats noisette, et dont l'acuité m'intimidait. Ses joues creuses donnaient une allure sinistre à ce visage qui, autrefois, avait été replet et joyeux. Elle avait une stature d'athlète, élancée, large d'épaules. Le soleil avait piqué ses bras de taches de rousseur. Jadis, elle avait dû être heureuse.

Ce fut avec un détachement remarquable qu'elle écouta Martine et Giulia bavasser sur leurs enfants respectifs. Quand les deux femmes lui demandèrent où se cachait Simon, Michelle répondit qu'il se trouvait avec son père. Je m'efforçai de dissimuler ma surprise. Nous avions vu le garçon en question le jour précédent, et il n'avait rien dit à ce propos. Plus tard, je confronterais Simon à cette information, et il m'affirmerait que sa mère inventait souvent des excuses pour expliquer son absence. En réalité, elle ignorait ce qu'il faisait. Elle l'attendait chaque soir, la main autour d'un manche à balai ou d'une ceinture, prête à lui délivrer un sermon qui ressemblait davantage à une prière. Il fallait qu'il se rende à l'école, il ne pouvait pas passer une journée de plus à errer dans les rues, il n'avait pas le droit de l'humilier ainsi. Màis aucun discours moral ne convainquait Simon, qui prenait un malin plaisir à se faire voir par le reste du village. Martine, qui se doutait de la réelle raison de cette absence, jubilait.

« D'ailleurs, comment va ton mari ? » demanda-t-elle.

Le regard de Michelle s'assombrit. Elle déclara qu'il se portait bien et la remercia, avant d'écourter la conversation. L'heure du déjeuner approchait, et sa fille mourait de faim. Je vis Catherine grimacer, mais elle n'eut pas le temps de protester que sa mère la tirait déjà vers l'escalier.

« Quelle famille étrange, *no* ? » fit Giulia.

Une fois Michelle et Catherine parties, l'attention de la boutique convergea sur moi. Je servis de mannequin aux folies vestimentaires de la gérante, qui me força à enfiler coup sur coup des pantalons pattes d'éléphant, des cols roulés, des capelines fleuries et des robes fluides. Rien ne trouvait grâce aux yeux de Martine. Je t'ai dit que la tâche ne serait pas facile, disait-elle à Giulia. Finalement, elles optèrent pour un ensemble vichy vert et blanc qui m'irritait la peau. « *Bellissima* », déclara Giulia, et elle me fit répéter ce mot devant le miroir. *Bellissima*. Il sonnait si délicieux quand il naissait de ses lèvres, et si contrefait quand il s'extirpait des miennes. *Bellissima* aurait été plus apte à décrire un coucher de soleil au-dessus de l'océan Indien, ou la nef de Notre-Dame de Paris, plutôt que la gracile créature qui se reflétait face à moi, faible et épuisée.

Joseph évita de justesse l'étape de l'essayage. Il se faisait tard et René nous reprocherait notre absence au déjeuner. Pressée d'en finir, Martine lui sélectionna une simple chemise et un pantalon noir. Au moment de payer, elle dispersa une myriade de pièces de francs sur l'étal et Giulia l'aida à les compter.

« *I conti tornano*, s'exclama cette dernière avant d'embrasser son amie. Le compte est bon. »

Martine jasa au sujet des Mortellet tout le chemin du retour. La vie familiale de Simon, jusqu'alors, était demeurée un mystère. Quelques minutes suffirent pour rapporter tous les ragots qui circulaient à leur propos. Michelle souffrait d'un problème d'alcool, vivait du chômage, Simon traînait avec tous les débauchés du coin, et Catherine, la petite Catherine à la santé fragile, cherchait sa place dans ce vaste chaos. Ce qui leur manquait, c'était un homme à la maison. Hélas, le mari de Michelle l'avait quittée pour une jeunette vivant à Marseille. L'histoire avait ébranlé le village. Une amitié avait autrefois lié Martine et Michelle, une amitié fondée sur l'intérêt, la praticité et le rang social. Sitôt que la situation des Mortellet s'était détériorée, Martine prit ses distances. Depuis, elle assistait à la décrépitude de son amie avec exultation. D'ailleurs, absorbée par son propre récit, elle se trompa de direction et manqua de nous perdre plusieurs fois. J'essayais de ne pas l'écouter, de peur d'apprendre quelque chose d'incriminant sur mon camarade, mais je ne pouvais m'en empêcher. Assis près de moi, Joseph avait le visage résolument tourné vers la fenêtre. Il ne prononça pas un mot tout au long du trajet.

« Tu as entendu ce qu'elle disait dans la voiture ? lui demandai-je ensuite. Sur Simon ?

— Non. Elle raconte que des mensonges, de toute façon…

— Comment tu le sais ? »

Joseph haussa les épaules.

« Il faut qu'on se dépêche de se préparer, dit-il, avant que la dame n'arrive. »

L'engouement de Martine, provoqué par l'obtention de nouveaux vêtements et de ragots, laissa place à l'angoisse de l'attente. L'assistante sociale était en retard au rendez-vous qu'elle avait elle-même fixé. Un brouillard de confusion flottait dans la maison. Personne ne savait quoi faire. Je nettoyai la table une dizaine de fois. Joseph tria les serviettes. Martine inspecta ses pores dans le miroir de l'entrée. Ce ne fut que lorsque l'assistante se présenta, une heure et demie plus tard, que le voile de silence qui enveloppait la demeure se leva enfin.

Je me rappelle avoir été saisie par la gracilité du corps de l'employée, par la finesse de ses poignets, qui paraissaient sur le point de se briser sous la charge de sa mallette. Le poids de nos destins reposait sur les épaules, sveltes et fragiles, d'une parfaite inconnue. Martine la guida dans la cuisine en tordant nerveusement un torchon entre ses mains. Nous prîmes place, tous les quatre, autour de la table, alors que René œuvrait dans les champs. Il avait refusé de prendre part à l'entretien. « Pas besoin qu'on soit tous présents non plus, avait-il maugréé. Cela fait assez longtemps qu'ils habitent là, de toute façon. Quel intérêt ? » Martine n'avait pas réussi à le convaincre. Bien sûr, il aurait été plus judicieux, plus crédible, que les deux figures parentales affrontent l'administration ensemble. Un simple changement de garde-robe n'effacerait pas les traces, aussi bien physiques qu'émotionnelles, de la maltraitance. Martine s'en doutait et s'en inquiétait. Heureusement pour elle, après plusieurs années de bons et loyaux services dans le milieu social, la représentante de la DDASS était tout à fait désensibilisée au malheur des autres. Son ouïe ne discernait plus les rires des larmes. Ce jour-là, elle ne venait pas pour s'assurer de notre bien-être, mais seulement pour compléter une série de formulaires. Et c'est ce qu'elle fit, tandis que Martine l'accablait de compliments et de marques de politesse.

« Ils habitent ici depuis 1975, c'est bien cela ? interrogea la femme.

— En effet, dit Mme Brouillet.

— Bien. Question suivante… »

Joseph et moi nous tenions droits sur nos chaises. J'entendais ses poumons siffler péniblement à côté de moi. Dans l'obscurité de l'étable, René l'avait cogné au torse, avec tellement de force qu'il avait été envoyé à terre. Tout cela parce qu'il avait manqué de faire tomber la brouette. L'incident se rejouait en boucle dans mon esprit. René l'avait frappé et Joseph s'était relevé comme si de rien n'était. Et moi, j'avais contemplé ce spectacle sans ciller.

L'assistance sociale se tourna vers moi.

« Alors, Marie.

— Marie-Thérèse, la corrigeai-je machinalement.

— Pardon ?

— Je m'appelle… Marie-Thérèse. »

Je prenais rarement la parole et, quand je le faisais, c'était en toute vraisemblance sans réfléchir. La femme relit son dossier avec attention, le froissement des feuilles se heurtant au silence contrarié de Martine. Sous la table, je sentis le pied de Joseph cogner ma cheville. Arrête, n'en dis pas plus.

« Pourtant, fit la femme, ma fiche indique Marie.

— C'est son nom, assura Martine. Elle vous embête. »

L'assistance sociale mobilisa toutes ses facultés d'empathie pour lui offrir un sourire compatissant. Les enfants placés en foyer exhibaient fréquemment des comportements ineptes, surtout ceux venant d'Afrique, affirma-t-elle. L'entretien reprit son cours. À mesure que les mains diaphanes de l'employée parcouraient le dossier, je sentais mon corps glisser de mon siège et mon esprit s'échapper vers des contrées silencieuses.

Quand je revins à moi, l'assistante sociale refermait le dossier. Il ne lui restait qu'une question, la moins importante : étions-nous heureux ? Sans que je m'en aperçoive, Martine s'était placée derrière moi. Elle dissimulait son impatience à l'aide de gestes d'apparence affectueuse. Ses doigts se frayèrent un chemin de l'arc de mes épaules jusqu'à celle de ma nuque, ils se mêlèrent à mes cheveux et les tirèrent subrepticement. Joseph se raidit sur sa chaise. Je sus alors qu'elle lui faisait la même chose, bien que je ne puisse tourner la tête pour m'en assurer.

« Oui », mentit Joseph.

Nous nous changeâmes dès le départ de l'assistante sociale. Martine nous arracha presque nos habits. « Montez enlever ça, meugla-t-elle, avant de les souiller comme le reste de vos affaires. » L'ordre des choses se rétablissait déjà.

« Tu as failli nous faire disputer », fit remarquer Joseph.

Je haussai les épaules. J'allais lui rétorquer que tout le monde faisait des erreurs, quand Martine me hurla de la rejoindre dans la salle de bains. Mes jambes tremblaient un peu plus à chaque pas que je faisais. Agenouillée près de la machine à laver Calor, Martine semblait flotter dans un nuage d'étoffes multicolores, une image qui était en partie due à la peur et à la fatigue qui oblitéraient ma vision.

« Tu n'as pas oublié de me dire quelque chose ? » m'interrogea-t-elle avec colère.

Le film de la journée se rembobina dans ma tête. Je le scannai plan par plan, à la recherche d'un détail important que j'eus omis. Peut-être n'avais-je pas correctement salué Giulia, la vendeuse, mes expressions n'avaient-elles pas été convaincantes lors de l'entretien, ou avais-je rangé le détergent à la mauvaise place. Martine perdit patience. Elle brandit ce qu'elle avait dans les mains et je reconnus ma culotte. Même si je ne faisais pas dans la coquetterie, un vent de honte s'éleva en moi. Qu'avait-elle pu découvrir de moi à travers mes sous-vêtements ? Allais-je devoir faire comme Joseph et dissimuler mes affaires au fond d'un placard ? Les yeux de Martine brillaient de colère.

« Pourquoi est-ce que tu ne m'as pas dit que tu avais tes règles ?

— Mes règles ? Je... »

Elle m'enfonça le nez dans la culotte. Du sang avait assombri le coton au niveau de l'entrejambe. Quelques gouttes brunâtres, rien de plus. J'avais été avec Patricia lorsqu'elle avait connu ses premières règles. Je l'avais vue lutter contre les mécanismes de son propre corps des jours durant. Elle sombrait dans une lente et inexplicable agonie que rien ne semblait pouvoir soulager, sinon le temps. À l'inverse, je n'avais pas ressenti une seule contraction. Je n'aurais pas cru Martine si elle ne me l'avait pas démontré, preuve à l'appui, que je venais de franchir cette étape dans ma vie de femme. Je ne savais pas, lui dis-je, et ces trois petits mots déclenchèrent quelque chose en elle. Sa main retrouva l'arrière de ma tête et m'envoya valser contre le mur. Le monde s'effondra, puis plus rien, le néant, la paix. Une sérénité me berça dans un sommeil qui ressemblait à la mort. Pourtant, je finis par me réveiller. La fraîcheur lisse du parquet soulageait ma joue brûlante. J'avais toujours la culotte sous le nez, mais Martine avait disparu. Elle m'avait laissé avec tout le linge à laver.

Le chemin demeure le même. Bordé de roses et de buissons, il mène à cette bâtisse que mes frères, ma sœur et moi avons habitée avant la tempête. À première vue, peu de choses ont changé : ce sont les mêmes plantes qui décorent l'allée, les mêmes volets bruns qui adornent les fenêtres. Cette porte que nous approchons, Joseph l'a aussi poussée, quarante ans plus tôt, pour essayer de retrouver notre mère, porté par un élan de courage ou de désespoir. Et de cette cloche couverte de rouille émanait un tintement clair et serein comme le chant d'un oiseau. Tu la fais sonner, mais ce geste n'éveille qu'un sinistre carillon. L'âme du bâtiment s'est dissipée. Il ne reste plus que cette carcasse de métal et de briques, dans laquelle des religieuses déambulent de jour comme de nuit. Les enfants, eux, ont disparu sans laisser de trace. Après les derniers déplacements en 1982, la pouponnière est redevenue couvent.

La lourde porte en bois s'ouvre et dévoile une sœur au visage hiératique, mais jeune, auréolée d'un voile opalin. La vue de sa soutane bleu et blanc me renvoie à l'enfance. Je retiens mes larmes. Tu lui racontes que j'ai été placée ici dans les années 70, avant d'être envoyée en métropole. Et que je souhaiterais vraiment, et tu insistes sur ce mot, pouvoir revisiter cet endroit qui m'est si cher. Tu es aussi habituée à prononcer ce discours que la sœur l'est à l'entendre.

« Bien sûr, répond-elle, aucun problème. Nous accueillons beaucoup d'anciens résidents qui viennent ici afin de renouer avec le passé. Entrez donc. »

Est-ce donc cela que je fais, renouer avec le passé ? Pourtant, je me suis convaincue du contraire. Je pense me défaire de ces liens qui me maintenaient à cette terre que je ne connaissais plus. Mais une fois à l'intérieur, je n'en suis plus si sûre. La cour s'étend devant moi, verte d'herbe et de souvenirs. En son milieu s'érige cette sépulture qui habite chacun de mes cauchemars. Et je sens l'emprise de l'histoire se resserrer sur moi, comme des menottes qu'on referme cran par cran. Tu sors une bouteille d'eau de ton sac avant même que je ne prenne note de la sécheresse qui ravage ma gorge.

Tu demandes à la sœur si, par hasard, elle se souvient de moi. Non, elle est bien trop jeune pour avoir travaillé ici à l'époque. Mais elle connaît quelqu'un dont c'était le cas. Cinq minutes plus tard, une vieille femme se présente. Elle me tend une main noueuse et nous nous observons, elle et moi, pendant un laps de temps inimaginable. Elle finit par détourner le regard.

« Non, je suis désolée, madame. Je ne vous reconnais pas.

— Elle est venue avec ses deux frères et sa sœur, lui dis-tu. C'était en 1974. »

D'une voix fébrile, j'ajoute :

« Mon frère a essayé de s'échapper et on nous a punis juste là, devant tout le monde. »

Je pointe du doigt la statue. En prononçant ces mots, je m'attends à ce que la vieille femme démente tout. Jamais les sœurs de la Providence ne se seraient permis de brutaliser des enfants dont le sort se révélait déjà tragique. Au lieu de cela, la nonne se contente de sourire avec empathie.

« Nous avons puni beaucoup d'enfants, vous savez, dit-elle. Ce serait impossible pour moi de me souvenir de tous leurs noms. »

En guise de dernier recours, tu lui demandes si Joseph Gosse lui évoque quelque chose.

« Oui, en effet, je crois en avoir entendu parler. Quelle tragédie, mourir si jeune... Que Dieu lui pardonne. »

Nous ne pouvons pas rester très longtemps. L'heure de la messe approche, et les sœurs ont un emploi du temps serré à respecter. Tu essaies de négocier, mais ce n'est pas la peine. J'ai vu ce que j'avais à voir. En sortant, tu t'arrêtes pour observer la crèche installée à l'accueil.

« On devrait en prendre une pour la maison, me dis-tu.

— Jamais de la vie. »

Les Brouillet affectionnaient trois choses : leur ferme, le dimanche matin et Noël. L'occupation d'agriculteur ne leur accordant aucune vacance, le 25 décembre symbolisait l'ultime délivrance de la routine tracteur-boulot-dodo. Ils remplissaient la 4L de cadeaux divers et conduisaient plusieurs heures afin de rejoindre Montpellier, où résidait leur fils aîné. Lui aussi avait un job important, une maison, des enfants. J'aimerais pouvoir t'en dire plus sur cet autre membre de la famille Brouillet, mais je ne saurais te répéter que la version édulcorée que j'entendais Martine servir à ses amies. Je pourrais te parler de sa femme (coincée), du dîner (trop cuit) et de leur résidence (lumineuse, mais trop grande). La vérité est que je n'ai jamais mis les pieds à Montpellier.

Tandis que les Brouillet célébraient la naissance du Christ et leurs retrouvailles, Joseph et moi restions enfermés à Ceyroux. Il ne fut jamais question de nous emmener. D'un côté, j'étais soulagée. Leur absence nous permettait de reprendre notre souffle. De l'autre, j'avais du mal à supporter l'accalmie qui précédait les fêtes. La violence s'amenuisait, disparaissait pour quelques jours. Comme des serpents se délivrant de leur enveloppe corporelle, René et Martine se débarrassaient de leur air sordide pour se transformer en créatures à l'apparence douce et docile. Ils nous donnaient moins de travail, plus de temps pour jouer dehors. Leur détachement s'apparentait à de la bienveillance. Le tout premier Noël que nous passâmes à Ceyroux, en 1975, j'étais tombée dans le panneau. J'avais cru que ce changement d'attitude persévérerait. Mais une fois que les Brouillet défaisaient leurs valises pleines de souvenirs, la vie reprenait son cours, pareille à une rivière noire au courant impétueux, impardonnable. Si nous ne voulions pas périr dans ses eaux froides, nous devions prendre nos précautions. Il fallait tout faire pour qu'à leur retour ils n'aient pas à se plaindre de quoi que ce soit. Nous nous occupions de la maison, des champs et des bêtes.

Pour le repas, je réchauffais des restes de pâtes et de poulet. Joseph et moi les mangions sur le canapé, pieds sur la table, devant *Les Visiteurs de Noël* sur TF1. La télévision devenait notre fenêtre sur le monde. Grâce à elle, un courant d'air frais s'infiltrait dans le salon à l'atmosphère étouffante. Des gens se réunissaient face à nous, ils remplissaient l'écran de leurs étreintes et le silence de leurs rires. L'émerveillement que j'avais autrefois ressenti le jour de Noël avait disparu. Je n'arrivais plus à lire la joie sur les visages des présentateurs, je n'y voyais que des masques de pixels. Joseph faisait preuve d'encore plus de scepticisme. La figure de Robert Sabatier se reflétait dans l'océan brun de ses pupilles. Au dîner, il refusait de prier avec moi.

« Je ne crois pas en tout ça, disait-il d'un ton accusateur.

— Ce n'est pas une question de croyance, mais de tradition.

— Ça n'a jamais été une tradition.

— On le faisait avec Monmon. »

À la mention de notre mère, il baissait les yeux.

« Je ne m'en souviens pas. »

Malgré ses réticences, Joseph finissait toujours par me tendre ses mains. Ce simple geste me donnait envie de pleurer. Je le fis d'ailleurs plusieurs fois, en baissant la tête pour qu'il ne le remarque pas. C'était dans ces instants de quiétude que je me sentais le plus proche de lui. Ses doigts serraient les miens cependant que je murmurais le bénédicité, ou plutôt une version abrégée de celui-ci, car il ne supportait pas de m'entendre parler de Seigneur, de joie ou de famille pendant plus de dix secondes. Ensuite, nous mangions comme les Brouillet nous l'avaient appris, vite et en silence. On ne s'échangeait pas de cadeaux, et on ne nous en offrait pas.

Un an après notre rencontre avec lui, Antoine avait fait parvenir une lettre confirmant à ses parents qu'il les retrouverait à Montpellier pour Noël. C'était un courrier d'usage, composé de deux à trois paragraphes, mais qu'il avait conclu d'une façon si étrange que sa mère se sentit obligée de l'appeler. Je profitais du fait qu'elle fût au téléphone pour lire ce qu'il avait écrit. En bas de la missive, une question semblait avoir été ajoutée à la hâte : « Florent et Marie se joindront-ils à nous cette année ? »

Le combiné niché entre l'épaule et l'oreille, Martine le raisonnait :

« Je te l'ai déjà dit, ils ne fêtent pas Noël. De plus, nous n'avons pas de place dans la voiture.

Non, non, tu n'en as pas non plus. Ne fais pas l'idiot. »

Deux ans plus tard, il troqua sa minuscule Coccinelle rouge pour une Citroën CX, le genre de véhicules spécialement conçus pour les grandes routes et les longs voyages. Il conduisit lui-même à travers les chemins sinueux de la Creuse afin de rejoindre ses parents. Ceux-ci le pensèrent fou.

« Comme ça, s'exclama-t-il, nous pouvons emmener tout le monde. »

Mais Martine ne fit que trouver davantage d'arguments. Elle emmènerait plus de bagages que d'habitude, le plus jeune ne supportait pas la voiture, celle-ci ne tiendrait sûrement pas la route, et qui donc s'occuperait des bêtes en leur absence ? Le débat s'éternisait. À l'extérieur, René avait presque terminé de charger le nouveau véhicule d'Antoine de leurs valises.

« Très bien, dit le jeune homme. S'ils ne viennent pas, je vais leur donner leurs cadeaux maintenant. »

Il rit quand sa mère lui affirma que sa gentillesse finirait par le ruiner. Il en faudrait bien plus que quelques jouets, fait-il remarquer.

Alors que mon frère et moi nous transformions chaque année, l'apparence d'Antoine ne changeait pas. Que ce fût son air bienveillant, ou son trench-coat beige, tout chez lui restait figé dans le temps. Il avait vingt-cinq ans et venait d'emménager dans un nouvel appartement dans le 12e arrondissement, plus grand, plus lumineux, avec vue sur une rue marchande. Il me fit un dessin du plan sur un bloc-notes et me fit promettre que je viendrais le voir un jour.

« Antoine, je ne sais pas conduire.

— On s'arrangera. En attendant, dis-moi si vous avez été sages. »

À ces mots, il plongea la main dans son sac en toile.

« Alors ?

— Oui, on a été sages », marmonnai-je avec hésitation.

Il me tendit un paquet emballé de papier kraft. À l'intérieur, je trouvai un exemplaire flambant neuf du premier recueil de Jacques Prévert, *Paroles*. J'avais les doigts tremblants d'excitation. De la poésie, je ne connaissais que les textes étudiés lors de mon bref passage à l'école. Mais Antoine avait deviné leur impact sur moi. Je lui répétai ce que sa mère lui avait déjà dit cent fois : il n'aurait pas dû. Il m'ébouriffa les cheveux.

« Tu n'as qu'à me remercier, tu sais.

— Merci. »

À Joseph, il offrit une bande dessinée *X-Men* dont les garçons de son âge raffolaient. Mon frère se pinçait les lèvres pour éviter de sourire. Timidement, il lui serra la main.

« Surtout, continuez d'être sages, nous conseilla Antoine d'un air espiègle. Qui sait ce que le père Noël pourrait vous apporter la prochaine fois ? »

Une fois les Brouillet partis et les tâches ménagères achevées, nous nous installâmes pour lire à la lumière du salon.

Je ne connaissais que des extraits du travail de Prévert, des bribes de son dernier recueil, *Arbres*, qui m'étaient parvenues par le biais des médias. C'était assez pour deviner son style, mais pas pour que je sache si je l'appréciais. Les trois premières pages de *Paroles* suffirent à me convaincre que non seulement j'aimais sa prose, mais que j'étais sa plus grande admiratrice. J'interrompais souvent ma lecture pour déclamer mes vers préférés. Je regardais Joseph et je lui demandais : ne trouves-tu pas ça magnifique ? Il haussait les épaules. Il ne s'y connaissait pas vraiment en poésie. Ses mains effeuillaient les pages de son propre livre avec une délicatesse excessive ; les mots ne l'intéressaient pas, seulement les images. En quelques heures, le monde extérieur disparut. Il ne restait plus que l'encre et le papier. Nous avions oublié son existence jusqu'à ce qu'on frappe à la porte.

« *Na demoune* ? m'exclamai-je. Il y a quelqu'un ?

— Ne parle pas comme ça », soupira Joseph.

Je me retins de lui rétorquer que « ça », c'était du créole. Un dialecte qu'il maîtrisait parfaitement jadis. Depuis quelque mois, cette discussion revenait de plus en plus souvent. Je disais quelque chose de vaguement créole, il s'agaçait de m'entendre prendre un accent, je m'agaçais qu'il nie connaître le langage de notre mère.

Mais nous n'avions pas le temps pour ces chamailleries, car on continuait de frapper à la porte. Une voix facétieuse s'associa au tambourinage. « Ouvrez ! Je sais que vous êtes là ! »

Simon était si bien apprêté qu'il en était méconnaissable. Ses cheveux, qui d'habitude tombaient par lourdes mèches sur sa peau opalescente, avaient été lavés et gommés en arrière. Il avait troqué ses tee-shirts troués pour une chemise bleu clair et portait une ceinture en cuir. La surprise sur nos visages le fit sourire.

« Vous faites quoi ? demanda-t-il d'un ton enjoué.

— Rien », bégayai-je. Je n'en revenais pas qu'il eût osé frapper à la porte des Brouillet. « Toi, qu'est-ce que tu fais ?

— Ils sont partis, n'est-ce pas ? Je peux rentrer ? »

Je n'eus pas le temps de réfléchir. Joseph agrandit l'embrasure de la porte, et Simon s'y faufila. Il ne pouvait s'empêcher de tout regarder, de tout toucher. Mes poils se hérissaient à l'idée qu'il laisse ses empreintes sur les objets des Brouillet et que, d'une manière ou d'une autre, ils puissent le découvrir à leur retour.

« Ne touche à rien », dis-je.

Simon adorait qu'on lui impose des limites, puisqu'il ne demandait qu'à désobéir. D'un pas ferme, il s'approcha de la commode en bois du salon, ouvrit le premier tiroir et en sortit une boîte de Cachou Lajaunie.

« Qui veut un bonbon ? demanda-t-il. Non ? Et toi, Flo ? Non plus ?

— Qu'est-ce que tu fais ici ? rétorquai-je avec impatience.

— Je me suis dit qu'on pourrait passer Noël ensemble. »

Il avait renversé la boîte de bonbons sur sa langue et parlait la bouche pleine. Je lui tendis une serviette.

« Pourquoi est-ce que tu ne le passes pas avec ta famille ?

— C'est ce que je fais, dit-il. Je suis venu vous chercher. »

Plusieurs années d'amitié m'avaient appris à reconnaître quand Simon se moquait de moi. À cet instant, son visage dégageait une honnêteté brute et singulière.

« Pourquoi ? demandai-je.

— Je te l'ai dit. J'ai pensé qu'on pourrait passer Noël ensemble.

— Ça me va », dit Joseph.

Simon sourit. Une de ses incisives, je le remarquai soudain, était cassée. Elle laissait entrevoir le gouffre noir de sa gorge. Mon scepticisme devait se lire sur ma figure, car il déclara :

« Ne t'inquiète pas, la froussarde. Je vous montrerai le chemin. »

À cette heure, les rues de Ceyroux étaient complètement vides. Seuls les sons émanant çà et là des pavillons nous indiquaient que la ville était encore habitée. Je sursautais à chaque éclat de rire, à chaque claquement de porte et aboiement de chien. L'ombre des Brouillet flottait au-dessus de nous, menaçante. Je n'osais pas imaginer ce qu'ils diraient en voyant leurs deux travailleurs adoptifs errer ainsi. Joseph, lui, ne paraissait pas s'en inquiéter. Il suivait Simon avec autant de ferveur et d'enthousiasme qu'un labrador pendant sa promenade quotidienne. Après de longues minutes de marche, nous

nous arrêtâmes devant une modeste maison aux volets bruns. Simon se tourna vers moi : « Marie, tu me laisses parler, d'accord ? » Prise par surprise, je fronçai les sourcils. Je ne me considérais pas comme la plus gaffeuse de nous deux, loin de là. Mais je n'eus pas le temps de répliquer, car, déjà, la porte s'ouvrait.

La mère de Simon, Michelle, apparut sur le seuil, vêtue d'un peignoir au-dessus d'une robe à pois. Elle ne ressemblait déjà plus à la femme que j'avais croisée à l'anniversaire de Martine, puis à la Boutique Creusoise. La fatigue avait effacé toutes les traces de beauté et d'élégance que j'avais remarquées auparavant. Je commençais à croire qu'il y avait quelque chose dans l'air de Ceyroux, ou dans son eau, qui rongeait ses habitants de l'intérieur.

« Tiens, s'exclama-t-elle à l'attention de son fils. Te voilà de retour.

— Tu te souviens de Joseph et de sa sœur ? demanda Simon.

— Oui. Bonjour, les enfants. »

Elle força un sourire, mais son regard demeurait empreint d'indignation. Si elle l'avait voulu, elle aurait pu appeler la police. Rien ne l'en empêchait. Je me tournai vers Joseph, prête à m'excuser. Il me fit non de la tête. Nous étions allés trop loin pour renoncer.

« Est-ce qu'ils peuvent passer le réveillon avec nous ? » demanda finalement Simon.

Surprise, Michelle fit un pas en arrière. Derrière elle je vis dépasser le haut du crâne de Catherine. Elle avait bien grandi depuis la dernière fois que nous l'avions aperçue, mais n'avait rien perdu de sa curiosité. Nos regards se croisèrent et elle disparut en riant.

« Ils peuvent rentrer cinq minutes, dit Michelle, et nous leur donnerons à manger. Après, ils devront rentrer chez eux.

— Mais...

— Ne commence pas, Simon. Tu en as assez fait aujourd'hui. »

Le concerné soupira.

C'était étrange, après autant de temps, de découvrir la maison de Simon, le foyer dans lequel il avait grandi, celui duquel il cherchait à s'échapper à tout prix pour venir nous voir. J'avais pensé qu'il vivait dans une maison ressemblant à celles que l'on voyait à la télévision : un joli bâtiment rempli de livres d'école, de jouets et de photos de la famille. Je refusais de croire que sa vie pouvait être, comme il l'affirmait, équivalente à la nôtre, voire pire. Ce n'était pas un concours que j'étais prête à perdre.

Et pourtant, force était de constater que Simon ne menait pas une vie de privilégié.

Il résidait dans une bâtisse qui, d'après les étroites fissures sur les murs, menaçait de s'effondrer à tout moment. Les guirlandes multicolores ne parvenaient pas à égayer le salon, où l'austérité régnait en maîtresse. C'était dans le papier peint déchiré, dans la commode aux tiroirs cassés, dans les rideaux noircis par l'humidité et le tabac. Jamais Martine n'aurait accepté de recevoir des invités dans un bazar pareil.

« L'état d'une maison est à l'image de l'hôte », disait-elle.

Michelle n'avait pas ce problème. Elle nous indiqua le canapé, où s'élevait une montagne de papiers et d'enveloppes éventrées, et nous exhorta à prendre place en son sommet. Je fus la seule à m'asseoir. Joseph, quant à lui, suivit Simon et sa mère dans la cuisine en trottinant presque.

Il y avait deux bouteilles de bière sur la table basse, deux Valstar vides. J'en pris une et la portai à mon nez. L'odeur âcre me renvoya en bas de mon immeuble, à l'île de La Réunion. Il y avait un homme qui dégageait des effluves semblables. Il surgissait tous les jours à la même heure, telle une apparition. Surtout, ne le regarde pas, m'interdisait Patricia. Tu ne sais pas de quoi les baiseurs de rak sont capables.

« Interdiction de toucher, m'indiqua une voix criarde. C'est à maman. »

Je relevai la tête. Catherine avait le corps à moitié dissimulé par la porte du salon. Son œil gauche, qu'elle avait fixé sur moi, brillait à la lumière des guirlandes.

« Tu sais que je te vois, l'informai-je.

— C'est pas vrai, s'écria-t-elle.

— Si, si.

— Je suis invisible.

— C'est impossible, Catherine.

— Comment tu le sais ? »

Joseph et Simon réapparurent avec des assiettes gorgées de nourriture. Surtout, ne nous aide pas, Marie, railla Simon. Immédiatement, je me rendis dans la cuisine et proposai mes services à Michelle. C'était une pièce dénuée de chaleur et de lumière. Le vieux réfrigérateur ronronnait bruyamment. Un essaim de mouches dansait un ballet aussi nerveux que captivant au-dessus de l'évier, avec pour seul public les écuelles sales qui s'y amassaient. Michelle les chassait du revers de la main.

« Attends. Je vais te donner un peu de tarte, ma fille. »

Je retins un sourire. Ma fille. Depuis plusieurs années, j'avais renoncé à être la fille de quiconque. La vie ne m'en avait pas laissé le choix. Il me semblait que personne ne souhaitait prendre le rôle de mère. Alors, quand Michelle avait prononcé ces deux mots, je ne pus m'empêcher de penser qu'un lien se créait entre nous deux. Je réalisai ensuite, non sans déception, qu'elle m'avait appelée ainsi seulement parce qu'elle ne se souvenait pas de mon prénom. Elle attribuait des petits surnoms aux gens à qui elle accordait peu d'importance. « Au revoir, ma fille », me dit-elle sur le pas de la porte. Son souffle chargé d'alcool racla ma joue et m'obligea à tourner la tête. Elle aurait voulu pouvoir nous ramener, me confia-t-elle, mais son ex-mari avait pris sa voiture. À vrai dire, ce n'était pas le terme exact qu'elle avait utilisé. Cela faisait des années qu'elle avait rebaptisé le père de ses enfants par « le bâtard ». Ce bâtard lui volerait tout ce qu'elle possédait. Ce bâtard était prêt à tout pour la détruire. Ce bâtard ne savait pas ce qui l'attendait.

« Elle raconte n'importe quoi, certifia Simon sur le chemin du retour. Mon père ne lui a rien fait du tout. Il est parti pour le travail et cela l'a rendue folle. »

Ni Joseph ni moi ne posions de questions à ce sujet. Nous ne lui demandâmes pas non plus pourquoi il avait décidé de repartir avec nous au lieu de rester chez lui. Notre amitié était fondée sur le mystère.

Il est des repas dont l'esprit comme la langue gardent le souvenir, en raison des plats raffinés, des portions copieuses ou des discussions qu'ils ont engendrées. D'autres, comme celui-ci, vous marquent par leur banalité. Je me retrouvai avachie sur le canapé entre mon frère et mon seul ami. Nous partagions les restes de nourriture que la famille de ce dernier avait bien voulu nous céder. Une ration de pommes de terre, du saumon sec, du fromage et un dessert. Le pain rassis s'effritait dans nos bouches. Un dîner, à première vue, des plus ordinaires pour ceux que la vie aurait gâtés. Pourtant je ne crois pas avoir connu de repas plus mémorable depuis. Nous avions peu à célébrer, certes, mais notre présence suffisait. Il n'y avait pas de parents, pas d'école, pas de passé, pas de futur. Que le présent qui, pour une fois, n'était pas si désagréable.

Quand Simon lui proposa de reprendre de la tarte, Joseph répondit : « Je me connais, si j'en reprends, je vais tout finir. »

C'était la première fois que j'entendais quelqu'un de notre âge affirmer qu'il se connaissait. C'était d'autant plus surprenant de l'entendre de la bouche de Joseph : Joseph qui portait des vêtements de seconde main,

Joseph qui refusait de parler créole, Joseph qui se faisait appeler Florent. Avec quelle assurance il s'exprimait désormais, et avec quel naturel il s'était assis dans le fauteuil de René. Peut-être l'alcool jouait-il un rôle ; Simon avait subtilisé une bouteille de vin du cabinet de sa mère et insisté pour que nous la goûtions.

« Je lui ai dit que ce n'était pas une bonne idée, dit Joseph.

— Qu'est-ce que tu vas faire quand elle va le remarquer ?

— Elle ne le remarquera pas, assura Simon. Maintenant, est-ce qu'on va boire ou vous êtes trop peureux ? »

Je repensai aux mots de Patricia. Tu ne sais pas de quoi les baiseurs de rak sont capables. C'était vrai. Et cela ne me plaisait de ne pas savoir. L'alcool m'avait longtemps paru comme l'ultime mystère à déceler. Alors je bus. Le vin s'engouffrait dans ma bouche, incendiait les murs de ma gorge et embuait mes yeux de larmes. Mon corps brûlait étage par étage comme une maison en feu. Je continuai à boire.

« Qu'est-ce que tu as à picoler aussi vite ? s'enquit Simon, amusé. Tu es triste parce que ton copain n'est pas là pour fêter Noël avec toi ?

— Non, répondis-je. Je ne suis pas triste, au contraire. »

Je n'ai que de vagues souvenirs du reste de la soirée, des fragments de sourire et des morceaux de phrases dont le contexte m'échappe. Mais je sais que la fête se termina au petit matin. Dehors, les rouges-gorges coloraient la ville de leur chant, et le ciel dégorgeait de nuées rosâtres. Il était temps pour Simon de rentrer chez lui.

« Mais je ne le ferai pas tant que toi, me dit-il, tu n'es pas au lit. »

Je rétorquais, geignais, pleurais. Je n'étais pas prête à ce que les festivités s'achèvent. Simon prit doucement mon bras. Il ne me montrerait plus jamais autant de compassion que cette nuit-là, lorsqu'il aida Joseph à me mettre au lit. Le lendemain, mon frère me raconterait que Simon s'était chargé de faire disparaître les plats et les bouteilles vides. Plus rien ne resterait de cet étrange réveillon où nous avions goûté aux délices du vin et du bonheur. Plus rien, à l'exception d'une macule bordeaux sur le canapé. Une larme de vin pas plus large qu'une pièce de cinq centimes de franc, qui fut vite repérée par nos bourreaux.

« Qu'est-ce que c'est que cette tache ? » s'écria Martine à son arrivée.

Je sentis le regard de Joseph se tourner vers moi. Il fallait trouver une excuse, n'importe laquelle, mais je ne parvenais pas à réfléchir tant l'angoisse brouillait mon esprit. Martine, qui se sentait généreuse après les fêtes, se contenta de nous donner une gifle chacun.

« Comme ça, vous commencez l'année comme vous l'avez terminée ! »

« J'AI TOUJOURS SU QUE JOSEPH GOSSE MOURRAIT JEUNE » : LE FRÈRE ADOPTIF DE L'AUTEUR SE CONFIE

Si Antoine Brouillet est réputé pour ses exploits dans la finance, sa filiation avec le célèbre poète est longtemps restée secrète. Interview avec le frère adoptif de Joseph Gosse.

Paris Match : Pouvez-vous nous raconter votre première rencontre avec Joseph Gosse ?

Antoine Brouillet : Cela doit remonter à la fin des années 70. J'étais encore très jeune, et je venais de quitter le domicile familial pour m'installer à Paris. Ils étaient orphelins, sa sœur et lui, et mes parents les avaient accueillis dans leur ferme. Quand je l'ai vu pour la première fois, il m'a paru asocial, un peu lunatique. Il refusait de parler.

Paris Match : Comment expliquez-vous ce comportement ?

Antoine Brouillet : Joseph n'a pas eu une existence facile, que ce soit à La Réunion ou dans la Creuse. La vie ne l'a pas épargné. Je dis souvent que j'ai toujours su qu'il mourrait jeune à cause de sa façon de se tenir. Comme si le monde entier pesait sur ses épaules. Il a puisé dans ses souffrances pour produire ses poèmes. Après cela, il n'avait plus la force de continuer à vivre.

Paris Match : Aviez-vous connaissance de ses talents d'écrivain ?

Antoine Brouillet : Il était évident à mes yeux qu'il avait une âme sensible. Mais non, je ne m'imaginais pas qu'il était capable de réaliser de si jolies choses. À ma première lecture du recueil (il y en a eu beaucoup depuis), j'ai été surpris par la délicatesse de sa plume. Je suppose qu'il a beaucoup été influencé par sa sœur, qui était aussi férue de littérature que lui.

Paris Match : Quelles relations entretenez-vous avec sa sœur aujourd'hui ?

Antoine Brouillet : Il fut une époque où le destin nous avait éloignés l'un de l'autre. Aujourd'hui, je dirais que nous sommes très proches. C'est une femme admirable qui s'est battue, comme moi, pour conserver l'héritage de son frère. J'ai plein de projets que je souhaite entreprendre avec elle, dont une exposition photo. J'espère pouvoir les partager avec vous très bientôt.

Extrait de *Paris Match*, octobre 2008

Au printemps, des volées de grues fendaient le ciel creusois de leurs ailes digitées, leur formation dessinait d'impeccables triangles au-dessus de nos têtes. Comment savent-elles dans quelle direction voler ? L'instinct, affirmait Joseph.

« Ce genre de ressenti ne suffit pas, lui disais-je.

— Pour toi, non », répliquait-il.

À la télévision, on parlait d'élections, de mauvais jours et de pluies diluviennes. Les habitants du village, eux aussi, réagissaient à ces nouvelles à l'instinct. Il y avait celles et ceux qui, comme Michelle, prolongeaient leur hibernation, accablés par la fatigue et le malheur. D'autres, comme Antoine, avaient depuis longtemps choisi de migrer vers des contrées plus chaleureuses et prospères. Les Brouillet se plaignaient de ne voir leur fils qu'en coup de vent, aux fêtes et aux anniversaires, lorsqu'il lui était strictement impossible d'échapper à ses responsabilités familiales. Dans ses lettres, le jeune homme maintenait qu'il les appellerait et viendrait plus souvent. Il semblait oublier à qui il avait à faire, et sa négligence manqua plus d'une fois de me mettre en danger.

« Qu'est-ce que c'est que ça ? » me demanda Martine.

Elle hurlait presque et secouait un papier sous mon nez. Une carte postale.

Comme un éclair, l'image de ma mère surgit des pénombres de ma mémoire. Elle, assise à la table de la cuisine, la tête dans les mains, tel un général se préparant à l'ultime bataille, encerclée de documents qu'elle ne parvenait pas à déchiffrer. Moi, debout près d'elle, qui m'apprêtais à lui demander si je pouvais sortir jouer avec Patricia.

On se reverra bientôt, m'avait promis Monmon. On s'écrira des lettres quand tu seras à Paris.

Malgré ces paroles et la réaction de Martine, je ne permis pas à mon esprit de se blesser à imaginer de quelconques retrouvailles. Cette mère que j'avais à La Réunion ne m'écrirait jamais. Alors, qui le ferait ?

Je pris la carte et lus silencieusement :

Chère Marie, cher Florent,

J'espère que vous allez bien. Il pleut beaucoup à Paris. Mais bientôt les beaux jours arriveront, et vous pourrez enfin venir me voir à la capitale. Une promesse est une promesse !

Prenez soin de vous.
Je vous embrasse,
Antoine

Désormais, je comprenais le trouble de Martine. Je le partageais. Jamais je n'aurais pensé qu'Antoine puisse nous écrire de cette façon sans l'accord de ses parents. J'expliquai à Martine, non sans difficulté, que je n'avais rien fait pour susciter l'intérêt de son fils. Il lui fallut plusieurs minutes pour qu'elle entende raison. Quand elle comprit, sa lourde tête ballotta d'un côté à l'autre. Décidément, gémit-elle, René avait raison. Le comportement de leur fils frôlait l'irrationalité.

Elle accepta que je réponde à Antoine, par politesse. Mais la fréquence des courriers ne fit que s'accélérer. Martine, dépassée, finit par tolérer cette insolite relation épistolaire. À la demande de son fils, elle m'achetait des timbres et des enveloppes sur lesquelles j'écrivais de ma plus belle plume : Antoine Brouillet, 7 rue Lepic, 75018 Paris. Google Maps n'existait pas à l'époque, mais j'étais persuadée qu'il habitait l'un de ces hauts immeubles haussmanniens présents à l'arrière-plan des cartes postales.

Le soir, à la lumière du crépuscule, je contemplais ma collection avec toujours autant de subjugation, et toujours dans le même ordre. Le Chat noir de Montmartre, la tour Eiffel, l'avenue des Champs-Élysées, la rue Lepic. Je n'avais pas à les retourner pour savoir ce qui était inscrit au dos. J'aurais pu réciter chaque missive aussi passionnément et fidèlement qu'une fable de La Fontaine. Chère Marie, je suis heureux de savoir que tu vas bien. Chère Marie, comment est la météo à Ceyroux ? Tu passeras le bonjour à ton frère. Je ne peux pas venir en ce moment, mais j'espère vous faire venir bientôt. Fais attention. Ma mère m'a dit que vous deviez vous montrer plus sages. Chère Marie, merci pour ton poème. Ma chère Marie. Petite Marie. Marie.

Joseph ne répondait pas aux lettres d'Antoine. Il fit un effort considérable, au commencement de notre correspondance, en adossant sa signature à la mienne, un simple « F » tracé au crayon à papier. Sa main, une habituée des labeurs propres à la ferme, serrait les stylos comme des outils. Cela faisait presque cinq ans qu'il avait quitté les bancs de l'école. Cinq ans qu'il avait coupé les ponts avec l'apprentissage. Adolescent, il lui arrivait de se rappeler soudain un fait ou un nom mentionné en classe : Marie, c'est qui Robespierre, déjà ? me demanda-t-il alors que nous nettoyions l'étable.

« Un genre de politique, je crois. Pourquoi ?

— Oh, je ne sais pas. J'y réfléchissais. »

Les raisonnements de mon frère me déroutaient. Un fil de pensée s'entremêlait toujours à un autre. En essayant de démêler la pelote de ses introspections, je ne faisais que resserrer les nœuds, sceller son imaginaire hors de ma portée. Les premières lettres d'Antoine arrivèrent mais ne manifestèrent aucune réaction. Ce n'est que plus tard que son discours changea.

Nous ne connaissions pas vraiment Antoine, se mit à me rabâcher mon frère. Il n'avait rien accompli pour nous. C'était un faux riche qui niait ses racines. Et surtout, le péché le plus capital de tous, c'était le fils de René.

Un jour, Antoine m'écrivit une lettre si belle que je ne pus m'empêcher de la faire lire à Joseph et à Simon. C'était l'heure du déjeuner. Nous n'avions que vingt minutes avant que René ne termine son repas, et que Martine ne nous somme d'étendre le linge.

Tous les trois nous avions tellement grandi, et presque en même temps, que nous avions du mal à rentrer sous les planches de la cabane. J'avais les jambes entremêlées avec celles de Joseph et le coude niché contre le ventre de Simon. Tous nos regards étaient braqués sur la carte, comme des projecteurs.

« C'est moi qui lis, dit Simon d'un ton railleur. On va bien rigoler.

— Du tout, dis-je. Vas-y. Lis. »

Chère Marie,

J'espère que ta semaine a été bonne. Comme d'habitude, j'ai été très occupé au travail. Je pense venir vous chercher bientôt, Joseph et toi, pour un week-end à la capitale. Est-ce que ça te dit ? Si oui, réponds-moi vite. J'en parlerai avec maman plus tard.

Bisous

Antoine

Je m'attendais à ce que cette lettre éveille l'ardeur de Simon et Joseph, comme elle l'avait fait pour moi. Mais je ne lus dans leur visage qu'un mélange d'amusement et de pitié.

« Attends, tu le crois ? dit Simon. Tu le crois sérieusement ?

— Pourquoi tu demandes ça ? C'est quelqu'un d'honnête.

— Les Brouillet sont connus pour leur honnêteté, c'est vrai.

— Tu ne sais pas de quoi tu parles.

— S'il vous plaît, pria Joseph. Ne commencez pas tous les deux. »

Simon et moi nous aimions comme frère et sœur. Nous nous disputions aussi comme tels. Dès qu'il s'agissait de nos familles, nos véritables familles, la conversation dégénérait. La liste de sujets prohibés s'allongeait : l'abandon de notre mère, l'alcoolisme de Michelle, la violence de René, la disparition de Michel, de Patricia et du père de Simon. Autant de thèmes qu'il valait mieux éviter, car les désaccords qu'ils engendraient se réglaient souvent à coups de pied et de poing, avant de laisser des cicatrices inguérissables.

Les remarques de Simon ne réussirent pas à tarir mon enthousiasme. Je repris la carte postale et la remis soigneusement dans la poche de mon anorak.

« Tu verras, dis-je. Il viendra. »

Oui, il viendrait.

Cela prendrait du temps, plusieurs mois, mais il viendrait. Tous les soirs je m'épuisais les yeux à relire ses mots et à guetter les fenêtres de la maison. L'attitude de Joseph oscillait entre compassion et agacement. « C'est assez pour aujourd'hui », m'annonçait-il chaque nuit. Il me retirait les cartes des mains, m'intimait de dormir, me rappelait que nous étions seuls et que nous le demeurerions à jamais. Mais je continuais de témoigner à Antoine une dévotion digne d'un chien abandonné par son maître. Il serait là, tôt ou tard. Il serait là.

Un vendredi matin, comme dans un songe, la Citroën grise apparut sur le sentier. Antoine s'en extirpa les bras ouverts et je me souviens d'avoir pensé qu'il ressemblait à un prophète.

« Je vous avais dit que je viendrais vous chercher, non ? s'exclama-t-il. Où sont vos valises ?

— Je vais les récupérer ! »

Je courus à l'étage et croisai les Brouillet en chemin. Je fis de mon mieux pour ignorer leurs expressions sidérées et rejoignis Joseph dans notre chambre.

« Je ne viens pas, prévint-il.

— Pourquoi ? fis-je.

— J'ai pas envie. »

Je sentis le ciel et le sort s'abattre sur moi.

« Tu n'as pas envie d'aller à Paris ? »

La chose me semblait impensable. C'était tout ce que nous avions toujours voulu, songeais-je. C'était la raison de notre venue en métropole, ce pour quoi notre mère s'était séparée de nous. Et il n'avait pas envie.

« C'est toi qui es obsédée par cette ville, souffla Joseph. Pas moi.

— Tu préfères donc rester avec René et Martine ? Tout seul ? » demandai-je.

Il haussa les épaules.

« De toute façon, on doit retrouver Simon demain.

— Qu'est-ce qu'on s'en fout ? Tu le vois tout le temps, ton Simon, et tu n'as jamais vu Paris. »

Sa bouche s'ouvrit, mais ne produisit aucun son. J'en profitai pour ajouter :

« Si tu ne viens pas, je n'irais pas non plus. Alors, fais-le pour moi. Ne sois pas égoïste. S'il te plaît, Florent... »

Je m'agenouillai face à lui, suppliante. Lui et moi étions incapables de survivre séparés plus d'une journée, et il en avait conscience.

« Tu me dois quelque chose, proclama-t-il. Je ne sais pas encore quoi, mais tu me dois quelque chose. »

Je le pris dans mes bras, un enlacement qui ne dura pas plus de cinq secondes. Il n'aimait pas les câlins. Il n'était plus un enfant.

Nous avions très peu à emmener, ce qui facilitait les préparatifs. Je fouillai la commode à la recherche de nos vêtements les plus présentables et les enfouis dans deux sacs en toile. Je les descendis au salon, le cœur battant. La voix tonitruante de René s'élevait depuis la cuisine.

Personne ne l'avait informé de ce qu'il se tramait. Il n'avait même pas vu le courrier passer. À l'entendre, on aurait dit un enfant sur le point de se faire confisquer ses jouets favoris. Antoine n'avait pas le droit de nous embarquer avec lui comme cela, sans permission. Comment ferait-il, lui, ce week-end ? Comment s'organiserait-il pour le marché ? Antoine jouait la carte de la réassurance. Tout se passerait parfaitement bien. Ce ne serait que trois jours. Il leur offrait soixante-douze heures de tranquillité et de repos. Ne disait-il pas, à Noël, qu'il avait besoin de vacances ? Il y eut un bruit sec, suivi d'un cri de surprise.

« Arrête, René, marmonna Martine entre ses dents. C'est un adulte. Tu n'as pas le droit de le toucher. Il…

— Ça va, maman », rassura Antoine.

J'entendis la porte du réfrigérateur s'ouvrir et se refermer, le hoquet d'une bouteille de bière qu'on éventrait. Je n'avais pas à être dans la cuisine pour deviner que René buvait une 1664. Ses goûts évoluaient selon ses humeurs. Heineken quand les beaux jours s'installaient ; 1664 lorsqu'il se sentait anxieux ; Kronenbourg quand il voulait faire des économies ; et, quand il disait surveiller son poids, il buvait des Carlsberg. Il n'était pas rare de trouver, dans la cuisine des Brouillet, deux à trois marques de bière différentes. J'avais appris à appréhender ses sautes d'humeur rien qu'en analysant le contenu du réfrigérateur, pareille à une voyante qui examinerait sa boule de cristal.

La bière adoucit quelque peu la fureur de René. Il s'excusa auprès de son fils. Antoine avait raison, cela leur ferait des vacances de ne plus avoir ces deux cons à la maison.

Comme pour se faire pardonner ou pour accélérer le processus, René s'occupa de charger nos sacs dans la voiture. Puis il s'en alla pour l'étable, sans un adieu.

Martine, elle, se pencha à la fenêtre et déclara : « Que je n'apprenne pas que vous avez fait des bêtises à Paris. »

Envahie par le bonheur ou par la folie, je fis un geste qui me troublerait des années plus tard : je plantai un baiser sur la joue de Martine. Elle effectua un bond en arrière, sa main droite s'éleva comme si elle cherchait à chasser une mouche. Le choc passé, elle se tourna vers son fils et dit : « Fais attention. »

Antoine conduisait d'une façon très différente de son père. Une main qui agrippait le volant, nerveuse. L'autre qui se prélassait sur le rebord de la fenêtre. Parfois, elle tenait une cigarette roulée. Souvent, elle tapait un rythme indolent contre la porte.

Ses habitudes n'ont pas changé. Après notre rendez-vous au café, il a insisté pour nous emmener, toi et moi, au conseil départemental de La Réunion. « Pas question que tu prennes les transports », m'a-t-il prévenu au téléphone. Tu as approuvé, et ce en dépit de ton aversion pour lui. Preuve que tout est possible.

À bord de sa Mercedes de location, je reconnais les effluves de son eau de toilette, celle qu'il portait déjà dans les années 70. Des notes de citron, de bergamote et de lavande ; l'odeur des bourges, disait René.

« Cela rappelle des souvenirs, hein ? » dit Antoine.

Je me tourne vers lui, et il a vingt-six ans à nouveau.

Dès que nous roulions en dehors de Ceyroux, le monde retrouvait de ses couleurs. Les cerisiers levaient leurs bras ébouriffés de fleurs dans un élan de joie. À la radio, Bonnie Tyler chantait un air étranger de sa voix rauque et rigoureuse. Je ne comprenais pas un mot d'anglais. Pourtant, j'avais conscience qu'elle entonnait cette chanson pour moi. Pour Antoine. Pour Joseph qui, assis sur la banquette arrière, remuait inlassablement dans son siège. Il n'arrivait pas à se mettre à l'aise. De temps à autre, à travers le rétroviseur, je le surprenais en train de triturer la poignée de sa porte, comme s'il se préparait à sauter hors du véhicule. Alors son reflet m'observait, le regard noir de reproches. Tu me dois quelque chose.

Antoine connaissait mal mon frère, en dépit de ce qu'il raconte aux nombreux journalistes et blogueurs qui l'ont interviewé ces dix dernières années. Il regardait Joseph lutter contre le désir de s'échapper, de disparaître, et voyait un gosse en manque d'attention.

« Qu'est-ce que tu aimes faire, Florent ? l'interrogea-t-il.

— Quoi ?

— Tu as bien une passion, un hobby. Quelque chose ? »

Joseph songea un instant.

« La ferme, dit-il finalement.

— Et quand tu ne travailles pas à la ferme ? »

La confusion plissait le front d'Antoine. Il était préoccupant, à ses yeux, qu'un garçon de cet âge ne puisse répondre à une question aussi facile.

« Qu'est-ce que tu fais quand tu n'es pas à la ferme ? insista-t-il.

— Je dors », répliqua mon frère en haussant les épaules.

Antoine éclata de rire. Quand il riait – et il riait souvent à l'époque –, ses traits paraissaient se disloquer. Il n'y avait pas une parcelle de peau sur son visage qui ne fût pas tiraillée par le gonflement de ses joues, l'étirement de ses lèvres. J'admirais et j'enviais l'intensité avec laquelle il éprouvait ses émotions.

Les chansons que nous écoutâmes ce jour-là me hantent à chaque soirée karaoké. « Ça plane pour moi », « Alexandrie, Alexandra ». Tous ces tubes sur lesquels la France chantait et dansait à la fin des années 70, toutes ces chansons qui marqueraient le pays pour des générations à venir, je les entendis pour la première fois dans la Citroën d'Antoine, avec mon frère assis sur la banquette arrière.

Les voitures et les heures défilèrent autour de nous. Antoine ne s'arrêta que deux fois. Une pour refaire le plein et acheter trois sandwichs jambon-beurre. L'autre pour s'étirer les jambes et nous inviter à en faire de même. Il appelait cela le breakdance. « Des scientifiques américains ont prouvé que c'était bon pour la santé, affirma-t-il avec conviction. Vous ne me croyez pas ? » Il dut presque tirer Joseph par les pieds pour qu'il sorte de la voiture. On ne redémarre pas tant que je ne vous ai pas vus danser.

Depuis l'autoroute, les autres conducteurs nous dévisageaient avec perplexité, mais je m'en fichais. Je m'en fichais parce qu'Antoine aussi s'en fichait. J'avais presque oublié ce que cela faisait de se sentir jeune, libre et insouciante.

SUR LA TRACE DE JOSEPH GOSSE, CÉLÈBRE POÈTE NOIR

En Amérique, on commence à apprendre son nom. En France, on ne le présente plus. Joseph Gosse est un poète français dont les écrits ont été découverts après son suicide, à seulement vingt-huit ans. Son recueil *Danse avec tes chaînes*, récemment traduit et paru aux éditions Penguin Random House, traite de sa déportation. L'administration française l'a en effet enlevé à ses proches et à sa Réunion natale, une île au milieu de l'océan Indien, avant de le placer dans une famille d'accueil. Le but était de pallier l'exode rural que subissaient certains départements métropolitains. Mais cette opération n'a abouti qu'à une explosion du travail forcé, de la maltraitance et à de nombreux enfants traumatisés.

Figure emblématique de la poésie française, Joseph Gosse a connu une résurgence en popularité il y a deux ans suite à la reconnaissance de la « responsabilité morale » de l'État dans cette affaire intitulée les « Enfants de la Creuse ». S'il est connu à travers le monde pour les tragédies qu'il a hébergées, ce département regorge de trésors : lacs, châteaux, parcs naturels... Voici une liste non exhaustive afin de préparer votre prochain voyage en France, inspirée par Joseph Gosse.

Le poète a grandi à Ceyroux, un petit village devenu lieu de pèlerinage. Vous y découvrirez un paysage tout à fait pittoresque, avec des champs et des maisons de pierre. Certains habitants sont assez âgés pour se souvenir de l'écrivain, mais mieux vaut ne pas mentionner son nom auprès des locaux. (...)

La ville de Paris a joué un rôle crucial dans la vie de l'écrivain. En effet, d'après plusieurs témoignages, le jeune homme aurait visité la capitale lors d'un bref voyage. Il n'avait guère souvent l'occasion de sortir de son village, où sa famille d'accueil le tenait captif. Ainsi, cette escapade lui aurait inspiré l'écriture de plusieurs poèmes. Comme beaucoup de touristes, il s'est rendu aux monuments classiques : tour Eiffel, Arc de Triomphe... Mais selon l'un de ses biographes, ce ne sont pas ces lieux qui l'ont marqué, mais plutôt l'atmosphère qui s'en dégage : « Il a trouvé à Paris une liberté dont il ne soupçonnait pas l'existence, explique Emmanuel David. Quand il parle de la capitale, on ressent tout l'espoir qu'il avait en la visitant pour la première fois. Même les textes sur sa mère biologique ne font pas preuve d'autant de lyrisme. »

Pas besoin, donc, d'aller siroter des cafés hors de prix sur des terrasses bondées pour marcher dans les pas du poète. Il vous suffira de fermer les yeux, de respirer un bon coup et de vous laisser imprégner par l'âme de la ville.

CNN Travel, octobre 2016
Traduit de l'anglais

Paris m'accueillit vêtu de lumière et de majesté. Un fait rare, apprendrais-je plus tard, puisque la météo ne se montrait clémente qu'un mois dans l'année. Loin de la cruauté asphyxiante des Brouillet, je me remplissais les poumons autant que les yeux. Se retrouver, enfin, dans cette ville qui avait habité tant de mes rêves et ambitions, c'était comme retomber dans les bras d'une vieille amie. N'importe qui et n'importe quoi pouvait amplifier ce sentiment d'appartenance : un feu vert sur la route, le sourire d'une passante, le chien qui renifla mes chaussures tandis que je descendais de la voiture, rue Lepic. Je me disais qu'il devait reconnaître là le parfum d'une vraie Parisienne. En réalité, il sentait sans doute les relents de bouse de vache qui imprégnaient mes semelles.

Antoine vivait au troisième étage d'un immeuble récemment rénové. Une atmosphère paisible, singulière, régnait dans son appartement, à l'écart de toute réalité. Pas de décoration, rien que le nécessaire. Il y avait la radio sur le comptoir de la cuisine, le téléphone sur la table basse. Un canapé et deux fauteuils orange se tournaient vers le poste de télévision, la pièce maîtresse du salon. Dans un coin reposait une modeste collection de livres, composée des derniers prix Goncourt et d'essais sur le commerce international.

« Posez vos sacs n'importe où, dit Antoine. Je vous emmène dîner. »

Avec quelle aisance il prononçait ces mots : je vous emmène dîner. Des années de réseautage dans la capitale l'avaient habitué à répéter cette même phrase au quotidien, que ce soit à des collègues ou à des amantes potentielles. Mais nous, nous n'avions jamais entendu de phrase pareille. Antoine, qui remarqua notre confusion, ajouta :

« Ne vous inquiétez pas. Je m'occupe de tout. »

La Bonne Franquette bénéficiait d'une réputation bien assise à l'époque, mais je ne le savais pas. Je pensais qu'Antoine, en grand connaisseur, nous avait emmenés dans un des coins les plus secrets de Paris. Il commanda trois assiettes de frites et des steaks de bœuf cuits à point. Dissimulé derrière des lunettes aux verres à double foyer, le serveur scrutait notre trio avec une intensité déconcertante. Antoine s'en amusa. « Ce n'est pas souvent qu'ils voient des enfants comme vous », attesta-t-il. Je n'eus pas le temps de relever cette remarque, car il avait déjà changé de sujet. Il extirpa un livre de la poche intérieure de son manteau.

Afin de planifier notre aventure, il avait acheté un guide de Paris à un libraire du coin. Des signets bleus et jaunes indiquaient le trajet à suivre : Montmartre, la basilique du Sacré-Cœur, Pigalle. Le lendemain l'Arc de Triomphe, les Champs-Élysées. Et pour finir en beauté, le Trocadéro et la tour Eiffel.

Je l'écoutais lister ces lieux cultes tout en ingurgitant mon repas. Il me semblait ne pas avoir mangé de plat aussi savoureux depuis… Depuis toujours, en fait, et je me délectais de chaque morceau. Les yeux d'Antoine s'agrandirent. « Maman ne vous nourrit pas, ou quoi ? » Ces paroles, comme tout ce qui sortait de sa bouche, avaient été prononcées sur un ton qui frisait la plaisanterie. Mais je ne ris pas. À Ceyroux, il valait mieux manger à la sauvette plutôt que d'affronter le courroux des Brouillet, qui se plaignaient de ne pas nous voir travailler dès que nous portions une fourchette à notre bouche.

Gênée, je compris avoir enfreint l'un des codes tacites de la vie parisienne. Celui qui stipule, en l'occurrence, que l'on se doit de manger avec le même flegme et la même indifférence que lorsqu'on fume une cigarette. Joseph arrêta de mâcher. Il regardait son assiette et attendait que la conversation reprenne son cours. Toutefois, j'ignorais quoi répliquer dans cette situation, quoi faire, et la voix de Martine sifflait à mes oreilles. Nous n'étions que des sauvages, disait-elle, des sauvages sans manière et politesse.

Antoine m'accorda une faveur, peut-être involontairement, en reprenant la parole.

« Qu'est-ce que vous voulez en dessert ? Vous pouvez choisir n'importe quoi. Je m'en occupe. »

Le serveur apporta une tarte aux pommes, un café gourmand, des macarons au chocolat, à la vanille et à la framboise, puis l'addition.

Les estomacs pleins, nous nous mîmes en marche pour le Sacré-Cœur. Joseph marchait loin devant et ne ralentissait que pour recevoir les indications d'Antoine. À gauche, tout droit, encore à gauche.

Je n'ai jamais été une grande sportive. C'était quelque chose que René aimait me reprocher, et il me semblait que ma piètre endurance me faisait à nouveau défaut. Je m'efforçais de calquer ma démarche sur celle d'Antoine. Seulement, en raison de la longueur de ses jambes, il n'avait pas fait un pas que j'en avais fait deux. Lui aussi dut mesurer cette discrépance. Son bras se lia au mien et il ralentit quelque peu, prétextant vouloir nous raconter l'histoire du quartier.

En dessous de nos pieds, relata-t-il, gisaient les os de chrétiens tués pendant les persécutions. Un récit étonnamment macabre pour un lieu qui respirait tant la romance et la poésie.

« C'est aussi ici qu'est mort l'évêque de Paris, m'informa-t-il. Saint Denis. »

J'observai Joseph ou, du moins, ce que je voyais de lui, c'est-à-dire l'arrière de sa tête, mon regard à l'affût de tout tremblement ou sursaut. Sans surprise, la mention de ce nom, qui était aussi celui de notre ville natale, ne le contraria pas. Il continua à trottiner comme si de rien n'était. Il avait raison, pensai-je. Le passé est le passé. Alors, je m'opposai à l'appel des vagues et de la nostalgie, et je serrai le bras d'Antoine afin de ne pas perdre pied dans le passé.

Celui-ci m'invita à lever les yeux. Devant nous se dressait la façade immaculée du Sacré-Cœur, plus grandiose et impressionnante que n'importe quelle carte postale. Cela valait l'escalade.

Joseph atteignit le sommet avant nous. Il se tenait en haut des escaliers, sur le parvis, les mains dans les poches. Les rayons du soleil tombaient sur lui en contre-jour, de sorte qu'un halo de lumière nimbait son visage. Mon frère ne connaissait rien de sa beauté. J'hésitais à la lui faire remarquer, parfois, mais je n'étais pas sans savoir qu'il s'imaginerait que je me moquais de lui ou que j'essayais de le manipuler. À mi-chemin dans les escaliers, je lui fis signe de la main pour vérifier qu'il nous voyait toujours, qu'il me voyait toujours, et il ne cilla pas.

Antoine me demanda si je souhaitais prendre une pause. Il n'y aurait pas de mal à cela, précisa-t-il, les marches de Montmartre étaient connues pour être éprouvantes pour les inhabitués. Je lui dis que non, je n'avais pas besoin d'une pause. J'attendais simplement qu'il termine sa leçon d'histoire. Il s'esclaffa.

Avant l'érection de la basilique, la butte faisait déjà office de lieu de pèlerinage. De nombreux croyants venaient rendre hommage à toutes les femmes, tous les hommes morts pour la religion. Pour leurs valeurs. D'après lui, la morale de cette histoire était la suivante : pour triompher, il fallait disparaître.

« Comment tu sais tout cela ? demandai-je.

— Je l'ai lu dans le guide, dit-il. Mais j'aurais aimé apprendre cela à l'école.

— Moi aussi. »

Autour de la basilique grouillaient une centaine de personnes, dont le bourdonnement grave me rappelait celui des coléoptères. Elles discutaient et s'exclamaient dans toutes sortes de langues, autant de dialectes qui m'étaient inconnus et me paraissaient inventés de toutes pièces. La présence de cette foule m'étouffa rapidement. Moi qui m'étais acclimatée à la tranquille monotonie propre à la province, voilà que je me retrouvais au cœur de la France, lequel battait fiévreusement contre moi. Il me fallut quelque temps pour reprendre mon calme, pour accepter cette agitation et pour, plus tard, l'apprécier. Ce fut Joseph qui prit mon bras et me força à me détourner du Sacré-Cœur. Il voulait que je contemple la vue. Et quelle vue ! Nous dominions la totalité de Paris. Dans l'océan bleu-gris qui s'étendait à perte de vue, je reconnus le somptueux frontispice de Notre-Dame, qui s'érigeait parmi les toits de zinc.

« Est-ce que je pourrais lire ton livre, quand tu l'auras fini ? questionnai-je Antoine. Si tu ne veux pas, ce n'est pas...

— Bien sûr, m'interrompit-il. On verra ça plus tard. Mais d'abord, je dois vous prendre en photo. »

Il extirpa de son sac un appareil photo Polaroid SX-70, qu'il déplia sous nos yeux ébahis. Il me serait difficile de te décrire à toi, qui as presque grandi avec un téléphone dans la poche, l'émerveillement que ce boîtier produisit en nous. C'était la première fois que Joseph et moi apercevions un modèle pareil, et surtout la première fois qu'on nous prenait en photo. Nous ne savions pas quel comportement adopter sous l'œil de son objectif. Rester stoïques ? Sourire ? Croiser les bras ? S'embrasser ? Déjà, l'appareil recrachait son cliché. Antoine le secoua avant de nous le tendre. Deux silhouettes fantasmagoriques émergèrent de l'obscurité. Des décennies plus tard, cette même photo apparaîtrait dans une exposition rétrospective de la vie de mon frère. Les critiques littéraires ne manqueraient pas de constater son air paisible, rêveur. C'est cette année-là que le jeune prodige s'essaierait à la poésie pour la première fois, écriraient-ils, et ses traits accusaient déjà une sagesse chimérique. À son côté, je paraissais perdue et ratatinée. Sur le moment, je me souviens d'avoir espéré que ce soit dû à une lumière défavorable, que je ne ressemblais pas à cela au quotidien.

Ce week-end-là, les heures se prirent pour des minutes, et les minutes se prirent pour des secondes. Peu importait à quelle vitesse nous courions pour attraper le métro, pour traverser les boulevards, pour visiter les monuments, le temps manquait. Il y eut une courte pause, un instant de répit, le samedi soir, lorsqu'Antoine nous emmena dans un bistrot non loin des Champs-Élysées. Trois de ses collègues et amis nous y attendaient. Ils se ressemblaient tous, vêtus de leur jean, de leur blazer coloré et de leur ambition de nouveaux riches. Les voici, leur annonça Antoine en guise de présentation. Les hommes nous serrèrent la main de façon solennelle, l'air impressionné.

« Ils sont donc vrais », dit l'un d'eux.

Je me tournai vers Antoine. Une lueur d'arrogance éclairait son regard.

« Évidemment qu'ils sont vrais, déclara-t-il. Pourquoi je mentirais ? Maintenant que ça, c'est fait, il est temps de commander. »

Les verres de vin se succédèrent. Exalté par l'ivresse, le groupe parlait fort et vite de sujets qu'ils étaient les seuls à saisir. Le travail paraissait envahir leur existence, ronger leur corps jusqu'aux os, et ils en redemandaient encore. Je ne comprenais pas le sujet de cet entretien. Joseph et moi avions pris place à une table annexe, à l'écart des discussions, mais pas des regards. La fumée des cigarettes était percée par la lueur inquisitrice de quatre paires d'yeux brillants, tous fixés sur nous. Je sentais le sang me monter aux joues.

« Tu dois être déçue d'être assise avec moi et pas avec eux, nota Joseph.

— Pourquoi tu dis ça ? demandai-je.

— C'est ton genre d'hommes. »

Pour des gens de nos âges, ce type d'établissements n'apportait aucune distraction. Nous occupions nos mains comme nos bouches avec les bouteilles de Coca-Cola et les cacahuètes salées apportées de manière successive par des serveurs épuisés. Mais nos esprits erraient dans des contrées lointaines, où la morosité du commerce international n'existait pas.

Vers vingt-deux heures, Antoine se leva de sa chaise. Les effets de l'alcool dénaturaient sa démarche d'habitude si légère et il arriva, clopin-clopant, à notre table. On peut rentrer, annonça-t-il.

En partant, je jetai un dernier regard en direction de la terrasse. Les amis d'Antoine secouaient leur cigarette en guise d'au revoir.

« Merci d'être venus, souffla Antoine. Je suis désolé de vous avoir fait attendre, mais je devais leur présenter un projet pour le travail.

— Un projet sur quoi ? »

Je le vis hésiter. Il haussa les épaules.

« Oh, sur le marché africain. »

Durant notre séjour, Antoine insista pour dormir sur le canapé. Joseph et moi étions ses invités et, par voie de conséquence, nous sommeilerions dans sa chambre. J'avais brûlé de curiosité à l'idée de pénétrer son repère le plus intime. Peut-être pourrais-je y déceler les raisons de son départ de Ceyroux et de son succès à Paris. Comment s'en était-il sorti ? Qu'avait-il de plus que nous ?

À ma grande déception, je ne trouvai rien. Tout avait été soigneusement rangé et nettoyé de sorte que Joseph et moi n'avions rien à voir et rien à faire, sinon dormir et attendre le lever du soleil. Il n'y avait que son Polaroid, posé sur une étagère.

« Même sa chambre est ennuyante, marmonna Joseph. Je ne comprends pas pourquoi tu l'apprécies.

— Tu ne disais pas ça quand il a sorti son appareil photo. »

Joseph grogna et se tourna vers le mur. Je souris, victorieuse. Sa réticence ne faisait que prouver que j'avais raison. En effet, dès lors que le premier polaroïd était tombé dans ses mains, il s'était montré plus intéressé par ce qu'Antoine avait à dire. Il allait parfois jusqu'à poser des questions, d'une voix de plus en plus expressive et assurée. Pour récompenser cette vaillance insoupçonnée, Antoine lui apprit à manipuler le boîtier. Je ne pense pas que l'on puisse dire qu'il avait « l'œil », mais il possédait certainement la curiosité. Il prit des photos de mon visage en contre-plongée, devant la tour Eiffel, ainsi que de la rangée de platanes qui borde les Champs-Élysées.

Sur le dernier cliché, Antoine nous serrait tous les deux dans ses bras au Trocadéro. Une passante avait accepté de prendre la photo et en avait profité pour demander si Antoine était notre père. « Ce sont mes protégés », avait-il répondu. Puis il chatouilla nos nuques en criant : « Cheese ! » Objectivement, ce n'est pas une bonne photo. Elle est mal cadrée, un pouce s'invite dans le coin droit. Mais c'est de loin ma préférée, car nos sourires sont flous, effacés, et cela ne les rend que plus vrais.

L'atmosphère s'assombrit quelques heures plus tard lorsque, dans un restaurant italien du 18e, nous nous préparâmes à conclure notre escapade parisienne. Personne n'était d'humeur à parler. Joseph mangeait comme si sa vie en dépendait. En tout, il dut dévorer deux assiettes de pâtes, dont la mienne, une large part de tiramisu et du pain, énormément de pain.

Abattue à la seule idée de retourner dans la Creuse, je regardais les Parisiens se presser derrière la vitre. Ils paraissaient tous tellement heureux. Je m'imaginais prendre leur place. Tour à tour, je devenais écolier, homme d'affaires, nourrice. J'étais le marchand de journaux posté au bord de la route. J'étais la vieille femme promenant son bichon maltais fraîchement toiletté. J'admirais la blancheur intacte de son pelage, la facilité avec laquelle il se fondait dans le paysage parisien.

Ce ne fut que lorsque Antoine me demanda comment j'allais que je sentis les larmes qui inondaient mon regard. Foutu bichon.

« Je vais bien. Fatiguée, c'est tout. »

Je m'essuyai promptement les yeux du revers de la main et détournai mon visage, de sorte qu'il ne puisse pas voir mes traits gonflés. Michelle m'avait maintes fois fait remarquer combien j'étais laide quand je pleurais. Encore plus laide que d'habitude, selon elle.

Mon regard se tournait désormais vers un homme qui déjeunait seul quelques tables plus loin. Le haut de son crâne rutilait sous les néons du restaurant. D'une quarantaine d'années, il paraissait à la fois surpris et ravi d'avoir attiré l'attention d'une fille dans la fleur de l'âge. Je me dis que, dans le pire des scénarios, je pouvais toujours me marier. La capitale pullulait de célibataires suffisamment désespérés pour me prendre comme femme. Après tout, j'excellais dans l'art du ménage. S'occuper d'enfants ne devait pas être aussi pénible que de s'occuper de vaches laitières.

Antoine, inquiet, me servit un verre d'eau.

« Si ce séjour vous a plu, dit-il, vous pourrez toujours revenir. Vous serez les bienvenus. »

L'homme avait fini son déjeuner et se levait de son siège. Il portait une large chemise noire au col déboutonné qui laissait voir un torse velu et quelque peu affaissé. Ma gorge se serra.

« Marie ? »

L'inconnu quitta le restaurant, emportant avec lui mon dernier espoir de rester à Paris. Dégrisée, frustrée de m'être prise au jeu de mes propres illusions, je revins à la réalité. Quand bien même je parviendrais à me marier, qu'adviendrait-il de Joseph ? Qui accepterait d'entretenir une paysanne et son frère ? Le concerné me demanda s'il pouvait goûter à mes pâtes et je lui dis qu'évidemment, il pouvait même prendre toute l'assiette s'il le désirait. Il le fit.

« De toute façon, commenta Antoine, Marie n'a pas vu Notre-Dame. Vous serez obligés de revenir.

— Il faudra demander à René et Martine d'abord, dit Joseph entre deux coups de fourchette.

— Ne t'inquiète pas pour eux. Je m'occuperai de tout. »

De retour dans la voiture, Joseph regretta l'appétit avec lequel il avait mangé au déjeuner. Le trajet avait à peine commencé qu'il avait déjà dégurgité tout le contenu de son estomac. Il y en avait partout sur la banquette arrière, le tapis, le frein à main. C'était assez impressionnant. Le véhicule empestait tellement les pâtes et le lait tourné qu'on laissa les fenêtres grandes ouvertes sur la route. Joseph, qui digérait aussi mal l'humiliation que les mets italiens, mit son malaise sur le compte du manque de sommeil et de la mauvaise conduite d'Antoine. Ce dernier se sentit obligé de rouler à vitesse réduite afin d'éviter un énième accident. Ce qui m'arrangeait, car notre retour chez les Brouillet en devenait légèrement retardé.

La radio continuait à chanter les tubes de la dernière décennie, quoiqu'ils me parussent plus sobres qu'à l'allée. La voix de Laurent Voulzy me berça dans un sommeil qui ne m'apporta ni rêve ni repos. Ses paroles orbitaient inlassablement dans ma tête, transformée en un tourne-disque défectueux. J'ai laissé dans une mandarine une coquille de noix bleu marine, un morceau de mon cœur et une voile, planqués sous le vent tropical.

Un bâtiment administratif comme les autres. Austère, sans aucun souci d'esthétique, il ressemble à un hôpital où les âmes de patients cancéreux viennent s'éteindre. Le sort possède un certain sens de l'humour. Pour les enfants de la Creuse, tous les chemins ne mènent pas à Rome, mais ici, aux bureaux de l'Aide sociale à l'enfance. Tes mains nerveuses farfouillent dans ton sac et vérifient la présence de chaque pièce justificative. C'est bon. On peut y aller.

Antoine, qui avait promis de rester dans la voiture, change d'avis.

« Attends, je vais t'aider à monter les escaliers », me dit-il d'un ton qui te fait lever les yeux au ciel.

Bien sûr, son objectif avait toujours été de m'accompagner à l'intérieur. Il n'avait simplement pas osé demander. Tout comme il n'avait pas osé demander de nous escorter à La Réunion. Il l'avait fait, et c'était tout. Même s'il avait prétendu venir visiter d'anciens collègues, nous connaissions tous les trois ses véritables intentions.

Il y a quarante ans, je ne me serais pas opposée à ce qu'il me donne un coup de main. Je l'aurais même désiré. Et cela doit être, pour lui aussi, un de ses plus gros regrets, car voilà qu'il ouvre toutes les portes sur mon passage, voilà qu'il m'aide à porter mon sac et qu'il s'approche du bureau de la secrétaire. « Je m'occupe de tout », affirme-t-il. Quand on lui demande mon nom, il n'hésite pas une seconde pour répondre :

« Marie-Thérèse GOSSE.

— Gosse ? Comme le poète ? s'enquiert la jeune femme.

— Comme le poète, dit-il. C'est sa sœur. »

Le visage de l'employée s'illumine. Elle pose tout ce qu'elle a dans les mains, stylos, pochettes, paperasses administratives, se lève de son siège pour me faire face. Ses yeux d'ébène me scrutent à la recherche d'une ressemblance depuis longtemps disparue.

« Vous devez l'entendre tous les jours, dit-elle. Mais votre frère avait tellement de talent. Vous devez être fière.

— Merci. »

J'ai le timbre de la voix sec, dissuasif. Elle comprend.

« Vous pouvez attendre là-bas. Nous serons à vous dans cinq minutes. »

Elle désigne un couloir aménagé de chaises en métal. Dans ce décor dépourvu de joliesse, le regard fait fi des peintures abstraites accrochées aux murs pour se focaliser sur les taches d'humidité qui les tapissent. À croire que tout est fait pour refroidir les visiteurs, les forcer à oublier les raisons de leur venue et à s'en aller en courant. Seulement, je suis une habituée de l'inconfort. Je prends place sur le siège le plus éloigné de l'accueil. Antoine s'assoit à côté de moi, et toi à côté de lui.

« Tu n'étais pas obligé de faire ce cinéma, dis-je à Antoine.

— Depuis quand est-ce que tu n'aimes pas parler littérature ? raille-t-il.

— Depuis quand est-ce que tu poses autant de questions ? »

Ayant senti la tension, tu te proposes pour aller chercher du café. Cela aide toujours, le café. La secrétaire t'indique où se trouve la machine la plus proche. À demi-voix, peut-être pour ne pas me contrarier davantage, elle te fait remarquer combien Joseph et toi vous ressemblez. Tu lui souris, et une fossette se creuse à hauteur de ta joue droite. Je sens ma poitrine se serrer. Il ne manquerait plus que je fasse un arrêt cardiaque aujourd'hui, alors que je me trouve à deux doigts de récupérer les clés de mon passé.

« C'est vrai qu'elle lui ressemble, dit Antoine. Je ne l'avais pas remarqué avant, mais c'est vrai.

— Tu ne remarques pas grand-chose, de toute façon. »

Quand je me réveillai de ma sieste, les membres fourbus, Laurent Voulzy avait cessé de chanter. La lune peignait les prés de reflets bleutés. Un lampadaire solitaire suspendait une lumière vacillante au-dessus d'un panneau annonçant la commune de Vieilleville. Plus que quelques kilomètres.

Bizarrement, je ressentais un plus grand dépaysement que lorsque j'avais débarqué dans la Creuse la première fois, cinq ans plus tôt. L'âge devait jouer un rôle. Mais c'était surtout parce que j'avais goûté à la liberté que je ne supportais pas de revenir à l'insipidité de la servitude. Je fermai les yeux, m'imaginai que les secousses de la voiture étaient celles de la ligne 4 du métro. À l'arrivée, Antoine me sortit de ma torpeur en me tapotant délicatement le genou.

« N'oublie pas ton livre, Marie. »

Les bras croisés, Martine attendait devant la porte. Nous n'étions pas arrivés à sa hauteur qu'elle nous ordonna de nous coucher.

« Ils ont été très sages, déclara Antoine, comme pour nous défendre d'un crime encore inconnu.

— C'est moi qui vais décider de ça. Ça va ? Ils ne t'ont pas trop fatigué ? »

Tandis que nous remontions les marches vers notre chambre, leurs voix s'estompèrent dans la cuisine.

« Quelque chose ne va pas, déclara Joseph avec froideur.

— Comment tu sais ?

— Je ne le sais pas, je le sens. Tu vas voir. »

Cette nuit-là, il dormit aussi peu que moi. De temps en temps, il se redressait pour regarder par la fenêtre, où les ténèbres avaient avalé le paysage.

« On pourrait partir, dis-je à voix basse.

— Partir où ? fit Joseph.

— On pourrait retourner à Paris. Antoine s'occuperait de nous, tu l'as entendu.

— Toi et ton Antoine... »

Le parquet émit un couinement pareil à celui d'un animal qu'on écrase. Quelqu'un trépignait devant notre porte. Nous retînmes notre souffle. Après quelques minutes, à peine soulagés, nous poursuivîmes notre conversation.

« Si on part un jour, chuchota Joseph, ça nécessiterait de l'organisation.

— On s'organisera, dis-je.

— Je parlais en théorie. Je n'ai pas dit qu'on partirait.

— Je sais. »

Martine s'était réveillée avant nous. Elle prétendait avoir voulu dire au revoir à Antoine, parti aux petites heures du matin. Cependant, il était évident qu'une autre raison l'avait tirée du lit, une raison qui la faisait trépigner et nous considérer avec arrogance. Elle savait quelque chose que nous ignorions, et elle avait hâte de le dévoiler au grand jour.

« Votre petit copain est venu vous voir », annonça-t-elle, incapable de se taire plus longtemps.

Je n'eus pas le temps de masquer mon émotion. D'ores et déjà j'avais les yeux qui s'agrandissaient d'horreur, la nausée qui montait, le corps immobilisé dans l'espace et le temps par une peur incontrôlable. Aussitôt, je pensai à Simon. Son amitié, mais aussi ses accès de colère. Son impudence. Qu'avait-il pu faire, cette fois ?

« Qui ça ? demandai-je d'une voix que j'espérais innocente.

— Ne joue pas l'idiote avec moi, Marie. »

Elle attendit que son mari soit présent pour débuter son investigation. Lorsque René apparut dans la cuisine, il me parut vieilli d'une dizaine d'années. Notre brève séparation me le faisait voir sous un nouveau jour. Son regard accusateur se glissa entre Joseph et moi, entre moi et Joseph.

C'était fini.

Simon s'était présenté à notre rendez-vous habituel. Ignorant tout de notre escapade à Paris, il patienta pas moins de deux heures dans la cabane. Plus tard, il affirmerait à Joseph qu'il n'avait frappé à la porte que parce qu'il se préoccupait de notre sort. Personnellement, j'étais plutôt d'avis que, en grand enfant capricieux, il n'avait pas apprécié qu'on parte sans lui.

Martine parla longuement de l'apparence de Simon. Rondelet, pâle, une dent cassée. Quel ami il faisait ! Vraiment, nous avions le chic pour choisir nos fréquentations. Elle nous expliqua que Simon avait tapé à la porte avec la fièvre d'un colporteur et demandé à savoir où nous étions. Loin d'être intimidé par le flegme de Mme Brouillet, qui lui rétorqua que nos occupations ne le regardaient pas, il insista. Il raconta notre amitié, le caractère clandestin de nos rencontres et notre absence soudaine. Il ne faisait rien de mal, il se faisait du souci pour ses copains, tout simplement.

Bien que je ne sois pas présente, il m'était facile d'imaginer l'euphorie qui gagna Martine à cet instant. Le fils de Michelle, la plus dépravée de ses amies, se présentait à sa porte et prétendait être en bons termes avec les enfants dont elle s'occupait. C'était improbable, inespéré. Enfin un peu d'action.

Elle l'informa que nous prenions des vacances à Paris, que nous étions accompagnés de son fils à qui tout réussissait, et que, même si nous revenions bientôt à Ceyroux, notre travail ferait que nous n'aurions pas de temps à lui consacrer. Simon fut piqué à vif.

« Vu comment la ferme fonctionne, dit-il, j'aurais pensé qu'ils auraient tout le temps du monde. »

La phrase de trop. Martine l'invita à s'en aller. De toute manière, Simon ne comptait pas rester plus longtemps. Il partit sans rien ajouter, mais s'attarda néanmoins devant la maison – et ce fut là, d'après Martine, la preuve concrète qu'il ressemblait en tout et pour tout à sa mère – pour cracher à la hauteur de ses tulipes.

Son récit terminé, j'examinai les traits de Martine, espérant y découvrir une trace de bienveillance ou, plus improbable encore, un indice d'amour. Mais le fossé qui nous séparait s'agrandissait un peu plus chaque seconde. Il fallait agir vite. Trouver une excuse, une explication, n'importe quoi. Jamais Joseph n'aurait osé dire quoi que ce soit qui incriminerait Simon. Aussi me regardait-il du coin de l'œil, attentif à chacun de mes gestes. Compte tenu du contexte, je me résolus à suivre la règle du « chacun pour soi ».

« Nous l'avons aperçu plusieurs fois devant la maison, dis-je fébrilement. C'est vrai. Il vient nous embêter. Je ne vous ai rien dit parce que moi-même je ne comprenais pas ce qu'il veut. »

Le pied de Joseph s'écrasa contre le mien. Je poursuivis.

« Je crois que, depuis qu'il a quitté l'école, il cherche quelque chose à faire. De nouvelles personnes à martyriser. Mais il n'aurait pas dû aller jusque-là. »

Martine fronça les sourcils.

« Parfois, il me fait vraiment peur », conclus-je en regardant René.

C'était un pari risqué. Rien ne garantissait que les Brouillet ajoutent foi à cette histoire montée de toutes pièces en quelques secondes. Quand la sanction tomba, ce ne fut pas seulement sur nous. Évidemment, nous fûmes l'objet des punitions traditionnelles. Davantage de travail. Pas de nourriture. Et beaucoup, beaucoup de coups. Mais les Brouillet ne s'arrêtèrent pas là.

Martine téléphona le soir même à la mère de Simon. Partagée entre le besoin d'avoir une audience et le désir de me réprimander, elle m'obligea à assister à cet appel. Elle récita son discours d'une façon calme et faussement désintéressée, tout en prenant soin de ne pas laisser le temps à son interlocutrice de rétorquer. Son fils ne devait plus revenir ici. Il ne devait plus nous adresser la parole. Si jamais il s'aventurait sur leur propriété, la police en serait immédiatement informée. « Et nous savons toutes les deux qu'il vaudrait mieux pour lui que la justice ne soit pas impliquée, n'est-ce pas ? »

En raccrochant, Martine m'adressa un sourire mesquin dans sa complicité. J'étais remontée dans son estime car je lui avais donné non seulement de précieux potins à divulguer à ses amies, mais aussi l'opportunité d'humilier une personne qu'elle exécrait.

Joseph, quant à lui, refusait de me parler. Chaque matin, je me réveillais avec l'espoir qu'il me pardonne. Un simple regard aurait suffi. Mais s'il s'adressait à moi, c'était seulement dans le cadre de notre travail, et en cas de grande nécessité. Parmi les phrases qu'il prononçait souvent, on comptait : « passe-moi ça », « tiens », « toi le salon, moi la cuisine ». Cette attitude me rappelait celle qu'il avait adoptée après sa première nuit passée à l'étable. Mais là, c'était différent. Un sentiment plus sombre colorait son silence. Une profonde colère, peut-être même de la haine.

Le soir, j'entendais son corps fiévreux remuer dans sa couchette. Il m'arrivait de soupirer afin de lui rappeler ma présence, aussi bien physique que psychologique. J'étais là s'il en avait besoin, voulais-je lui faire comprendre. Alors il paraissait se raidir, se figer dans la nuit, me laissant penser qu'il avait cédé au sommeil.

Certaines pistes auraient dû me mettre la puce à l'oreille.

Pour des raisons évidentes, j'évitai quelque temps le chemin qui menait à la cabane. Il me semblait ne plus être la bienvenue. En sacrifiant mon amitié avec Simon, j'avais perdu ma carte de membre et tous ses avantages. Joseph paraissait ne pas vouloir y retourner non plus. La bulle avait éclaté.

Ainsi, nous ne faisions plus qu'attendre la prochaine tâche ménagère, la prochaine collecte de lait. J'oubliai mon propre anniversaire. Les habitants de Ceyroux partirent et revinrent de vacances. Joseph continuait de repousser notre réconciliation à plus tard, ce qui nous contraignait à passer de longues heures dans un silence pesant.

C'était pour y échapper que je me décidai enfin à retourner, seule, à la cabane. Je trouvai l'endroit dans un piètre état. Des emballages de gâteaux, des bocaux en plastique et des bouteilles de Valstar vides gisaient sur le sol boueux. Je me sentis obligée de mettre de l'ordre et d'y revenir plus fréquemment, lorsque je savais les Brouillet et Joseph hors d'atteinte. Seulement, plus je nettoyais, plus le désordre semblait prendre en ampleur le jour suivant. Je venais de terminer une énième séance de ménage quand je sentis mon pied heurter un objet à l'apparence suspecte. C'était une pierre blanche sous laquelle, je le découvris à la lumière diaphane et poussiéreuse qui filtrait entre les planches, un paquet de cigarettes Marlboro avait été enterré. Sans plus de cérémonie, je le mis à la poubelle et dans un coin de mon esprit.

Il fallut du temps à Joseph pour qu'il se résolve à m'adresser la parole. Lui et moi pelions des pommes de terre dans la cuisine ce jour-là. Plusieurs fois, je vis son couteau pénétrer la chair de sa paume, y tracer de longues striures rosâtres. Il ne cillait pas.

« Est-ce que tu es allée dans la cabane ? demanda-t-il.

— Oui, lui dis-je. Pourquoi ?

— J'ai laissé un paquet de cigarettes et je ne le trouve plus.

— Depuis quand tu as des cigarettes ?

— C'est toi qui l'a pris ou pas, Marie ? »

J'entendis les pas de Martine s'approcher.

« Non, je n'ai rien vu. »

Je n'aimais pas mentir à Joseph. Mais je n'étais pas la seule à qui l'honnêteté manquait.

C'était au beau milieu de la nuit. Un crissement m'avait réveillée en sursaut. À cette heure, n'importe quel bruit pouvait indiquer un danger. J'appelai le nom de mon frère dans l'obscurité. Pas de réponse. Le cœur battant, j'allumai la lampe de chevet qui reposait à mes pieds. Joseph n'était pas là. Son sac de couchage gisait sur le sol, éventré par le corps qui venait de le quitter. Il ne pouvait pas être allé loin. J'attendis son retour. Des heures s'écoulèrent et d'horribles scénarios défilèrent dans ma tête avec elles, des histoires d'enlèvement, de meurtre et d'éternelle solitude. Finalement, alors que je m'apprêtais à perdre tout espoir, la porte s'ouvrit.

« Tu dors ? chuchota Joseph.

— Où est-ce que t'étais ?

— Aux toilettes.

— Tu as mis autant de temps aux toilettes ? »

Cependant qu'il se glissait sous son drap, je sentis émaner de lui des effluves de transpiration et d'alcool.

« Diarrhée », dit-il.

Le sommeil le gagna aussitôt. Il ne m'entendit pas m'excuser pour la millième fois, ou décida de ne pas m'entendre. Je lui répétai combien j'étais désolée d'avoir fait ce que j'avais fait à Simon, que je n'avais pas eu le choix. C'était une question de vie ou de mort. De lui ou de nous. Ce serait toujours une question de lui ou de nous. Comment pouvait-il m'en vouloir de l'avoir protégé ? N'aurait-il pas fait la même chose ?

Il est des cauchemars qui vous changent. Celui que je fis cette nuit-là, en particulier, marqua mon âme au fer rouge. Joseph et moi poussions les portes en acajou d'une église réunionnaise. Et pas n'importe laquelle ; nous entrions dans la paroisse Sainte-Clothide, dans laquelle notre mère avait l'habitude de nous emmener le dimanche. Elle était là, elle aussi, au milieu du chœur. Ses mains s'emmêlaient à celles de Michel et de Patricia. Parce que j'avais oublié leur visage, ma mémoire les floutait. Il ne restait plus que le dessin de leur corps, la suggestion d'une présence. Autour d'eux se recueillaient une dizaine d'hommes affublés d'armes et de cagoules. Apeuré, Joseph se dissimula à l'arrière des bancs en bois et m'intima de faire de même. Mais mes jambes ne m'obéissaient pas. Quand l'un des soldats m'aperçut, il donna l'ordre d'exécution. Les tirs des mitraillettes perforaient les corps. Ma famille disparut sous mes yeux, une nouvelle fois.

Joseph me regardait avec dégoût. Son visage s'amalgamait à celui de Simon. « C'est de ta faute », me reprocha-t-il. Un adage créole me vint, une phrase que je n'avais pas entendue depuis des années et qui émergeait soudain de mon subconscient : *Bondié i puni pa le roche*. Un malheur n'arrive qu'à ceux qui le méritent. Joseph devenu Simon me cracha à la figure, il se précipita à l'extérieur. Je ne le suivis pas. Je savais que de l'autre côté des portes en bois ce n'était ni Saint-Denis ni Ceyroux, mais un endroit bien plus funeste, qui m'était interdit.

Je me réveillai face à Joseph, enroulé dans sa couverture. Seules les extrémités de son corps étaient visibles. Ses cheveux crépus, le dessin de ses sourcils et ses chaussures, avec lesquelles il avait vraisemblablement dormi. Elles étaient souillées de terre.

(...) Même les plus belles plantes
finissent par flétrir
quand on les déracine

Danse avec tes chaînes, Joseph Gosse, éditions Fresnel (1995)

J'avais tout perdu à notre retour de Paris. Joseph, Simon, et même Antoine. Notre correspondance cessa soudain, comme ça, du jour au lendemain. Son absence m'était d'autant plus douloureuse maintenant que je me retrouvais seule et destituée. Je ressentais le besoin viscéral de me recueillir auprès d'un confident, d'un ami. Je lui adressai une première lettre pour le remercier de ce merveilleux séjour. C'était le meilleur week-end de toute ma vie, y affirmais-je. Un jour, nous le repaierions pour cette bonne action. Un jour aussi, nous reviendrions, et nous visiterions Notre-Dame. Une promesse est une promesse.

Pas de réponse. Antoine appelait ses parents, il leur envoyait des courriers qui énuméraient ses dernières victoires au travail, dont l'accomplissement de son projet en Afrique, et dans tous ces échanges et conversations il n'était nullement question de moi. Je pensais l'avoir offusqué. J'avais sûrement été trop frontale, trop assertive dans mon désir de le revoir. Une jeune fille ne demande pas, me rappelait la voix de Martine dans ma tête. Elle donne. Elle donne tout ce qu'elle a à donner, y compris elle-même.

Ainsi, dans le courrier suivant, je lui proposai mes services d'aide ménagère. « Je sais tes journées longues et éprouvantes. Peut-être que je pourrais venir à Paris te donner un coup de main ? » Il y eut aussi un poème. Un texte niais, dégoulinant de chagrin, qui empruntait beaucoup à Prévert. Il ne trouva aucun écho.

À chaque fois que je me réfugiais dans ma chambre, son visage rieur m'interpellait. J'avais accroché le cliché de nous trois devant la tour Eiffel, parmi les cartes postales brunies par l'humidité. Joseph avait réprouvé en silence cette addition à l'autel de mon désespoir. Il soupirait dès qu'il surprenait mon regard glisser vers le mur, vers ces derniers instants de liberté figés dans le temps, hors de portée.

Ce fut Antoine qui demanda à me parler. Martine se montra aussi stupéfaite que moi.

« Qu'est-ce que tu lui veux ? dit-elle à son fils. Dire bonjour ? »

Elle me regardait avec colère, comme si j'avais conspiré pour obtenir cet entretien.

« Cinq minutes, m'indiqua-t-elle. Que je ne t'entende pas raconter de bêtises. »

Au téléphone Antoine me parut distant, une distance qui aurait pu être aussi bien expliquée par le grésillement intempestif de la ligne que par la gêne qui habillait sa voix.

« Marie, je suis vraiment désolé de ne pas avoir eu le temps de répondre à tes lettres. Quelque chose me tracassait. »

Rien qu'à l'entendre, je souriais comme une idiote, et j'espérais qu'il ne le remarque pas.

« Aucun problème, lui dis-je. Je sais que tu es occupé. Ce n'est pas quelque chose de sérieux, j'espère ?

— Non, en fait, je ne sais pas, hésita-t-il. Je ne sais pas si ça l'est.

— Ah. »

Silence. Quand Antoine reprit la parole, il employa un ton volontairement grave et dogmatique qui m'évoqua son père, ses excès de colère, ses poings.

« Je ne retrouve plus mon appareil photo. Celui que j'avais utilisé pour vous prendre en photo. La dernière fois que je l'ai vu, il était sur l'étagère de ma chambre.

— Et il n'y est plus ? demandai-je à voix basse.

— Non, j'ai cherché partout. Pas moyen de le trouver. Il m'a coûté cher, tu comprends. »

Le combiné tremblait contre mes oreilles. J'espérais qu'il s'en arrête là, qu'il réalise la futilité de ses soucis purement matérialistes. Mais il continua.

« Je ne veux pas vous accuser de quoi que ce soit. Mais si vous l'avez emporté par hasard, dans vos affaires, vous pouvez me le dire. Je ne serai pas fâché...

— Jamais on n'aurait fait ça ! » m'écriai-je.

Martine apparut, les mains sur les hanches. Pas fait quoi ? Je lui fis signe que ce n'était rien, que je m'étais emportée, comme d'habitude. Elle s'éloigna avec suspicion.

« Sache que je n'en ai pas parlé à maman. Donc, si vous le retrouvez, appelez-moi directement. Et parles-en à Joseph aussi. Peut-être qu'il l'a vu. »

Je n'eus pas la force de lui expliquer les tensions entre mon frère et moi. De toute manière, il s'en fichait. Seule sa caméra comptait. D'une voix peu convaincante, je lui répondis que oui, j'en discuterai avec Joseph de suite, et je lui dis adieu.

Les mots d'Antoine me tourmentèrent des jours durant. Je ne veux pas vous accuser – mais que faisait-il, alors ? Pourquoi ne pas me croire ? Mon trouble m'empêchait d'agir normalement. Pendant la traite, un bidon à lait me glissa des doigts et le liquide tiède se répandit à travers l'étable, rampant à la manière d'un serpent blanc sur le foin. René me tordit le bras en représailles. Joseph, à quelques mètres de là, détourna le regard. Il devait me penser préoccupée par notre dispute. Je ne lui mentionnai pas les sous-entendus plus qu'accusatoires d'Antoine. À quoi bon ? Il ne voulait déjà plus entendre parler de lui, ni de Paris. La répulsion qu'il vouait à ces deux entités n'aurait fait que croître.

Par ailleurs, j'avais du mal à accepter que mon frère et moi vivions deux existences distinctes. Ce qu'il faisait de son temps ne me regardait pas, et pourtant je ne pouvais m'empêcher de mener l'enquête.

Une nuit, j'attendis qu'il quitte la chambre pour me lever à mon tour. Non pas pour le suivre dans sa fuite, mais pour examiner ses affaires. Je retournai tout, sa couchette, ses draps, ses pantalons. Je ne trouvai rien. Il n'y avait que le tank que je lui avais offert des années plus tôt, pour son anniversaire, et qu'il avait précieusement gardé et caché des Brouillet. J'eus honte du soulagement que je ressentis à cet instant. Comment avais-je pu douter de lui ? Ne connaissais-je donc vraiment pas mon frère ? Je m'apprêtais à arrêter mes recherches lorsque je sentis un objet fin et souple enroulé dans une chemise. Mes mains découvrirent un polaroïd que je n'avais jamais vu auparavant. Tout le monde n'aurait pas su discerner les visages figurant sur cette photo, mais moi, si. Je n'avais pas besoin de lumière pour déceler la fossette de Joseph, ou la dent cassée de Simon. C'est d'ailleurs ce dernier qui tenait l'appareil. Ils étaient là tous les deux, immobilisés dans un moment d'extase et d'insouciance, ils me regardaient en souriant, comme s'ils avaient conscience de l'incongruité de la situation et qu'ils en riaient.

Je remis la pièce en ordre et retournai m'allonger, fébrile. J'avais l'âme et le cœur lourds de soupçons. Une heure plus tard, Joseph réapparut. Il patienta quelques secondes sur le pas de la porte, histoire de s'assurer que j'étais bien assoupie, avant de rejoindre sa couchette sur la pointe des pieds. À cet instant, je le détestais.

Je détestais la rapidité avec laquelle il s'endormait. La quiétude de sa respiration. Je détestais cette manie qu'il avait de dormir avec ses chaussures, parce qu'il s'imaginait que je ferais fi de ce détail.

Plusieurs fois, tu m'as reproché cette rancœur presque maladive qui me consume tel un chancre. Auparavant, j'étais comme toi, convaincue de la bonté innée de chaque être humain, et ce malgré la violence que j'avais subie. Cet incident changea ma vision du monde. Bientôt, plus personne n'échapperait à ma virulence. J'en voulais à Joseph, qui m'en voulait alors qu'il avait lui aussi trahi ma confiance. J'en voulais à Antoine, qui m'accusait d'un crime que je n'avais pas commis. J'en voulais aux Brouillet de nous avoir ouvert leur porte et de tout ce qui avait suivi. J'en voulais au foyer de Guéret et à ses employés. J'en voulais à Dieu, et à ma mère. L'un n'allait pas sans l'autre, à mes yeux, ils symbolisaient la même chose : la défection parentale. J'avais passé la majorité de ma vie dans l'attente d'un signe de leur part. Une carte postale, une inscription dans le ciel. Une preuve que quelqu'un, quelque part, veillait sur moi. Mais rien ni personne ne se présentait, et je souffrais de cet abandon du destin.

La rancœur est un manteau dont on ne se défait jamais tout à fait. J'ai essayé de le retirer, mais ses manches me sont restées aux poignets, comme des menottes desquelles je ne pouvais me libérer. En relatant ces chapitres de ma vie, j'espère être soulagée du poids de cet habit. Je ne pourrai pas l'emporter tel qu'il est dans ma tombe. Certains fardeaux sont trop lourds à porter, même pour les morts.

Cette découverte s'ajoutait à mon trouble. Je me sentais lourde de quelque chose, et ma posture, qui n'avait jamais été bonne, le reflétait.

« C'est une façon de se tenir ? répétait Martine. Tes dents raclent presque le parquet. »

Les rôles s'inversèrent. Joseph, qui avait passé des semaines à jouer le fuyard, devenait le poursuivant. Mon changement d'attitude le bouleversait. Je ne le regardais plus, ne cherchais plus à obtenir son attention. Lorsqu'il me demandait, au petit matin, si j'avais bien dormi, je me précipitais hors de la chambre. Il ne réalisa l'ampleur de ma colère que lorsque je décrochai les cartes postales et la photo du mur. Fini, le rêve parisien. Fini, l'illusion de la famille unie.

En plein milieu de la nuit, une main hésitante s'appuya sur mon épaule, la secoua. Je me réveillai en sursaut. La main gauche fermement appuyée contre ma bouche, Joseph me fit signe de me calmer. Dans l'obscurité de la chambre, il paraissait bien plus âgé qu'il ne l'était, et je me demandai combien de temps j'avais pu somnoler. Puis il alluma la lampe de chevet, et il redevint mon petit frère, terriblement jeune, terriblement sot.

« Tu veux venir ? me dit-il.

— Où ça ?

— Tu sais très bien où. Ne t'inquiète pas, il s'est endormi. Tu veux venir ? »

Il me tendit mes bottes, et je les pris sans rien ajouter. Enfin, je pouvais constater de mes propres yeux les précautions avec lesquelles il se faufilait hors de la maison. Alerte et habile, il évoluait dans le noir à la manière d'un chat de gouttière. Il était évident qu'il avait emprunté ce chemin maintes fois, puisque ses pieds se posaient instinctivement sur les planches qu'il savait insonores. Je n'étais pas si perspicace. Le sol grinçait tellement sous mon poids que j'étais convaincue que René émergerait de la nuit pour nous donner une raclée.

Pourtant, nous finîmes par arriver dehors. Le monde entier semblait plongé dans un profond sommeil. Joseph marcha en direction de la cabane, et je fis de même. Deux bouteilles de Valstar brillaient à la lumière d'une lampe torche électrique. Attirée par la lueur opalescente et les bières, une nuée d'insectes tournoyait autour de Simon, qui les chassait d'une main et fumait une cigarette de l'autre. Il adressa un sourire complice à Joseph, un sourire qui s'évanouit aussitôt qu'il remarqua ma présence.

« Qu'est-ce qu'elle fait là ? »

Je pris place à son côté, comme je l'avais fait tellement de fois auparavant, quoiqu'avec un brin d'inquiétude. Quel sentiment étrange que de revoir Simon après tant de temps. Il me parut changé. La fatigue avait creusé ses traits et le tabac noirci ses dents. On était bien loin de l'image du blondinet qui s'était invité dans notre chambre, des années plus tôt.

Il menaça de partir. Il ne pouvait pas rester, c'était hors de question, pas tant que j'étais là. Mon frère lui parlait d'une façon douce, mesurée, qui contrastait avec les injures qu'il recevait en retour. Je découvrais, pour la première fois peut-être, cette étrange dynamique qu'ils partageaient. Il m'était difficile de me rappeler s'ils avaient toujours été si proches. Quand ils discutaient, c'était à deux centimètres du visage l'un de l'autre avec, de temps à autre, une main posée sur une épaule ou un genou.

La colère de Simon ne tarissait pas. Il déversait sur mon frère un flot de paroles continu, aussi violent dans la forme que dans le fond.

« Qui dit qu'elle ne nous balancera pas encore une fois ? s'enquit-il.

— Si j'avais voulu vous balancer, dis-je, je l'aurais déjà fait. J'aurais simplement eu à parler de vos escapades nocturnes, ou à montrer la photo. »

Joseph et lui s'échangèrent des regards ahuris. J'admets avoir ressenti un malin plaisir à les exposer au grand jour. Il était rare que j'aie une longueur d'avance sur eux. À quelques centimètres de moi, un éclat de lumière troua l'obscurité. Simon allumait une nouvelle cigarette. La fumée formait d'épaisses volutes grisâtres qui dansaient et virevoltaient avant de s'écraser contre le plafond de bois.

« T'en veux une ? » me demanda-t-il après un silence.

Quand j'allais encore à l'école, j'avais entendu parler des Indiens d'Amérique, un peuple où les membres s'échangeaient des calumets pour conclure la paix. Cette main que Simon me tendait, c'était aussi une offrande, une branche d'olivier, même s'il ne la présentait pas comme telle. J'acceptai.

Il parla de Michelle et du tabac qu'elle lui avait passé après le coup de fil de Martine. Si sa mère avait connaissance de notre amitié, elle n'avait pas digéré qu'il soit tombé dans le filet de Martine. Elle menaça de le réinscrire à l'école. À la place, elle l'obligea à postuler auprès d'une usine d'automobiles à Guéret. Terminé le vagabondage. Désormais il avait un emploi qui le forçait à partir tôt de chez lui, à manipuler de larges pièces en métal, des outils, à œuvrer des heures durant jusqu'à ce que du sang perle sur ses cuticules. Il rentrait à la maison exténué, courbé de partout. Mais ce n'était pas si mal. Il touchait un salaire. Cet argent, il l'utilisait surtout pour s'acheter des produits de première nécessité, c'est-à-dire du tabac, de l'alcool et des bonbons.

« Quand est-ce que tu dors ? lui demandai-je.

— Jamais, répondit-il avec un sourire. Tu veux une bière ? »

Après m'avoir servi, il donna le reste de la sienne à mon frère, sans avoir à le consulter. Joseph sirota la boisson sans dire un mot, cependant que Simon et moi concluions les termes et les conditions de notre trêve. Nous n'étions pas prêts à nous pardonner. Seulement, nous ferions fi de nos divergences pour cette fois. Simon me serra la main, et bientôt nous nous affrontions dans un impitoyable bras de fer. Nous étions à cet âge prodigieux où il n'y a rien qu'une cigarette ou une bouteille ne puisse faire oublier, du moins pendant un temps.

Les rouges-gorges poussaient leur premier cri lorsque Simon se décida à rentrer chez lui. Son shift commencerait d'un moment à l'autre. Joseph et moi remontâmes la pente qui menait à la maison. Avant qu'il n'ouvre la porte d'entrée, je lui posai la question qui m'avait tant tracassée.

« Où est l'appareil photo, Florent ? »

Je sentis l'embarras monter en lui. Il fit quelques pas pour s'éloigner de la maison, comme s'il craignait que les murs n'entendent ses confessions nocturnes.

« C'est Simon qui l'a. Je ne voulais pas qu'on le trouve.

— Qui ça ? Eux, ou moi ? »

Il haussa les épaules.

« Pourquoi tu l'as pris ?

— Je ne sais pas, dit-il. Ça m'a pris comme ça. Je ne pourrais pas t'expliquer… De toute façon, tu dois être fatiguée, il faut qu'on dorme. »

J'avais un milliard de questions. Comment ça, ça l'avait pris comme ça ? Et depuis quand me disait-il quoi faire ? Au lieu de les poser, je dis :

« Et toi, il faut que tu apprennes à mieux cacher tes affaires. »

Il acquiesça, émit un faible sourire. Je le suivis à l'intérieur. Tandis que nous traversions les ténèbres de l'entrée, du corridor et de l'escalier, j'imitais le basculement de ses bras, calquais mes pas sur les siens. Il me semblait que sa silhouette s'éloignait toujours davantage, qu'elle cherchait à me perdre ou à se perdre elle-même dans l'obscurité. L'impression de courir après une ombre.

Antoine n'a jamais su apprécier l'attente. Il veut tout, et il le veut maintenant. Nous sommes à l'ASE depuis dix minutes, et déjà il se lève de sa chaise, s'étire, sillonne le couloir. Le bruit de ses talons résonne à travers le bâtiment. Si le réseau Internet le permettait, dit-il, il irait sur Twitter. Il vérifierait l'état de la bourse et du gouvernement en métropole. Il y a cette réforme, cette loi dont il ne cesse de parler comme si elle menaçait la planète entière. Depuis ma chimiothérapie, je ne suis plus au fait de l'actualité politique. Ce n'est un sujet de discussion que pour ceux à qui il reste du temps à vivre. Je le fais remarquer à Antoine, qui s'assagit aussitôt.

« Madame Gosse, appelle la secrétaire. Vous pouvez y aller. »

Prise par surprise, tu manques de renverser du café sur ta jolie robe à fleurs bleues. Antoine te propose de tenir la tasse, mais tu l'ignores et la places sur la table basse, près des magazines.

« Est-ce que je peux l'accompagner ?

— Oui, te répond la secrétaire. Bien sûr.

— Je vous attends là », crie Antoine derrière nous.

Le bureau de madame Grondin reflète le reste du bâtiment. Immaculé, clinique, terrifiant. Il n'y a que deux éléments qui méritent d'être rapportés : une photo de deux enfants s'amusant sur la plage, sûrement les siens, et une boîte de mouchoirs en carton qu'elle a extirpée d'un tiroir à notre entrée. Ses poignets graciles sont décorés d'une grappe de bracelets qui carillonnent à chacun de ses gestes. Elle est, comme la secrétaire à l'accueil, plus jeune que moi. Je me rends compte que ce sera toujours le cas. La plupart des politiciens, des employés de la DDASS, de tous ceux qui ont joué un rôle crucial dans ma vie et celle de ma famille, sont morts et enterrés. Ou alors, s'ils ont de la chance, ils croupissent dans les profondeurs de maisons de retraite. Des gens s'affairent pour les nourrir, les divertir, leur laver les cheveux et les pieds. Le monde entier s'applique à leur faire oublier les conséquences de leurs actions passées.

Mais moi, au contraire, je n'ai d'autre choix que de leur faire face. Grondin sort mon dossier.

Elle l'étale devant elle. Des pages et des pages de fadaises administratives sur lesquelles elle pose ses ongles mal manucurés, son stylo, ses coudes. Mon histoire se résume donc à cela : de la vieille paperasse froissée par les mains d'une autre.

« Nous nous demandions quand vous viendriez nous voir, s'écrie-t-elle avec enthousiasme. Le livre de votre frère a changé la donne pour nous.

— Oui, cela nous a pris un peu de temps, lui dis-tu. Mais nous voilà. »

La femme écarte une lourde mèche noire de son visage. Elle a de longs cheveux qui brasillent comme de l'huile à la lumière du plafonnier.

« Vous savez, j'ai aussi eu le plaisir de donner leurs dossiers à votre autre frère, Frédéric, et à votre sœur, Magalie. Ils...

— Michel et Patricia. »

Je n'ai pas pu m'empêcher de la corriger. Son visage s'adoucit.

« Oui, pardon. Michel et Patricia. C'était un beau moment. Un très beau moment. Pour beaucoup, récupérer son dossier est une expérience pleine d'émotion. »

Ce qui explique les mouchoirs. Elle me demande si je suis prête. L'est-on jamais vraiment ? Tu réponds pour moi : nous sommes prêtes. Le dossier s'avance dans notre direction. La première chose que j'y lis, c'est mon nom. Le vrai. Il est écrit à l'encre noire, de cette calligraphie ronde et scolaire que tout le monde possédait à l'époque.

Dès le début de ma lecture, j'apprends des informations surprenantes à mon propos. Par exemple, le fait que je ne mesurais qu'un mètre quarante à mon départ. Je me voyais plus grande. L'adresse de notre piteux appartement dans le quartier du Chaudron ne figure pas dans le dossier. D'après l'administration française, je n'avais pour seul domicile que la « Direction départementale de l'action sanitaire et sociale (Réunion) ».

Il y a aussi une photo, à peine plus large qu'un timbre, d'une fillette décharnée qui regarde l'objectif avec stupeur. J'en conclus que c'est moi, étant donné le contexte, mais je peine à me reconnaître. Je ne me souviens pas d'avoir été prise en photo de la sorte.

« Qu'est-ce que ça veut dire ça, "personnalité" ? demandes-tu alors que tu inspectes le reste du dossier.

— C'est une rubrique dans laquelle on écrivait les différents comportements des pupilles, explique Grondin, afin de les suivre au mieux en métropole. »

À mon sujet, les services sociaux notent que je suis « une enfant très intelligente, mais fragile, qui pose beaucoup de questions. Elle saura s'intégrer ». Je ressens un pincement au cœur en repensant aux différentes scènes de mon enfance, de la solitude au foyer à l'isolement chez les Brouillet. L'intégration n'avait jamais été dans l'ordre du possible.

« Vous permettez que je vous montre quelque chose ? » s'enquiert Grondin.

Elle fouille dans la montagne de papiers et en extirpe une feuille plastifiée. C'est vraisemblablement une photocopie d'une lettre manuscrite très ancienne, puisque le papier original a jauni et porte des marques d'humidité. Elle me la tend comme s'il s'agissait du Saint-Graal. Pourtant, l'écriture ne me rappelle rien. Ce n'est que lorsque je vois la signature que tout prend sens. Là, en bas de la lettre, est inscrit le nom de Mariette Gosse. Ma mère. Monmon. Le papier m'échappe pratiquement des mains, mais tu es là pour le retenir en place. Tes doigts froids se posent sur les miens.

« Est-ce que tu l'avais déjà lu ? » tu m'interroges, ton visage si proche du mien que tes cheveux me caressent la joue.

Je secoue la tête. Non. Bien que je me sois promis de ne pas pleurer, je sens les larmes monter. Grondin saisit sa chance et me tend un mouchoir.

« Les parents écrivaient souvent des courriers de réclamation, affirme-t-elle. Mais ils étaient ignorés. »

Les enfants aussi, ai-je envie de dire. Je repense à la lettre que j'avais écrite au foyer. Elle a dû rencontrer un sort plus funeste encore, terminant sa course dans le tiroir du proviseur ou la poubelle du réfectoire. Ce qui compte, c'est que ma mère ne l'ait pas reçue. Elle n'a pas pu lire ma peine. Elle n'a pu prendre connaissance de mes prières. Et donc, elle ne les a jamais refusées.

Je lis à haute voix parce que je ne peux faire autrement. J'ai besoin d'entendre ces mots. J'ai besoin que le monde entier les entende. Et maintenant que ma voix a vieilli, c'est ma mère que j'entends réciter :

Monsieur,

Je vous écris à nouveau au sujet de mes enfants Michel, Patricia, Marie-Thérèse et Joseph que vous avez pris en charge en novembre 1974. Depuis cette date, je n'ai pas reçu de nouvelles de leur part.

Pouvez-vous m'envoyer l'adresse de leur résidence en France ? Un numéro de téléphone par lequel les contacter ? J'ai essayé d'obtenir des informations la semaine dernière, mais vous ne pouviez apparemment pas me recevoir. Je vous serais infiniment reconnaissante de fixer avec vous un rendez-vous. Je suis disponible les mercredis après-midi après quatorze heures et les vendredis soir après seize heures. Autrement, mon amie madame Ramakevelo, qui a aidé à écrire ce courrier, pourra se déplacer en mon nom.

Je vous remercie.

Bien cordialement,

Mariette Gosse

12 avenue Leconte-de-Lisle

97 La Réunion

À ton tour, tu prends un mouchoir. Je me détourne pour ne pas te voir pleurer.

« Il y en a d'autres ? demandé-je.

— C'est tout ce que nous avons trouvé, répond Grondin.

— Mais il y en avait d'autres ? »

La fermeté dans ma voix lui fait comprendre que je n'attends pas d'elle une explication administrative, mais humaine. Elle se redresse sur son siège.

« C'est certain, dit-elle. Malheureusement, ils ont dû les jeter. »

J'acquiesce. À la périphérie de mon regard, je t'aperçois glisser la feuille dans ton sac à dos. Grondin continue :

« Frédéric et... pardon, Michel et Patricia ont eu la même réaction que vous. Ils étaient très touchés. »

J'ai du mal à la croire. D'abord parce que Michel a toujours été le premier à se moquer de quiconque montrait publiquement sa vulnérabilité. Et aussi parce que je les pensais trop âgés, trop usés par la vie pour s'émouvoir de pareilles choses. Quand leurs enfants respectifs m'envoient des clichés de famille, je suis frappée par la vacuité de leur regard, l'artificialité de leur sourire. Sûrement est-ce l'effet des photos digitales, ou une conséquence directe de notre éloignement. Je ne les connais pas suffisamment pour savoir.

« C'est étrange qu'ils ne nous aient pas parlé de cette lettre, tu fais remarquer à Grondin.

— Nous voulions vous en faire la surprise », dit-elle d'un air malicieux.

Ainsi, cette mise en scène a été prévue par ses soins. J'ai conscience de ce qu'elle attend de moi : un remerciement, un sourire. Je n'oublie pas pour qui elle travaille.

« Tu sais ce que ça veut dire ? » me demandes-tu soudain.

Ta main s'empare de la mienne, tu la serres avec lenteur et précision. Une, deux, trois fois. Un sourire naît sur tes lèvres.

« Ta Monmon n'a jamais cessé de t'aimer. »

C'était un jeudi. Je m'en souviens parce que, ce matin-là, René nous emmena vendre du lait au marché de Villeneuve. Les habitués se pressaient au stand pour bavarder avec son propriétaire. « Néné », comme ils l'appelaient, faisait preuve d'une affabilité effrayante. Il s'enquérait des enfants de madame, demandait à monsieur comment se passait le travail. Aux curieux qui nous observaient de loin, il assurait que nous ne comprenions pas le français. Un mensonge qu'il évoquait fréquemment, et qui avait le mérite de nous éviter d'entendre les mêmes questions. D'où viennent ces gosses ? Quand est-ce qu'ils y retourneraient ? À la fin de la matinée, René vérifia les comptes et constata avec délice les retombées de sa courtoisie. Il nous annonça avoir fait d'excellents chiffres et nous hochâmes la tête en signe d'approbation. Sur le chemin du retour, il était encore ivre de joliesse et alla jusqu'à proposer à Joseph de conduire son véhicule.

« Tu vas bientôt avoir l'âge de devenir copilote, dit-il. Autant que tu apprennes dès maintenant. »

Il expliqua le fonctionnement du volant et des pédales. À travers le rétroviseur, j'apercevais une lueur d'euphorie dans le regard de mon frère. Il émit un faible sourire lorsque René lui fit remarquer qu'il maîtrisait déjà mieux qu'Antoine le mécanisme de sa voiture.

Pendant ce temps, Martine attendait nerveusement dans le salon. Dès qu'elle nous entendit arriver, elle se précipita sur le pas de la porte. Sa robe de chambre se défit pour dévoiler une tenue aux motifs dépareillés. Chemise à pois, pantalon rayé. Étant donné qu'elle faisait preuve d'une grande coquetterie d'habitude, un tel accoutrement n'annonçait rien de bon. Je commençais à me demander si son instinct n'était pas programmé pour gâcher le peu de bonnes journées que nous vivions.

« Allez tous les deux vous changer, déclara-t-elle. Il faut qu'on parle. »

Joseph et moi n'échangeâmes pas une parole. La crainte d'être entendus nous en empêchait. Quelques minutes plus tard, René surgit dans la chambre. Nos corps allèrent se presser contre le mur, poussés par une force irrésistible, une envie de s'effacer. Je me demandais si la rougeur qui parait ses joues était due à la rage ou aux marches de l'escalier et à un cruel manque d'endurance. Son regard fou, révulsé, mit un terme à tout questionnement. Il se dirigea vers l'armoire que nous partagions et ouvrit les portes en grand. Toujours sans un mot, il se mit à jeter nos affaires sur le sol. Combinaisons de travail, chemises, pantalons, chaussettes, tout ce que nous possédions tombait à ses pieds pour former un océan de tissu et de polyester. Ensuite il défit les couvertures, les draps. Des plumes iridescentes volaient dans tous les coins pendant qu'il frappait, étranglait et dépeçait les coussins. J'avais l'impression de me voir entre ses mains. De sentir ses doigts sur ma gorge. Ce n'était qu'une question de temps.

Martine fit également son apparition, une grimace suffisante sur le visage. Je luttais contre moi-même pour ne pas lui cracher au visage.

« Va chercher un balai », m'ordonna-t-elle.

En descendant l'escalier, j'aperçus la porte au bout du couloir. Des sillons de lumière s'infiltraient sous ses gonds. L'idée me vint que, si je le voulais, je pourrais m'échapper. Je pourrais courir loin, très loin, faire de l'auto-stop, quitter Ceyroux. J'avais seize ans, et rien à perdre. Sauf Joseph. Toujours Joseph.

Je m'emparai de la pelle et du balai et remontai les escaliers. René avait déplacé la commode, et un épais nuage de saleté enveloppait la chambre. Martine m'obligea à en balayer chaque millimètre de sorte qu'elle puisse inspecter le moindre grain de poussière. Presque tout ce que nous avions dissimulé des Brouillet fut révélé au grand jour. Les vieux vêtements de Joseph, souillés d'urine, mes carnets, une culotte tachée de sang, des emballages de gâteaux. Nous étions épris de honte, mais rien ne semblait arrêter René et Martine.

« Je sais qu'ils l'ont, témoigna cette dernière. Je le sais. »

Soudain je compris. Frustré de ne pas avoir eu de réponse de ma part, Antoine avait dû évoquer la disparition de son appareil photo à sa mère. Joseph fut sans doute frappé par cette même réalisation, car je vis ses épaules retomber quelque peu. Un mouvement imperceptible, négligeable, mais dont je connaissais la signification : son secret était caché. De ce côté-là, il n'y avait rien à craindre. Mais les Brouillet ne se décourageraient pas. Ils avaient décidé qu'ils trouveraient une preuve de notre malhonnêteté, et ils ne risquaient pas de partir sans l'avoir découverte.

« Qu'est-ce que ça fout là, ça ? » demanda René.

Au début, je crus qu'il pointait du doigt le guide de Paris qu'Antoine m'avait laissé. Puis je le vis se pencher et ramasser un objet enveloppé dans une chaussette poussiéreuse. C'était le tank de Joseph, celui que j'avais subtilisé de la chambre de leur fils des années plus tôt afin d'avoir un cadeau d'anniversaire à offrir. Ils avaient obtenu leur preuve.

À cet instant, je me vis telle qu'ils me percevaient : une menteuse. Un être inférieur par toutes les fibres de son corps. J'étais née barbare, me susurra la voix de Martine, et je le serais toujours. La Martine présente dans la pièce, la vraie, ne se montra pas plus compatissante.

« Et voilà, qu'est-ce que je disais ? Des voleurs. »

Elle laissa le soin à son mari de nous punir. Sans se faire attendre, René empoigna la nuque du balai. Il m'arrive encore, pendant mes séances de ménage, de ressentir un frisson à la vue de cet objet. La liste des choses qui produisent ce même sentiment de terreur inclut : les ceintures en cuir, les marteaux, les poêles, les serviettes. René frappait avec tellement de force, tellement de fureur, que le manche finit par se briser. Ses bras continuaient de tomber. Nous ne luttions pas. Lorsqu'il s'aperçut qu'il était déjà quatorze heures, René décida de suspendre le châtiment. Je le vis regarder l'étable par la fenêtre et réfléchir à tout le travail qui l'attendait – qui nous attendait tous les trois. Il balança les morceaux de balai au visage de Joseph. « On y va dans trente minutes, c'est compris ? »

Nous ne travaillâmes jamais plus dur que ce jour-là. Par peur des représailles, mais aussi parce que nous cherchions à prouver que nous n'étions pas complètement inutiles. Notre monde n'existait pas sans les Brouillet. De temps à autre, René nous bousculait, nous battait, et nous acceptions ses coups plus ou moins sans broncher.

La véhémence de Martine passait surtout par la parole. Elle avait son mot favori à la bouche : honte. Honte à nous d'avoir fait ce que nous avions fait. Honte à eux de nous avoir fait confiance. Honte, honte, honte. Elle ne disait pas de quel crime elle nous accusait précisément. Mais à l'entendre, il se trouvait, en termes de sévérité, quelque part entre l'assassinat d'une célébrité et l'égorgement d'un enfant. Debout dans la cuisine, elle contemplait le moindre de nos gestes avec dégoût. Notre seule présence la répugnait.

« Quand on fréquente des délinquants comme ça, remarqua-t-elle, on ne peut qu'en devenir un à son tour. Quelle honte, mais vraiment, quelle honte. »

Jusqu'alors, il ne nous était pas venu à l'idée de rétorquer quelque chose. Nous avions l'habitude. Toutefois, la mention du fameux délinquant éveilla un sentiment nouveau chez Joseph, une intrépidité qui le poussa à répondre :

« Faut croire que les délinquants sont meilleurs que vous. »

Son audace me surprit autant que Martine. La gifle fut quasi instantanée. Elle nous interdit de dîner, ce qui, très sincèrement, ne nous perturba pas. Nous ne demandions qu'à nous éloigner d'elle et disparaître.

La chambre avait été laissée telle quelle : les couchettes retournées, le balai cassé et la montagne de vêtements à deux doigts de l'éboulement. Je devinais ce que Martine vociférerait le lendemain. C'était notre faute. Rien que notre faute. Nous étions les seuls responsables dans cette histoire. C'était à cause de nous s'ils se comportaient ainsi.

Je m'allongeai, bien décidée à dormir aussi longtemps que le sort me le permettrait. Des heures, qui sait, des siècles, avec un peu de chance. À côté de moi, Joseph se déshabillait. Il enleva ses chaussettes et son tee-shirt et les lança dans un coin de la pièce. Des marques rouge et brun tapissaient la peau de son dos jusqu'à celle de ses bras. On y devinait la forme allongée du manche à balai. Il étira son corps sur son sac de couchage, les lèvres grimaçantes de douleur. Le visage ridé par la souffrance, il paraissait vieilli de plusieurs décennies. Peut-être est-ce pour cela qu'il s'est donné la mort si tôt : il avait déjà éprouvé tous les tourments de la vie.

« Je suis désolée », chuchotai-je.

J'aurais aimé lui dire davantage. Lui expliquer comment et pourquoi j'avais pris ce foutu jouet. Mais je n'en avais pas la force. Ma langue reposait dans la caverne de ma bouche, lourde et flasque, comme une limace en hibernation. Joseph ne me regardait pas. Lentement, il sortit de la poche de son pantalon la photo de Simon et lui. Ensuite il déclara : « Moi aussi. »

L'orgueil illumine le visage de madame Grondin. Fière d'avoir accompli sa mission, elle se met à ranger la paperasse répandue sur son bureau, feuille après feuille. Elle prétend être à l'écoute de nos questions, mais dans son esprit l'entretien s'est achevé dès qu'elle m'a tendu la lettre. Aussi est-elle surprise quand je lui réponds que nous n'en avons pas fini avec elle.

« Je suis venue chercher le dossier de mon frère, Joseph.

— Oh, mais je ne peux pas vous donner ça », dit-elle.

Cette phrase tombe comme une condamnation. Elle précipite mon être dans une panique sans nom, mes jambes et mes mains se mettent à trembler. Tu prends le relais.

« Comment ça, vous ne pouvez pas nous le donner ? demandes-tu. Est-ce que vous vous rendez compte de tout le chemin que nous avons fait pour ce dossier ?

— Seules les personnes concernées ou leurs héritiers peuvent récupérer leur dossier, répond la femme. Pas les frères et sœurs.

— Vous êtes au courant qu'il s'est suicidé, pas vrai ?

— Ce n'est pas ça, le problème. Il nous faut quelque chose qui prouve que vous êtes ses responsables légaux ou qu'il vous a envoyées chercher ses papiers. Est-ce que vous avez ça ? »

Sa question ne porte aucun jugement, aucune animosité. Elle a besoin de savoir. Mais je ne dis rien, car nous connaissons toutes les trois la réponse.

« C'est ce que je pensais. Je reviens, je vais consulter mes collègues. Attendez ici. »

Elle quitte son bureau, le son de ses talons sur le sol s'éloigne dans le couloir. Antoine, qui doit s'ennuyer à l'entrée, passe la tête à travers la porte.

« Ça s'est bien passé ? s'enquiert-il. Vous avez tout ?

— Non, tu lui réponds. Ils ne veulent pas donner le dossier de Joseph.

— Pourquoi ? »

Tu hausses les épaules, penaude. Le regard vert d'Antoine glisse sur moi.

« Tu souhaites que je m'en occupe ?

— Non, marmonné-je. Tu n'as qu'à nous attendre dehors. Ça ne devrait pas prendre très longtemps. »

Il acquiesce, mais reste quelques instants supplémentaires à la porte. Il espère que je change d'avis. Ce n'est pas le cas. Alors il finit par s'en aller, quoiqu'avec lenteur.

« Il a toujours été aussi têtu ? demandes-tu.

— J'étais pire que lui.

— J'ai du mal à le croire. »

Aux yeux de Martine, il n'y avait pas d'humiliation assez grande pour nous absoudre de nos actes. La faim comme les coups ne suffisaient plus, puisque nous les recevions sans plus manifester d'émotion. Il fallait aller plus loin. Désormais, tout le monde devait connaître l'ampleur de notre sournoiserie.

« Tu vas appeler Antoine et t'excuser, me dit-elle. C'est lui que vous avez volé. »

Elle n'était pas sans savoir l'admiration que je vouais à son fils, et la crainte que je ressentais à l'idée de le décevoir. Je n'avais pas fini de composer le numéro qu'elle tremblait déjà d'excitation.

Lorsque Antoine décrocha le téléphone, il employa sa voix de travail. Ferme, distante. Insoutenable. On aurait dit René.

« Antoine Brouillet à l'appareil.

— Bonjour, c'est Marie. »

Je l'entendis pousser un soupir de soulagement.

« Marie, comment tu vas ?

— Martine m'a dit de t'appeler pour m'excuser, lui dis-je, car Joseph et moi avons pris l'un de tes jouets. C'était il y a longtemps, mais...

— Je lui ai dit de s'excuser parce que c'est une menteuse, précisa Martine en criant.

— Oui, répondit Antoine. Elle m'a raconté. Mais tu n'as pas à t'excuser, Marie. Ce n'est qu'un jouet.

— D'accord, murmurai-je, perplexe.

— Je crois que je n'aurais pas dû leur parler de l'appareil photo. Tu m'avais dit que tu ne l'avais pas emporté, mais j'étais tellement préoccupé que j'en ai fait toute une affaire. »

C'étaient presque des excuses. Le cœur serré, je repensai aux paroles de Joseph. Il ne savait même pas pourquoi il avait volé l'appareil. Cela l'avait pris soudainement. À l'autre bout de la ligne, Antoine continuait :

« Ils ne t'ont pas trop disputée, j'espère... ? »

Je jetai un coup d'œil à ma droite, vers Martine qui se penchait toujours davantage contre le combiné pour entendre ce qui se racontait.

« Papa et maman sont stricts parfois, mais ils ne sont pas méchants, continua Antoine. Ils font ça pour votre bien.

— Oui, dis-je simplement.

— Est-ce que ça va ? »

Une autre question à laquelle je ne pouvais pas répondre.

« Bientôt, vous pourrez revenir à Paris. On s'était bien amusés, pas vrai ? »

Je n'eus pas le temps de réagir à cette invitation. Désireuse de parler avec son fils, Martine se mit à me pincer le bras.

« Est-ce qu'il y a quelque chose dont tu veux me parler ? demanda Antoine.

— Non. Je te passe Martine. Au revoir, et pardon.

— Marie, tu… »

Sa voix s'évanouit. Alors que je prenais mes jambes à mon cou, j'entendis Martine faire le récit de ses déboires de mère au foyer. Elle nous avait tant donné. Logement, nourriture, éducation. Mais rien n'y faisait. Nous n'étions pas comme ses fils. Nous n'étions pas comme eux.

Au lieu d'avoir l'effet escompté, ma discussion avec Antoine me réconforta. Bientôt, vous pourrez revenir à Paris : c'était ce qu'il avait dit. Mot pour mot. Je racontai cet échange à Joseph avec, peut-être, un léger excès d'enthousiasme.

« Ce ne sont que des paroles en l'air, me dit-il. N'y crois pas trop.

— Et s'il était sérieux ? »

Pour me faire taire, il me tendit une barre au chocolat. Privés de repas, de sortie, de temps libre, nous avions à redoubler d'ingéniosité pour survivre. Joseph avait profité de mon appel avec Antoine pour se faufiler dans le placard. Manque de chance, il avait choisi les gâteaux que j'aimais le moins, deux Schoks au goût chocolat-menthe.

« Tes goûts sont aussi mauvais en garçons qu'en gâteaux, déclara-t-il. Antoine est comme eux.

— Tu sais que c'est faux.

— Très bien, imaginons que j'aie tort. Imaginons qu'on parte. »

Il me posa mille et une questions sur la logistique du projet. Des questions auxquelles je n'avais pas de réponse concrète. D'habitude, j'étais celle qui spéculait et il était celui qui apportait les clarifications. Ce qui devait être une conversation hypothétique, un échange d'idées, se transforma en interrogatoire : comment nous rendrions-nous à Paris ? Où dormirions-nous quand Antoine en aurait marre de nous ? Comment achèterions-nous de la nourriture, de l'eau ? Irions-nous à l'école, ou au travail ? Et qui à Paris accepterait d'engager deux adolescents fermiers ? Un seul de mes arguments lui parut convaincant :

« On pourrait demander à Simon de venir avec nous, suggérai-je. Il sait conduire et bosser. Il nous aidera. »

Joseph réfléchit, mordillant l'ultime morceau de sa barre chocolatée avec hésitation.

« D'accord, dit-il enfin. On lui en parlera ce soir. »

Une semaine était passée depuis la découverte du jouet. Une semaine entière pendant laquelle nous avions évité de nous rendre à la cabane par peur de représailles. Étant donné notre soudaine disparition, la présence de Simon n'était pas garantie. Mais il finit par apparaître. D'humeur exécrable, il braqua sa torche sur nos visages boursouflés par la fatigue et les coups.

« Qu'est-ce que vous avez fait encore ? Ça fait plusieurs jours que je viens et que vous n'êtes pas là. J'ai failli frapper à la porte.

— Éteins ça, lui ordonna Joseph. Tu vas nous faire griller.

— Vous le mériteriez. »

Il ne s'était pas assis que je commençai à lui déballer mon plan. Nous n'avions plus de temps à perdre. Puisque j'avais peu de connaissance du monde extérieur, et qu'Internet ne devrait naître qu'une décennie plus tard, mon raisonnement se fondait principalement sur des émissions, des films aperçus à la télévision, et le *Guide vert* de Paris.

D'abord, nous emprunterions de l'argent aux Brouillet et à la mère de Simon. J'estimais la somme nécessaire à deux cents francs. Je précisais « emprunter » parce que cette vie, cette nouvelle vie parisienne, il nous faudrait la mener de la manière la plus honnête qui soit. Pas de vol. Pas de mensonge. Ensuite, nous marcherions jusqu'à la gare de Vieilleville. Martine gardait, dans un tiroir de sa commode, une brochure de la SNCF listant les trains en direction du nord du pays ainsi que leurs horaires. Nous nous en servirions. Grâce à Antoine, nous bénéficierions au moins d'un hébergement temporaire. Tous les trois, nous travaillerions pour obtenir un appartement, une chambre de bonne à partager, un chez-nous. Je m'emballais, m'enfonçais toujours plus profondément dans les abysses de mon rêve mondain. Simon serait à la tête d'une entreprise d'automobiles réputée. Joseph poursuivrait des études d'architecte. Et moi, moi, je deviendrais avocate, ou écrivaine, je porterais un tailleur élégant et j'aurais un chien minuscule. Je ne me rendais pas compte que Simon ne m'écoutait plus qu'à moitié. Il avait allumé une cigarette qu'il fumait d'un air las, épuisé, sa main retombant plus lourdement sur ses genoux à chaque bouffée. Mon exposé terminé, il demanda :

« Mais qu'est-ce qui te fait penser que je voudrais quitter Ceyroux ? »

J'étais bouche bée. Ce qui me paraissait insensé, c'était de penser qu'il souhaite y rester. Seulement, je n'avais pas réalisé à quel point l'existence de Simon avait différé de la nôtre. Le théâtre de sa vie s'était limité aux rues nébuleuses de Ceyroux, à ses murs de pierre et à ses animaux de ferme. Jamais il n'était allé plus loin que Guéret. Il n'avait pas déjeuné à Montmartre. Il n'avait pas vu les serveurs en habit noir et blanc, les bichons à la fourrure crayeuse, les vendeurs de cartes postales.

« Et toi, tu veux aussi à aller à Paris ? dit-il à Joseph. Vraiment ?

— S'il le faut, répondit mon frère.

— Et vous allez m'abandonner ici ? Tout seul ?

— Non, on veut que tu viennes. C'est ce que Marie était en train de dire.

— Mais tu sais bien que je l'écoute pas, ta sœur. Elle raconte toujours de la merde.

— Hé ! »

Je lui donnai un coup de pied dans le tibia. Cela le fit rire. En dépit de sa candeur, Simon ne se laissait pas persuader. Il me fit son discours habituel. Le bonheur n'existait pas ; l'existence, qu'elle soit vécue dans la Creuse ou en Île-de-France, était destinée à être morose. À l'usine, il avait fait la rencontre d'un homme de vingt ans son aîné qui l'avait exposé aux grands principes du nihilisme. Lorsqu'il essayait de partager ces idées avec Joseph et moi, nous n'y comprenions rien, à part que la vie ne promettait qu'une chose, la mort.

« Tu ne préfères pas mourir dans une belle ville, au moins ? l'interrogeai-je.

— T'es bien une femme à parler comme ça. Laisse les hommes discuter. »

Je lui assénai un autre coup, mais, cette fois, Simon se tenait prêt. Il s'empara de ma jambe et me traîna à terre. Agacé, Joseph réclama un temps mort.

« Simon, dit-il avec sérieux. Si on part, on pourra reprendre à zéro. Tous les trois. »

À leur habitude, ils s'échangèrent un regard lourd de sous-entendus que je ne saisissais pas. J'essayai pourtant, je me penchai vers eux, tentai de m'immiscer au sein de leur concertation silencieuse et de lire entre les lignes. Ma vue d'ensemble n'en devenait que plus floue. Je ne sus que cet échange télépathique avait pris fin seulement lorsque Simon demanda :

« Pourquoi marcher jusqu'à Vieilleville alors qu'on peut conduire ? »

Cette nuit-là, nous parlâmes longtemps de nos rêves. Jusqu'alors, aucun de nous n'avait osé avouer qu'il possédait des envies, pis, des ambitions concrètes pour l'avenir. Puisque tout semblait maintenant permis, atteignable, Simon avoua son désir de devenir entrepreneur. Il rêvait de diriger une équipe. Son niveau plus que pitoyable à l'école l'en avait rapidement dissuadé. Joseph, quant à lui, ignorait quelle carrière il souhaitait poursuivre. Mais il avait longtemps aspiré à la vie d'artiste. La date du 16 mars fut proposée. Il nous restait deux semaines pour nous mettre d'accord sur la marche à suivre.

Simon écrasa sa cigarette, la cinquième de la nuit, et se leva.

« C'est pas tout, les enfants, mais j'ai un cours de philosophie auquel je dois assister », annonça-t-il.

Les premières lueurs de l'aube apportaient une dimension nouvelle à son visage. Maintenant qu'il n'avait plus de poids à perdre, son être trouvait différentes façons de s'éroder. De fines rides couraient sur ses joues et sur son front, creusés par le manque de sommeil et l'excès de dur labeur. J'aurais voulu pouvoir lui exprimer toute l'inquiétude que j'éprouvais, pour lui, pour sa santé, pour son futur. Mais nous n'étions pas du genre à faire du sentiment.

« Marie, clarifia-t-il en se dépoussiérant les genoux. Que ce soit bien clair : je n'ai pas dit oui.

— Mais tu n'as pas refusé non plus. »

Avant de partir, il avait pour habitude de me décoiffer les cheveux comme il l'aurait fait à une enfant débonnaire. Puis il serrait la main de Joseph, d'une façon cérémonieuse qui me faisait sourire. Mon frère lui rappela qu'il avait interdiction de fricoter avec ses collègues à l'usine. « Sois pas jaloux », railla Simon.

Je riais encore sur le chemin du retour, non pas à cause des soi-disant amants de Simon, mais parce que j'avais la naïveté de penser qu'on pouvait changer de situation aussi aisément qu'une chemise, et parce que je m'imaginais que c'était exactement ce que nous étions en train de faire, là-bas, dans cette cabane où nos rêves prenaient refuge.

Les vaches sont dotées d'une intelligence surprenante. Il me semblait qu'elles avaient deviné, à nos attitudes distantes, à nos regards fuyants, que nous nous préparions à nous échapper. À les abandonner. Aussi se surpassaient-elles dans l'art de nous compliquer la tâche, que ce soit à l'heure de la traite ou du nettoyage des logettes. Elles meuglaient, gesticulaient dès lors que Joseph et moi essayions de leur passer le licol.

« Qu'est-ce que vous avez fait pour les énerver comme ça ? » demandait René.

Par mesure de précaution, je dissimulais toute trace d'enthousiasme devant les Brouillet. Je leur donnais raison à chaque mention de notre impolitesse et incivilité. Ils ne devaient rien savoir. En même temps, je comptais les jours qui nous séparaient de notre délivrance. À la moindre remarque ou attaque, je levais discrètement les doigts pour indiquer à Joseph le temps qui nous restait. Quatorze jours. Douze. Dix.

Planifier sa fugue est une chose, la réussir en est une autre. Déjà, nous nous heurtions à de graves erreurs de logistique. Ce n'est qu'après avoir subtilisé le guide SNCF de Martine que je fis une terrible découverte. Les trains partant de Vieilleville ne menaient pas à Paris, mais à la ville de Guéret. Lire ce nom me donnait envie de vomir. Hors de question qu'on y retourne, et ce même pour une simple correspondance. Joseph était d'accord. Aussi, Simon eut l'idée de demander des conseils à ses collègues ouvriers. Des hommes plus âgés qui avaient vécu, travaillé, et qui, comme nous, devaient avoir rêvé de s'échapper un jour. Il promit de se montrer discret, en vue de ne pas éveiller les soupçons, mais j'étais persuadée qu'il commettait une erreur. J'avais vu de mes yeux la popularité dont jouissait René auprès des messieurs du coin. Il suffisait que l'un d'eux connaisse les Brouillet pour que notre projet tombe à l'eau. Mon hésitation ne fit qu'encourager Simon davantage.

Quelques jours plus tard, il nous rapporta les résultats de son enquête. Il était tout à fait possible de se rendre à Paris par la voie ferrée. Mais nous ne pouvions pas le faire depuis

Ceyroux, ni même Vieilleville. Il fallait se rendre à La Souterraine, une commune à trente kilomètres de là. Tu peux t'imaginer l'exaltation que ce nom provoquait chez des gens de notre âge. La Souterraine. Pour réussir cette fugue, il fallait passer par La Souterraine. Je me sentais comme l'héroïne d'un film de Guy Hamilton.

Mon sac était prêt. À l'intérieur, il n'y avait de la place que pour deux tenues, le *Guide vert* de Paris et notre argent. Joseph n'avait pas souhaité me dire où et quand il avait dégoté ces liasses de billets. De toute façon, je préférais ne pas savoir.

Malgré mes efforts, l'ensemble de mes vieux cahiers d'école ne rentraient pas. Ils étaient en piteux état, l'humidité avait jauni certaines pages et René en avait déchiré d'autres lors de sa grande intervention. Je rafistolai le cahier de poésie à l'aide d'un morceau de ficelle et le cachai au fond d'un tiroir. Le simple fait de le laisser là, à la portée des Brouillet, me donnait mal au cœur. Joseph, quant à lui, ne semblait pas s'inquiéter à l'idée d'abandonner certaines de ses possessions. Dans son sac, il n'avait glissé que l'appareil photo d'Antoine et quelques vêtements, choisis au hasard.

« On se fera une nouvelle garde-robe une fois là-bas », disait-il.

En tout et pour tout, nous avions trois cents francs. J'ignorais ce qu'une telle somme représentait à Paris mais, d'après Simon, on était loin du compte.

« Vu notre consommation de bière, commenta-t-il, on aura besoin de davantage pour survivre une semaine. Je pourrais emprunter de l'argent à mon collègue.

— Encore lui, souffla Joseph.

— La jalousie est un vilain défaut », répondit Simon.

De toute sa scolarité, il n'avait pas eu de copain de son âge. Il s'était battu avec les garçons de toutes les cours de récréation qu'il avait fréquentées. Il avait terrorisé les petites filles et s'était mis leurs parents à dos. Notre amitié avait été une exception, mais pas surprenante en soi. Nous ne ressemblions en rien à ses anciens camarades de classe, tant sur le plan psychologique qu'émotionnel.

Au travail, il avait sympathisé avec des hommes qu'il admirait en raison de leur ressemblance avec son père, ou plutôt l'idée qu'il se faisait de lui. Habile, robuste, la personnification de l'archétype masculin. Le philosophe en était l'exemple paradigmatique. Simon lui vouait une admiration infaillible. Il s'en était tellement entiché qu'il n'avait pu s'empêcher de lui expliquer notre plan en détail. Il avait tout raconté, de l'alcoolisme de sa mère en passant par la violence que nous subissions chez les Brouillet. Apparemment, son indiscrétion avait joué en notre faveur. L'homme, touché par notre histoire, s'était proposé pour nous conduire à la gare. Bien sûr, Joseph et moi étions contrariés que Simon ait divulgué autant d'informations à un inconnu. Mais il était trop tard pour revenir en arrière. Notre trajet était tout tracé. Sur la carte du guide parisien, j'avais dessiné au feutre noir l'itinéraire d'Austerlitz à Montmartre. Métro 5 direction Boulogne, changement à Odéon. Métro 4 direction Porte-de-Clignancourt et arrêt à Château-Rouge. Ensuite, et c'était l'étape que nous redoutions le plus, nous retrouverions Antoine chez lui.

Le fils des Brouillet devait avoir pressenti, lui aussi, ce vent de changement qui se levait de Ceyroux pour souffler jusqu'à la capitale, puisqu'il nous fit parvenir une carte postale. La première depuis le grand incident. C'était une image sépia de Notre-Dame en plein hiver, au dos de laquelle il avait écrit :

Chère Marie, cher Joseph,
J'espère que vous allez bien.

Je pense à vous.
Amicalement,
Antoine

Martine avait manqué de la déchirer. Nous ne méritions pas la bonté de son fils. Comme je m'étais montrée particulièrement docile ce jour-là, et que je la priais de me la donner, elle finit par me la jeter au visage. Plus que six jours.

Joseph exhibait des signes d'hésitation.

« J'ai du mal à croire que je me laisse encore entraîner », m'avoua-t-il une fois avant de se coucher.

Je fronçai les sourcils.

« Quand est-ce que je t'ai entraîné dans quoi que ce soit ? »

Il retint un rire. Martine dormait dans la pièce d'à côté, et elle avait toujours détesté nous entendre glousser. Elle était persuadée que nous ne pouvions être heureux qu'à ses dépens.

« C'est toi qui m'as traîné chez Antoine il y a quelques mois, affirma Joseph. Et c'est toi qui m'as emmené de La Réunion jusqu'en France…

— Je ne t'ai pas entraîné ici, me défendis-je. C'est Monmon qui l'a décidé.

— Je te dis ce dont je me souviens », répondit-il en haussant les épaules.

Pensant que nous aurions l'opportunité de reprendre cette conversation plus tard, dans un contexte plus favorable, je ne lui demandai pas de détails. Comme je le regrette maintenant. Car il a dû être persuadé toute sa vie que je l'avais condamné, moi, sa sœur, à une vie de nomade et d'orphelin. Je repensai à notre première nuit à la pouponnière. Il pleurait de ne plus avoir sa mère. Pour le consoler, je lui avais collé la photo de Notre-Dame sous le nez. « Regarde, Joseph, c'est là qu'on va. Tu vas voir, ça va être génial. » Il s'était blotti dans mes bras, tremblant de peur. Et voilà que, cinq ans plus tard, je lui montrais d'autres photos de Paris et répétais : « Regarde Florent, c'est là qu'on va. Tu vas voir, ça va être génial. »

La semaine du grand départ arriva. J'avais le corps et l'âme qui vibraient sous le coup de l'excitation. Mais dans la nuit du mercredi au jeudi, Simon ne se présenta pas au rendez-vous habituel. Joseph et moi avions patienté deux heures entières, dissimulés dans la fraîcheur de la cabane. Rien. Il était trop dangereux d'essayer de l'appeler par téléphone. Nous risquerions de réveiller sa mère ou, plus dangereux encore, d'éveiller les soupçons des Brouillet, qui somnolaient à l'étage. Ainsi, Joseph décida de lui rendre visite tandis que je restais jouer la sentinelle à la ferme.

Il s'éloigna lentement, et je vis sa silhouette s'effacer dans la pénombre. Notre village était trop tranquille pour apparaître dans les pages des faits divers, mais cela ne m'empêchait pas d'imaginer les pires des scénarios. Après une heure, j'étais persuadée que mon frère avait été kidnappé, vendu, transformé en chiche-kebab par un Mesrine en cavale. Je ne bougeai pas pour autant. Nous avions chacun notre mission, et la mienne était de rester dehors, assise sur l'herbe, au pied du chêne qui faisait face à la chambre des Brouillet. Leur fenêtre abritait une obscurité caverneuse, et il me semblait discerner une ombre qui se mouvait légèrement de gauche à droite, de droite à gauche. L'angoisse rendait l'attente interminable.

Quand Joseph réapparut, il semblait plus dépité qu'à son départ.

« Tu aurais dû m'attendre à l'intérieur, dit-il. Il fait trop froid. »

Sa voix tremblait, sûrement à cause de la baisse de température, mais peut-être aussi à cause de Simon. Il m'aida à me relever et à retirer la terre de mon pantalon. Sa main décharnée frappait le tissu plus qu'elle ne l'essuyait.

« Tu lui as parlé ? demandai-je.

— Oui.

— Et donc ?

— Donc on en discutera demain. »

Décidé à ce que je ne pose pas davantage de questions, il se mit en marche vers la maison. Je lui courus après. Qu'est-ce que cela voulait dire ?

« Il ne peut pas venir, Marie. Sa mère est malade. Il ne voulait pas le dire avant. On en parlera demain. »

Son regard marron, presque noir, reflétait les rayons de la lune. On aurait dit qu'il était au bord des larmes, ou qu'il s'apprêtait à pleurer. Sans rien ajouter, il ouvrit la porte de la maison et je le suivis à l'intérieur.

La mère de Simon avait un cancer du foie. Pas le genre qui se love dans un coin de votre être et attend gentiment d'être exterminé par une chimiothérapie, non, un gros cancer qui se préparait à tout emporter avec lui. Son fils ne se résolvait pas à l'idée de l'abandonner. Pas maintenant. Joseph m'expliqua tout ça le lendemain matin, alors qu'il enfilait d'épaisses chaussettes trouées au niveau des orteils. Une nouvelle journée s'annonçait, identique aux précédentes, et sûrement aux suivantes. J'ouvris la commode et regardai mon sac rempli de vêtements, de livres et de promesses. Trois jours et nous étions censés partir pour Paris. Trois jours et nous aurions dû connaître la liberté.

« On pourrait partir sans lui, marmonnai-je.

— Pardon ?

— On pourrait. »

Il secoua la tête. Hors de question. Mais je n'avais pas dit mon dernier mot. Au fil des heures, je continuai à lui glisser des sous-entendus. Nous étions capables de vivre sans Simon, nous avions déjà entrepris un voyage plus périlleux que celui-ci, nous ne pouvions pas subir ce quotidien plus longtemps.

Sans le vouloir, la colère des Brouillet jouait en ma faveur. L'histoire du jouet revenait sans cesse sur le tapis. « Quand c'est pour nous voler des trucs, vous êtes là. Mais quand il faut bosser, il n'y a personne », s'écria René. La traite n'avançait jamais aussi rapidement qu'il le souhaitait.

J'attendis qu'il s'éloigne pour faire remarquer que Simon pourrait tout à fait nous rejoindre lorsque sa mère irait mieux.

« Simon et moi avons déjà évoqué ce scénario, affirma Joseph.

— Et qu'est-ce qu'il a dit ?

— Qu'elle n'irait jamais mieux. »

Il emporta le seau rempli de lait.

« J'irai parler à Simon ce soir », annonçai-je.

Je le vis esquisser un sourire moqueur.

« Si tu veux. Mais je doute qu'il t'écoute. »

À minuit pile, j'étais partie. Joseph m'avait donné des instructions strictes : ne frappe pas à la porte, tape deux fois à la fenêtre de sa chambre, elle se trouve sur le côté droit de la maison, et attends qu'il l'ouvre. Je ne cherchai pas à savoir combien de fois il avait entrepris ce même chemin. Il ne me le dirait pas. Tandis que je traversais les ténèbres du village, il me semblait que ses ruelles se fermaient sur moi, qu'elles tentaient de m'arrêter pour me conserver à jamais entre leurs murs. Je rabattis ma capuche sur mon visage et pressai le pas.

Arrivée rue des Peintres, je résistai difficilement à l'envie de frapper à la porte d'entrée. Je désirais voir Michelle, vérifier qu'elle était vraiment mourante. Ces derniers temps, je n'avais fait que l'entrapercevoir à la boulangerie, au marché, elle semblait se glisser comme une ombre à travers la foule. Martine racontait qu'elle avait perdu l'esprit. Il valait mieux que je la laisse tranquille.

Une lumière orangée filtrait par la fenêtre de Simon. J'y frappai deux fois, comme Joseph m'avait conseillé de faire. Elle s'ouvrit presque aussitôt. L'intérieur de la chambre correspondait en tout point à la tendance adolescente des années 70-80, avec ses posters et ses brochures de magazines scotchés au mur. Sous une photo de Roger Moore s'érigeait une montagne de bouteilles de bière vides. Je ne voyais pas Simon. Après un long silence, je l'entendis chuchoter : « Eh bien ! Pourquoi tu n'entres pas ? » Et je devinai au timbre de sa voix qu'il ne s'attendait pas à me voir, que cette invitation ne m'était pas destinée. Je ne bougeai pas. Finalement, il passa la tête par la fenêtre.

« Oh, dit-il d'une voix plate. C'est toi. Tu veux une cigarette ? »

Lui fumait déjà. Je pris la Marlboro qu'il me tendait sans croiser son regard. Je me sentais gênée. Non seulement parce que je le dérangeais alors que sa mère était malade, mais parce que c'était la première fois qu'il se trouvait torse nu devant moi. Je voyais saillir ses côtes sous la peau translucide de son buste.

« Je suppose que Joseph t'a tout raconté ?

— Oui. Je suis désolée.

— C'est la vie, répondit-il. Toi, par contre, tu dois m'en vouloir. »

Je pris une longue bouffée de tabac, en espérant qu'elle me donne un semblant de courage. Elle ne fit que m'irriter la gorge et provoquer une toux sèche, pitoyable.

« Comme tu l'as si bien dit, c'est la vie. Avec Joseph, on pensait partir ce dimanche. Tu pourrais nous rejoindre plus tard. »

Un frisson parcourut Simon. Il commença par ses jambes, remonta le long de son torse, de ses bras, et le fit secouer la tête.

« Non, ce n'est pas possible. »

Une nouvelle fois, ce que nous avions en commun nous faisait défaut : notre entêtement. J'avais décidé que nous voyagerions jusqu'à Paris. Simon avait décidé que non. Le ton monta vite. Nous continuions de chuchoter, mais ces chuchotements gagnaient en agressivité. Les insultes paraissent toujours plus blessantes lorsqu'elles vous sont murmurées.

Finalement, je lui annonçai que nous irions à Paris sans lui. Il gloussa, et son rire retentit dans la rue déserte.

« Joseph ne t'écoutera pas, affirma-t-il.

— C'est mon frère.

— Tu sais que ça ne suffira pas. Il n'avait accepté de partir que si je venais aussi. »

J'écrasai ma cigarette contre le mur de sa maison, prenant soin de répandre la cendre grise le long des briques. Il me regarda faire.

« Puisque tu ne viens pas, tu peux rendre l'appareil photo d'Antoine ? demandai-je. Nous allons en avoir besoin. »

Après un moment de considération, il approuva et disparut à l'intérieur de sa chambre. Je n'étais pas peu fière d'avoir remporté cette manche. Après tout, j'avais été ferme, résolue. Cela m'avait peut-être coûté la sympathie de Simon, mais il s'en remettrait. J'en étais certaine. Soudain je vis une ombre virevolter puis s'écraser par terre. Des morceaux de plastique volèrent dans la nuit, pareils à un feu d'artifice. Simon avait balancé l'appareil photo de sa fenêtre. Quand je me retournai vers la maison, il fermait ses volets avec précipitation.

Madame Grondin réapparaît, une pochette orange coincée sous le bras. Tu lui demandes « C'est bon ? » d'une voix agacée. S'il y a une chose que tu détestes, ce sont les démarches administratives. Et nous avons dû en faire un nombre considérable pour arriver ici, devant cette femme qui nous explique à présent que nous pouvons jeter un coup d'œil au dossier de Joseph, mais pas le garder. Pas aujourd'hui. Peut-être pas demain. C'est quasiment une relique historique, dit-elle. Pour en obtenir une copie, il faudra reprendre les démarches à zéro, déterrer les pièces d'identité, scanner, imprimer, envoyer des courriers, des mails, contacter le foyer de Guéret, la DDASS…

« Je n'ai pas le temps, répliqué-je, lasse.

— Je comprends bien, madame, dit la femme. Vous n'êtes pas les premières à vouloir récupérer un dossier familial. Mais il y a…

— Elle est malade », tu la coupes.

Le corps de Grondin s'affaisse sur sa chaise. Elle saisit enfin. Avec un soupir, elle nous remet le dossier. Il y a d'abord la photo, sa photo. Il doit avoir huit, neuf ans, mais en paraît cinq, avec ses traits fins, ses lourdes boucles et sa dent manquante. Les vêtements qu'il porte sont ceux de la pouponnière. Chemise blanche, pantalon marron. Il sourit, mais ce n'est qu'une grimace pour la caméra ; il n'y a pas de fossette sur sa joue. Son corps se détourne de l'objectif, prêt à partir, à disparaître.

Plus loin dans le dossier, l'administration rapporte qu'il est « timide, égoïste et impulsif. À surveiller ». Tu me demandes ce qu'il a pu faire pour mériter une telle description. Je ne sais quoi répondre.

J'avais continué à le tourmenter. Nous ne pouvions pas rester, lui disais-je chaque minute de la journée. Et lui me répondait : je sais. À mes yeux, c'était presque une approbation. Ce dimanche, donc, nous mettrions la voile vers une autre vie. C'était décidé.

Je fis de la place dans nos affaires afin d'y glisser l'appareil photo d'Antoine. Sa chute l'avait amoché. Des marques striaient l'objectif, l'accordéon qui lui permettait autrefois de se replier sur lui-même était bloqué. J'espérais qu'Antoine ne nous en tiendrait pas rigueur, qu'il accepterait malgré tout ce gage de paix et de notre honnêteté.

Le grand jour arriva. Je n'avais pas dormi. Fiévreuse, ivre de fatigue, je me levai de mon lit en titubant. J'eus le réflexe de vérifier notre trajet. À onze heures trente, nous nous rendrions rue le Grand-Terme, où vivait le philosophe. Ensuite nous irions à La Souterraine avant d'embarquer pour Paris. Le Grand-Terme, La Souterraine, Paris. Ces noms ne quittaient plus mes lèvres, je les récitais comme une litanie, ils tournaient en boucle dans ma tête.

« Si tu n'es pas sûre…, dit Joseph.

— Je suis sûre, proclamai-je.

— D'accord, mais mange quelque chose avant de partir. Tu as une tête à faire peur. »

L'heure de la messe approchait. Les Brouillet étaient en retard. Une chose les préoccupait : il n'y avait plus de pain. Pour René, qui avait pour habitude de se faire un sandwich au jambon après l'église, c'était impensable. Aussi envoya-t-il Joseph à la boulangerie. En sortant, ce dernier me fit la promesse silencieuse de revenir au plus vite. La porte claqua derrière lui. Il était dix heures et demie.

Dans le salon, Martine se préparait pour sa grande sortie hebdomadaire. Elle avait peint ses lèvres d'un rouge framboise et se regardait faire la moue dans le miroir.

« C'est un Chanel, m'informa-t-elle, pompeuse. Qu'en penses-tu ?

— Tu es très jolie. »

Sur le moment, j'avais hésité à la vexer, à l'insulter, ne serait-ce que pour marquer le coup. Mais cela demandait trop d'énergie. J'arrivais à peine à lire l'heure sur l'horloge. Dix heures quarante.

« Toi aussi, tu t'es faite belle aujourd'hui. Il y a une occasion particulière ? C'est ton anniversaire ? »

Mieux, eus-je envie de répondre. Ce départ signifiait bien plus à mes yeux que mon anniversaire qui, de toute manière, n'avait jamais été un grand événement en soi. Contrairement à ce qu'elle disait, je n'avais prêté aucune attention à mon apparence. J'étais plus effrayante que jamais, rongée par une famine et une colère insatiables.

« Tiens, dit Martine. Approche. »

Je sentis ses doigts froids se glisser le long de ma mâchoire, autour de ma gorge. Elle me tint le visage d'une main cependant que l'autre s'appliquait à étaler le rouge à lèvres. Son arrière-goût chimique, mélangé au manque de sommeil et d'hydratation, me rendit nauséeuse. La couleur ne convenait pas à mon teint. Trop terne, elle ôtait à ma figure tout son éclat, lui donnant un aspect cadavérique. Mais était-ce vraiment mon visage ? Je n'arrivais pas à le décider. Joseph avait raison, j'aurais dû manger.

« Tu aurais pu être une si jolie fille », dit Martine.

Je regardai les Brouillet s'éloigner avant de courir à l'étage. La vision de cette chambre désertée reste imprimée dans mon esprit. Murs gris, tachés de moisissure, sacs de couchage et, dissimulés dans un tiroir de l'armoire, les cahiers que je n'avais pas réussi à emmener avec moi. Déjà, je nourrissais l'espoir de revenir un jour afin de les récupérer. J'anticipais le besoin de me réapproprier mon passé. Mais cela devait attendre.

En empoignant nos sacs, je remarquai aussitôt que celui de Joseph était plus léger que le mien. Il me paraissait presque vide. Je choisis de l'ignorer.

Onze heures. Joseph n'était toujours pas revenu. Combien de temps lui fallait-il pour chercher du pain ? Je me mis à arpenter le salon, à tournoyer sur moi-même jusqu'à perdre pied, telle une mouche coincée dans un verre. De l'autre côté du miroir, le regard de la jeune inconnue m'interpella. Elle cherchait à me dire quelque chose. Lentement je la vis s'emparer du briquet devant elle, sur la commode, avant d'approcher la flamme de sa langue. Je compris ce que je devais faire.

Tandis que je dévalai la pente, un vent glacial me cinglait le visage. Il portait avec lui une vague odeur de fumier, de pétrole et de soufre. J'avais hâte de partir. En bas, à la lisière de la forêt, la cabane semblait m'attendre. Elle aussi avait conscience qu'il ne pouvait en être autrement. Il fallait en finir. Effacer les traces de notre passage. D'abord, le feu refusa de prendre. Je l'encourageais, je soufflais sur lui afin de lui prodiguer tout mon soutien. Soudain des nuées de flammes s'élevèrent, elles émettaient un bruit sourd, une chaleur si intense que je n'eus d'autre choix que de reculer. Le brasier engouffra peu à peu la cabane. Face à lui je me sentais nouvelle, purifiée.

Je n'avais pas vu Joseph arriver. Sa main se matérialisa de nulle part, elle m'agrippa le bras et m'obligea à lui faire face. La sueur et les larmes se mêlaient sur ses joues.

« Qu'est-ce qui s'est passé ? Ça va ?

— Tu es prêt ? demandai-je à mon tour.

— Quoi ?

— Ce n'est rien, ça. Tu es prêt ? »

Pour toute réponse, il se retourna. Simon se tenait à une vingtaine de mètres de là. Évidemment. Les mains dans les poches, il nous tournait le dos et semblait tout ignorer du drame qui prenait place derrière lui. Certainement que Joseph lui avait ordonné de faire le guet et qu'il tenait cette mission à cœur.

« Je ne sais pas ce qui te prend, Marie, mais il faut que tu t'en ailles.

— J'ai mis les sacs dans l'entrée, dis-je.

— Non, Marie, écoute-moi. Il faut que tu partes. »

Il avait ses deux mains sur moi désormais. Elles étaient posées sur mes épaules, à la fois pour me rassurer et me forcer à le regarder.

« Dépêche-toi de partir avant qu'ils arrivent. Autrement, ils vont te tuer.

— Mais tu dois venir, toi aussi. Il n'y a plus rien ici. »

Il se mordit les lèvres et jeta un autre coup d'œil derrière lui. Simon avait senti l'odeur des cendres. Ahuri, il s'avançait vers nous, et sa démarche se faisait de plus en plus rapide à mesure qu'il réalisait ce qui se passait.

« Je ne peux pas partir, dit Joseph.

— Tu ne peux pas ou tu ne veux pas ? dis-je.

— C'est pareil. On n'a pas le temps, là, Marie. »

Derrière nous, les flammes s'intensifiaient, remontant maintenant la cime des chênes environnants. Bientôt elles conquerraient le champ, la pelouse, peut-être même atteindraient-elles l'étable. Je regardai ce bâtiment gris dans lequel j'avais travaillé, parfois dormi, pendant plus de quatre ans. Je ne ressentais pas un brin de culpabilité.

« Tu te souviens quand je t'ai dit que tu me devais quelque chose ? s'enquit Joseph. Eh bien, nous y voilà. Je veux que tu t'en ailles. On n'a pas le choix. »

Une lourde branche s'effondra sur le sol. Simon se précipita dans l'étable, je crois qu'il partait à la recherche d'un seau. Le meuglement lointain des bêtes me fit frissonner.

À la fin de notre aventure ensemble, Joseph et moi ne partageâmes pas d'étreinte. Nous ne réalisions pas encore que nous nous disions adieu. Je me détournai de mon frère, de tout ce que nous avions vécu, et récupérai mes affaires. J'eus la présence d'esprit de prendre avec moi l'appareil photo d'Antoine, de l'accrocher autour de mon cou avant de déguerpir. L'odeur des cendres me suivait partout où j'allais, dans l'entrée, sur la rue principale. À aucun moment je ne me retournai.

Le philosophe vivait dans une maison en béton exempt de charme. Lorsqu'il en ouvrit la porte, il portait un tablier maculé de farine. C'était un homme d'une quarantaine d'années, à l'apparence terriblement ordinaire, exception faite d'une tache de naissance en forme de triangle dans le cou. J'étais saisie de terreur à l'idée de m'être trompée de porte.

« Bonjour ? dit-il.

— Je m'appelle Marie, débitai-je, je suis une amie de Simon. Il m'a dit que vous pouviez m'emmener à La Souterraine. Est-ce vrai ? »

Il abaissa légèrement ses lunettes en écaille de tortue pour mieux me contempler. Je devinais ce qu'il pensait : comment Simon pouvait-il être ami avec un tel individu ? Je ne le blâmais pas. Si une adolescente de seize ans s'était présentée à ma porte souillée de suie, de terre, et qu'elle me priait de la conduire à trente kilomètres de chez elle, je me serais posé des questions.

« Simon m'avait dit que votre petite escapade était annulée, fit-il.

— Ce n'est plus le cas.

— Où est-il, alors ?

— Je suis seule. Écoutez, vous pouvez m'emmener ou pas ? Sinon je vais marcher, ce n'est pas grave. »

Un rire éclata comme une bombe derrière lui. Un rire d'enfant. Je ne sais pas trop pourquoi, mais le fait que le philosophe possédait une famille me refroidit. Je fis machine arrière. En pressant le pas, songeai-je, je pouvais arriver sur la départementale, faire de l'auto-stop et espérer parvenir à la gare vers midi, midi et demi. Les Brouillet ne seraient pas encore rentrés que…

« Attends, petite ! »

Le philosophe, maintenant sur le pas de sa porte, enfilait un trench-coat beige poussiéreux.

« Tu veux vraiment y aller ? Tu en es sûre ? » me demanda-t-il.

Je hochai la tête. Joseph l'avait dit lui-même : je n'avais plus le choix.

« Ma voiture est juste là. Je préfère que tu sois en sécurité, viens. »

Les sièges arrière de sa Simca étaient jonchés d'outils, d'emballages en plastique et de bouteilles de Coca vides. Il me fit de la place pour que j'y dépose mon sac.

« Tu as tout ? demanda-t-il. Tu n'as rien oublié ? »

Ses yeux bleus étaient immenses comme deux lacs. En y plongeant le regard, je pouvais y voir se refléter mon visage émacié, hagard. Je me tournai vers la route.

« On peut partir. »

Sur le chemin de la gare, le philosophe avait beaucoup de questions à mon sujet. Trop de questions. Et il les posa toutes. Je n'avais de force que pour y répondre par des monosyllabes. De temps à autre, son regard se décollait de la route pour se tourner vers moi, empli d'inquiétude. Il devait être un excellent père. L'un de ceux dont les exploits sont rapportés dans la presse, la littérature et les films. J'aurais aimé me rappeler son nom.

De l'autre côté de la fenêtre, des arbres défilaient en rangs clairsemés, et je guettais le moment où l'un d'eux se flanquerait sur la route pour m'empêcher de partir. Un panneau marqua notre passage au Grand-Bourg. Malgré le fait que nous nous rapprochions du but, le décor ne changeait pas. Les paysages verdâtres, boisés et vallonnés se succédaient et se ressemblaient tous. J'en venais à penser que nous ne quitterions jamais la Creuse, que le philosophe roulerait jusqu'à la fin des temps, me condamnant à l'écouter tergiverser pour l'éternité.

« Nietzsche a écrit quelque chose de très beau sur la liberté, peut-être que Simon te l'a déjà dit… Non ? Eh bien, il a écrit que la liberté, c'était de savoir danser avec ses chaînes. C'est joli, tu ne trouves pas, petite ?

— C'est faux, dis-je.

— Comment ça ? »

Heureux d'avoir éveillé mon intérêt, il s'était redressé sur son siège. Moi-même je me sentis quelque peu requinquée. C'était rare qu'une personne de son âge s'intéresse à mes pensées.

« On ne peut pas être libre si on est enchaîné, répondis-je.

— Nous naissons tous avec des chaînes, petite. Que ce soit les lois, l'histoire de notre pays ou notre histoire personnelle, nous sommes tous liés à quelque chose. »

Je n'osais pas lui demander ce à quoi il pouvait être lié, lui qui paraissait si heureux, si désinvolte. À la place, je lui dis :

« Vous êtes professeur ?

— Bien sûr que non, répondit-il en riant. En tout cas, pas au sens propre du terme. »

Je perçus la musique de la gare avant de la voir. L'effusion des bruits, des odeurs, des corps vibrait contre les cordes de mon âme. La voiture du philosophe s'arrêta lentement, presque à contrecœur, dans le parking.

« Tu as quelque chose pour écrire ? » me demanda l'homme.

Je lui donnai le guide de Paris. Il y inscrivit un numéro de téléphone et me fit promettre que je l'appellerais dès mon arrivée. Je le fis, mais nous nous doutions tous les deux que je ne le recontacterais jamais.

Alors que nous traversions le parvis, sa main resta vissée dans le creux de mon épaule. Je ne serais sans doute pas parvenue à marcher droit autrement. Il me guida à l'intérieur de la gare de La Souterraine, un bâtiment identique aux stations de fer miniatures qui décoraient toutes les vitrines des magasins de jouets de l'époque. Il n'y avait que deux quais : un pour partir vers Paris, l'autre pour en revenir. Le mien était tout choisi.

Je fus surprise par la vague d'émotion qui me submergea lors de mes adieux avec le philosophe. Je comprenais désormais pourquoi Simon l'appréciait autant. Cet homme vous donnait l'impression de vous connaître plus que vous ne vous connaissiez vous-même. Pourtant, il n'essayait jamais de tirer profit de cet avantage. « Prends soin de toi », me dit-il, et il s'en retourna à sa voiture, à sa vie d'ouvrier et de père de famille. Sûrement a-t-il tout oublié de la fille qu'il a laissée ce jour-là, au bord du quai. Mais elle s'en souvient encore, et le remercie chaque jour.

Le prochain train n'arriverait qu'une heure plus tard. Beaucoup de choses pouvaient survenir en une heure. Les Brouillet, par exemple. Alors je me dissimulai dans un coin à l'écart des autres voyageurs, et j'attendis, assise sur le sol gris et poudreux de la gare. Chaque minute apportait son lot d'inquiétudes. Que faisait Joseph, à cet instant ? Simon était-il toujours là-bas ? René devait être en train de se garer devant la maison, pouvait-il sentir la fumée qui imprégnait la brise ?

Quand il entra en gare, le TGV souleva un épais nuage de poussière et de fumée qui semblait provenir des confins de la terre. Son revêtement orange brillait à la timide lumière du soleil. Les passagers montèrent à bord avec hâte, certains discutant déjà de ce qu'ils comptaient faire à la capitale.

Contre toute attente, je traînais des pieds. J'avais le regard tourné vers le hall de la gare, vers cette entrée par-delà laquelle je devinais la noria de voitures. Un miracle aurait voulu que Joseph apparaisse. Qu'il ait changé d'avis. Mais il n'y avait personne, il n'y aurait plus jamais personne, et le chef de gare sifflait le départ imminent du train. Je montai à bord.

Il fallait près de cinq heures pour rejoindre la capitale. Cinq heures passées à parcourir les plaines silencieuses de la campagne française. Mon visage collé contre la fenêtre, je regardais les voies ferrées fluer sous le train, pareilles à d'impétueux fleuves de métal. Le wagon dans lequel j'avais pris place était surchauffé, rempli à ras bord de familles impatientes d'arriver. Je me laissai bercer par le flux de leurs conversations. Pendant quelques heures, je m'autorisai à oublier.

La gare d'Austerlitz ne ressemblait en rien à celle de La Souterraine. Les Parisiens, accoutumés à la saleté et à la pollution de leur ville, me dépassaient, me heurtaient dans toutes les directions. L'un d'eux souffla « Putain de gamine » près de mes oreilles. C'était comme si la capitale entière sentait les effluves du crime sur ma peau. Quand, à la station Gare-de-l'Est, je demandai la direction du métro 5 à une quinquagénaire, celle-ci prit peur et détala en serrant son sac à main contre sa poitrine. Je ne demandai plus mon chemin après cela.

J'errai longtemps dans les rues nébuleuses de Montmartre, incapable de reconnaître l'immeuble d'Antoine. Il me semblait que la ville s'était transformée depuis mon premier voyage, qu'elle avait perdu de son éclat. Devant la porte de l'appartement, je doutai de mon plan. Peut-être qu'Antoine avait changé, lui aussi. Mais j'avais tellement faim, j'étais tellement fatiguée que je finis par toquer. L'homme que je pensais mon sauveur ouvrit la porte, les cheveux décoiffés, la mine grise. J'aurais dû faire machine arrière.

« Qu'est-ce que tu fais là ?

— Pardon. Est-ce que je peux entrer ? »

Il parut exaspéré. Néanmoins, il s'écarta afin de me laisser entrer. Son salon n'était pas rangé. Des vêtements traînaient sur le sol. Les cendriers débordaient de cendre et de mégots. Des semaines plus tôt, je lui avais écrit un courrier proposant mes services d'aide de ménage. Peut-être était-ce ma chance de le lui rappeler.

« Vu ta tête, j'imagine que tu n'as pas mangé ? » devina Antoine.

Je lui fis signe que non. Il m'apporta une assiette de pâtes froides, insipides, et me regarda manger en silence. On était loin des chaudes retrouvailles que j'avais espérées.

« Ma mère m'a appelé », dit-il finalement.

Tout s'expliquait. Sa mauvaise humeur, son dédain, la fadeur des pâtes. D'instinct, je jetai un regard au téléphone posé sur le comptoir. J'aurais voulu le balancer contre le mur.

« J'arrive pas à croire que tu aies fait ça, dit-il.

— Fait quoi ?

— Tu sais très bien. »

Je ne souhaitais pas entendre la suite. Mon attention dérailla pour se fixer sur l'extrémité de ma chaussure gauche. La semelle se détachait, ce qui créait l'illusion d'une bouche perpétuellement ouverte et d'une langue qui pendait. Joseph aurait trouvé cela drôle.

Antoine relatait les faits à haute voix pour essayer de les comprendre. Tandis qu'il me réprimandait, il ne savait quoi faire de ses mains, de ses jambes, de son visage. La panique se saisissait de son corps et il gesticulait à travers le salon. Son récit se conclut par un soupir.

« Qui sait ce qui serait arrivé si le petit Simon n'avait pas vu le feu », dit-il.

Il marqua un temps. Je ne réagis pas.

« Qu'est-ce qui t'est passé par la tête ?

— Il fallait que je parte.

— Mais pourquoi ? Après tout ce que mes parents ont fait pour ton frère et toi ? »

Le sang affluait à mon visage. Antoine poursuivit :

« Je sais qu'ils ne sont pas parfaits, mais cela n'empêche que tu n'aurais pas dû…

— Ils nous maltraitaient », avouai-je soudain.

Ces trois mots, je les avais souvent pensés, jamais prononcés. Parce que c'est quand on prononce une chose qu'elle se matérialise, qu'elle prend forme pour devenir une réalité. Les mains d'Antoine se hissèrent près de ses oreilles, peut-être pour les boucher, mais c'était trop tard. J'avais parlé de maltraitance et le monde l'avait entendu.

« Ne dis pas de bêtises, Marie.

— C'est la vérité !

— Pourquoi ne pas être simplement partie ? Sais-tu seulement les ravages que tu aurais pu provoquer ? »

Il y eut un silence. Antoine s'était roulé une cigarette qu'il fumait maintenant avec rage.

« Pourquoi es-tu venue jusqu'ici ?

— Je ne voulais pas mettre le feu, dis-je. Si je suis venue, c'est simplement pour te rendre ton appareil photo.

— Donc tu admets que tu l'avais pris ?

— Non, ce n'était pas moi.

— Qui était-ce ? Joseph ? »

Je me terrai à nouveau dans le silence. En dépit de ce qui s'était passé, de mon ressentiment, je n'avais pas le cœur de dénoncer mon frère ou Simon. Là où ils étaient, ils risquaient plus que moi.

Comprenant qu'il ne tirerait rien de moi ce soir-là, Antoine m'envoya me coucher dans sa chambre. Je m'allongeai sur le côté droit du matelas, le même que j'avais occupé lors de mon séjour avec Joseph. Mon esprit rembobina inlassablement le film des dernières vingt-quatre heures. J'étais arrivée au grand dénouement lorsque j'entendis la porte de la chambre s'ouvrir derrière moi. Un mince filet de lumière s'étendit sur le mur, accompagné de l'ombre de la tête d'Antoine. Je ne bougeai pas. Lui non plus. Quelques secondes plus tard, il referma la porte. Un étrange pressentiment me força à me lever. J'allai coller mon oreille contre la porte pile au moment où Martine décrocha le téléphone. La voix d'Antoine, réduite à un murmure, était empreinte d'angoisse.

« Maman, c'est moi... Je t'appelle au sujet de Marie. Oui, je sais, elle est chez moi. Écoute, je ne peux pas parler. Elle dort. Est-ce que tu penses que papa peut venir la chercher demain soir ? Très bien. Je m'occupe d'elle en attendant. On se tient au courant. Bisous, maman. Bisous. »

S'il avait ouvert la porte, Antoine m'aurait trouvé au milieu de sa chambre, les bras ballants, la figure défaite. Ce jour-là, c'était la deuxième fois que j'éprouvais un sentiment de trahison. Il y avait eu Joseph, mon propre frère, qui m'avait obligée à partir seule afin de rester avec son ami. Et maintenant Antoine, à qui j'avais confessé la source de mes traumatismes, et qui s'apprêtait à me restituer à celle-ci.

Une énième fugue s'imposait. Je n'étais plus à une près. Mais si je voulais survivre à Paris, j'aurais besoin de davantage d'habits. L'armoire d'Antoine comportait un vaste choix de pull-overs en laine, en cachemire, et même une sélection de vêtements de femme, qui appartenaient certainement à sa copine de l'époque. J'enfilai plusieurs couches de tee-shirts et de chemises, ainsi qu'un long manteau noir.

Troublé par les événements de la journée, Antoine mit du temps à s'endormir. Il ne poussa ses premiers ronflements qu'à deux heures du matin. Sans faire de bruit, je pris mon sac et mes chaussures, et rejoignis la cuisine. Le jeune homme ne se trouvait qu'à quelques mètres de moi, allongé de tout son long entre les coussins du canapé, son avant-bras droit reposant lascivement au-dessus de son visage.

Une sacoche en toile vide avait été accrochée dans la cuisine, comme s'il avait tout prévu, comme s'il avait anticipé mon départ. Je la remplis à l'aveuglette de pain, de gâteaux, de fruits, de tout ce que mes mains jugeaient comestible. Avant de partir, je posai l'appareil photo près du corps endormi d'Antoine, sur la table basse. Un cadeau d'adieu, mais aussi une preuve tangible de notre acquittement. Je ne devais plus rien à personne.

La porte se ferma dans un bruit sec, décisif. Je descendis les escaliers de la même façon que je vivrais le reste de mon existence, à tâtons, plongée dans une obscurité totale.

Antoine a coupé la radio. En rentrant de l'ambassade, nous ressentons chacun le besoin d'observer un silence méditatif, presque religieux, à la mémoire de Joseph. Ce n'est que lorsque la voiture se gare devant l'Airbnb, et que tu montes pour nous laisser le temps de nous dire au revoir, qu'il m'interroge.

« Alors, qu'est-ce que tu as découvert ?

— Rien que je ne sache déjà », répondis-je.

Un groupe de garçons est assis au bord du caniveau, à quelques mètres du véhicule. Ils n'ont pas plus de quinze ans. Le soleil décore leur peau mate de reflets mobiles et cuivrés. Malgré la chaleur estivale, le grondement lointain de la mer, je sens un froid se saisir de mon corps.

« Si, dis-je, pensive. Nous avons découvert quelque chose. Ils nous ont montré une lettre que ma mère leur avait écrite. Elle demandait à ce qu'on la laisse nous revoir.

— Tu lui en veux de vous avoir envoyés en France ?

— Plus maintenant.

— Est-ce que tu en veux à mes parents ? »

La question me surprend. Je songe aux cheveux blonds de Martine, à ses lèvres si fines qu'elles disparaissaient quand elle parlait. À ses chaussures du dimanche. Ensuite surgit le visage bouffi de René, sa moustache, et ses mains, ses mains si puissantes qu'elles pouvaient broyer une pastèque. Il nous l'avait prouvé une fois. Le fruit avait éclaté entre ses doigts. Puis il avait giflé Joseph pour n'avoir pas su enlever le jus de la nappe.

« Il y a des choses qu'on ne peut pas pardonner », déclaré-je.

Devant la voiture, les jeunes commencent à applaudir. Deux d'entre eux se sont défiés à un combat, comme ça, pour rire. Chacun est persuadé d'être plus fort que l'autre.

« Je comprends », marmonne Antoine.

Les deux garçons se mettent à se rouler par terre et à se frapper tour à tour. Le reste du groupe les entoure, les encourage tout en les protégeant des voitures et des cyclistes intempestifs.

« Ils ont toujours été plus ou moins ainsi, continue Antoine. Même quand mon frère et moi étions petits. Dans une moindre mesure, bien sûr. Mais ils ont grandi dans une autre époque que la nôtre. Je pense qu'au fond ils étaient persuadés de faire ce qu'il y avait de mieux.

— Ils avaient tort.

— Évidemment qu'ils avaient tort. Ils ont fini par s'en rendre compte, même s'il était trop tard… »

Du coin de l'œil, je vois son visage se tourner vers moi. Seulement, je refuse de détacher mon regard des adolescents. Personne n'a remporté ce round. Les deux garçons se relèvent et décident mutuellement de faire la paix, épuisés par l'effort et la chaleur. Ils gloussent. Il y a quelque chose dans leur comportement qui m'hypnotise et me révulse à la fois, quelque chose auquel j'hésite à attribuer le doux nom de l'innocence. J'ai honte de l'âcreté que je ressens, de ce désir que j'ai de briser leurs rêves et, en même temps, de les aider à les réaliser. Antoine se racle la gorge.

« Quand a lieu le mémorial ? dit-il.

— Dans deux jours.

— Est-ce que tu as besoin que je vienne ?

— Je pensais que tu devais partir pour Saint-Paul demain.

— Cela ne me gêne pas.

— Mais ta famille, si. »

Comme par magie, son téléphone sonne. Il décroche pour s'assurer que sa femme, la mère de ses deux enfants, n'a rien d'urgent à lui dire. L'appel terminé, il renverse sa tête contre son siège. Malgré moi je ne peux m'empêcher de le prendre en pitié. Il s'est déplacé à La Réunion pour moi. Il m'a emmenée récupérer mon dossier. Le temps nous manque. Si je ne fais pas d'effort maintenant, je n'en ferais jamais.

« Je n'ai pas besoin que tu viennes, précisé-je. Mais si tu en as envie, tu peux.

— Oui, je pense que ce serait vraiment important pour moi. Pour nous. »

Nous. Ce simple mot m'oblige à abréger la conversation. Je lui dis que je dois rentrer, que tu es seule à la maison. Aujourd'hui encore, je continue de parler de toi comme si tu étais une petite fille. Antoine fait mine de comprendre.

Je décide de remonter les marches de l'immeuble sans son aide, et le regrette aussitôt. Quand j'atteins le pas de la porte, le souffle court, tu te précipites pour glisser ton bras sous le mien.

« Mon Dieu, t'écris-tu. Pourquoi n'as-tu pas demandé de l'aide ? »

Omettons toutes les nuits que j'ai passées à dormir dehors, dans des squats ou dans des hôtels de fortune. Omettons aussi toutes les fois où, désespérée, je me suis retrouvée sur un quai bondé de la gare d'Austerlitz avec la vague intention de retourner à Ceyroux. Et ne parlons pas non plus de toutes les fois où je crus apercevoir la silhouette de Joseph à la terrasse d'un café, à l'ombre d'un chêne.

Paris était un univers en perpétuelle expansion. Tous les matins, de nouvelles rues, de nouveaux quartiers surgissaient du néant et s'ajoutaient à cet infini de pierre et de métal. En même temps, sur le plan personnel, il me semblait que chaque journée qui commençait enlevait quelque chose à la précédente.

Pendant longtemps, trop longtemps, je ne trouvai pas de travail. Mon apparence et mon âge rebutaient les employeurs les plus désespérés. Ainsi, je créais un alter ego. Je disais avoir dix-neuf ans, de l'expérience dans toutes sortes de secteurs. Je fis plusieurs essais dans divers cafés, tous catastrophiques. Ce n'est qu'en passant entretien après entretien que j'appris à dresser les tables, à les débarrasser, à prendre les commandes des clients et à sourire de façon courtoise.

Un restaurant situé rue du Bac finit par m'embaucher, non sans m'avertir que mon futur au sein de l'équipe n'était pas garanti. J'étais trop heureuse d'avoir un emploi pour m'inquiéter d'un avenir qui, de toute façon, me paraissait bien lointain. Fondé par un couple parisien dix ans plus tôt, Le Secret servait des plats typiques de la gastronomie française très populaires auprès de la haute société française. J'ignorais pourquoi ils m'avaient engagée. Quand j'interrogerais ma patronne à ce sujet des années plus tard, elle me répondrait avec un sourire malicieux : c'était un coup de cœur.

Je déposai ma valise dans une auberge du 20e arrondissement, fréquentée par des addicts et des fugueurs en quête de sens. Je ne faisais qu'entrer et sortir, sortir et rentrer. Personne ne connaissait mon nom. Mes voisins de palier m'appelaient la Noire.

Au restaurant, je rencontrai des gens passionnants, ouverts d'esprit, sans pour autant parvenir à créer des liens avec eux. C'était un peu ma faute. À chaque pas qu'on faisait vers moi, j'en faisais deux en arrière. Je refusais de faire la conversation avec mes collègues, ou de les rejoindre lors de leurs nombreuses pauses cigarette. À la place, je me réfugiais dans l'arrière-boutique du restaurant, où je noircissais des serviettes en papier de textes fades, sans intérêt, ainsi que de lettres destinées à Joseph que je n'envoyais pas. Jamais je n'avais ressenti une plus grande solitude que dans cette ville surpeuplée.

Mon effarouchement ne refroidit pas l'équipe du Secret, qui me prit en pitié. Sûrement était-ce dû à mon âge, ou à ma docilité infaillible qui n'avait de cesse de poser problème avec les clients. Je leur donnais toujours raison. Quand ils me touchaient les cheveux, les bras, les fesses, je ne réagissais pas. Je leur demandais s'ils avaient tout ce qu'il leur fallait, et retournais en cuisine. C'est arrivé plus souvent que j'aimerais l'admettre.

Il y eut, évidemment, l'incident de trop. Celui-ci avait trouvé le restaurant par hasard, alors qu'il cherchait à se protéger de la pluie. Assis à la table du fond, la numéro soixante-quatre, il commanda un magret de canard et des pommes de terre mitraille.

L'homme avait le profil habituel : bourgeois, la cinquantaine d'années, vêtu d'un costume noir trop serré et d'un sourire arrogant. Il semblait tout posséder dans la vie. Tout, sauf moi. Et il était déterminé à remédier à ce problème. Il ne cessait de m'appeler à sa table. À chaque fois, c'était pour me parler davantage de lui, de sa prestigieuse vocation de journaliste, et pour savoir l'heure exacte à laquelle je terminais le travail. Avec lui, prétendait-il, je n'aurais plus jamais à bosser de ma vie. Et ne serait-ce pas là l'idéal, pour une fille comme moi ? Ma collègue l'entendit. Elle se nommait Saadia, mais tout le monde l'appelait « Sad ». Un surnom qui ne lui rendait pas justice, elle qui était dotée d'une exubérance et d'une vitalité sans pareilles. Souriante, elle vint m'annoncer qu'il était temps pour nous d'échanger nos postes. Je me retrouvai à servir des clients à l'autre bout du restaurant. Malgré tout, l'homme persévérait. Il attendait que je lui revienne. Alors que nous nous apprêtions à fermer, sa silhouette demeurait là, immuable dans l'obscurité de la salle.

« Va dans les cuisines, me conseilla Saadia. Je vais lui dire que tu es partie. »

Parce que j'avais peur qu'il m'attende à l'extérieur, elle proposa de me raccompagner. Elle était plus âgée que moi, vingt-trois ans peut-être.

Dans le métro, elle me parla du restaurant, de ses trois sœurs, du film *Shining*, et de son rêve de devenir actrice. Elle me questionna sur mes propres aspirations. D'une voix faible, je lui dis que je n'en avais pas. Que je souhaitais travailler au restaurant, et c'était tout. Elle ne me crut pas. Tous ceux qui venaient à Paris poursuivaient quelque chose.

Tandis que nous remontions l'avenue de l'auberge, je me rendis compte qu'elle s'apprêtait à découvrir le taudis dans lequel je résidais. Je ne désirais pas perdre son respect. Alors je lui dis que je ferais le reste du chemin seule, que j'avais besoin de réfléchir. Elle insista pour m'accompagner jusqu'au bout. « Il est hors de question que je te laisse rentrer toute seule. » L'auberge se dressa devant nous, quatre piteux étages aux murs mordus d'amiante. À l'entrée, un homme emmitouflé dans une couverture gisait sur le trottoir, sûrement endormi, peut-être mort. Je n'osai pas regarder Saadia. Les yeux clos, je la remerciai pour son aide. Elle me prit dans ses bras.

« Fais attention à toi », m'avertit-elle avant de partir.

Le lendemain, mes chefs me convoquèrent dans leur bureau. Albert et Janine Lefèvre partageaient une pièce exiguë dissimulée à l'arrière du comptoir. Ils s'asseyaient l'un et l'autre au bout d'une table en bois jonchée de paperasse. Aucune décoration, à l'exception d'une vieille photo de leur fils à l'âge de dix ans et d'une horloge qui indiquait toujours quinze heures quinze.

En entrant dans leur bureau, j'étais persuadée qu'ils me renverraient. Le client était roi, et j'avais refusé à celui-ci le fief qui lui était dû. L'illusion d'une vie à peu près normale s'effaçait devant mes yeux.

« J'ai entendu dire que tu dormais dans un squat, déclara Janine. Est-ce vrai ? »

Son regard clair m'examinait par-delà des petites lunettes rondes qui menaçaient de tomber de la falaise de son nez.

« En fait, c'est une auberge, dis-je.

— On ne peut pas accepter cela. »

Janine avait soufflé ces mots, et je les sentis s'abattre sur moi aussi violemment qu'une tempête.

« Madame, ce travail, c'est tout ce que j'ai… »

Soudain Albert se redressa, il posa ses mains sur son bureau. Elles me paraissaient trop petites et délicates pour un homme de son âge. J'examinai ses doigts aux ongles ronds, manucurés, et je me demandai quel type de fruits ils pouvaient broyer. Certainement pas une pastèque.

« Tu as mal compris, Marie, fit-il.

— Pardonnez-moi.

— Nous ne voulons pas que tu partes, compléta sa femme, mais t'aider à trouver un appartement. Un vrai. Est-ce que tu serais d'accord ? Tu te plairais mieux dans un studio ou une chambre de bonne qu'à ton… auberge. »

Elle n'avait pas fini sa phrase que j'avais éclaté en sanglots. D'énormes larmes dégringolaient de mes joues comme des pierres d'une montagne, elles roulaient et venaient exploser sur les pans de mon tablier. Je me sentais à la fois infiniment bête et infiniment fortunée. Émue à son tour, Janine se leva de sa chaise afin de m'étreindre. Une forte odeur de citron et de néroli émanait de sa chemise, un parfum qui évoquait le printemps, le renouveau.

« Est-ce que je peux te poser une question ? » s'enquit Janine.

Il y eut une pause. Je ne bougeai pas. J'avais conscience de ce qu'elle s'apprêtait à me demander, et j'attendais.

« Où sont tes parents ?

— Morts, répondis-je machinalement.

— Est-ce qu'on peut savoir comment ?

— Dans un incendie. »

Je passai les trois années suivantes à me rebâtir. À présent, je n'étais plus seule à œuvrer sur le chantier de mon existence. Mes collègues m'aidaient aussi, chacun apposant sa pierre à l'édifice. Il n'est pas de parcelle de mon âme qui ne porte leur empreinte.

Le plus surprenant, c'est qu'ils le firent sans jamais rien me demander en retour. J'avoue avoir douté de leur sincérité.

Lorsque Albert et Janine m'emmenèrent visiter mon premier appartement, une chambre de bonne que leur sous-louait une connaissance, je m'attendais à un piège. Une embuscade. J'étais certaine que la police surgirait de nulle part, qu'ils m'embarqueraient en prison, pire, au foyer de Guéret, où je terminerais mes jours. Je l'aurais mérité. Je n'aurais pas dû faire confiance aux premiers venus. Mais les Lefèvre ne firent que m'aider à emménager dans mon nouveau chez-moi. Ils me montrèrent l'arrêt de métro, la laverie et le tabac le plus proche. Tous deux éprouvaient pour moi une profonde compassion qu'ils expliquaient à l'aide de termes simples : leur garçon avait mon âge, et ils n'auraient pas pu supporter de le voir dans une telle situation.

Mes collègues se relayaient chaque jour pour me ramener à la maison. Au fil de nos conversations, j'appris à m'ouvrir à eux, à m'épanouir. La fleur de mon cœur avait enfin éclos, et le monde que j'avais tant redouté venait y butiner, sans la froisser.

Jamais on ne m'interrogeait à propos de ma famille. Les Lefèvre avaient sans doute interdit au staff de mentionner le sujet.

La nuit, il m'arrivait souvent de rêver de lui. Il m'apparaissait toujours en plein milieu d'une activité : en train de jouer au foot, de construire un abri, de nager dans l'océan. Il ne supportait pas de demeurer assis plus d'une heure. Je percevais avec précision la dureté de ses traits, j'entendais la douceur de sa voix, à peine audible lorsque nous nous trouvions à l'extérieur. Il marmonnait plus qu'il ne parlait. Il fallut que je sois séparée de lui pour que je puisse capter l'essence de son âme. Et pour que je comprenne à quel point elle était liée à la mienne.

J'avais développé une acné aussi soudaine que sévère. Une armée de pustules me rongeait les joues, le menton et le cou. Elles creusaient des cicatrices pour leurs soldats déchus. Saadia, très soucieuse de son apparence et encore plus de celles des autres, n'avait pas manqué de me faire remarquer mon état. Elle m'offrit des crèmes, des masques et de multiples soins prétendument « miracles », mais ces remèdes ne semblaient qu'aggraver la chose.

« Je n'en peux plus, lui confiai-je un jour pendant la pause. Peu importe ce que je fais, ce que je mange, je n'arrive pas à m'en débarrasser.

— Tu sais, parfois, ça peut être le stress. Après tout, tu es de nature très anxieuse.

— Tu trouves ? »

Sur ses conseils, je m'appliquai à éradiquer le stress de ma vie. Je planifiais mes journées avec une minutie excessive : je me levais et me couchais tôt, je méditais, je faisais de l'exercice, je nettoyais chaque recoin de mon appartement et de mon existence. Des semaines passèrent avant que j'identifie la source de mes troubles, pourtant si évidente aujourd'hui.

Ce n'était pas que Joseph me manquait. Non, c'était encore pire. Son absence m'habitait. Jusqu'alors, j'étais secrètement persuadée qu'il me rejoindrait, un jour ou l'autre. Qu'on se croiserait sur les quais de la Seine, ou dans la salle des sarcophages du musée du Louvre, parmi les autres biens que le gouvernement français avait saisis. Mais je me rendais compte, peu à peu, de la démesure de mes illusions.

S'il ne me retrouvait pas, je le ferais. Ça, je ne l'ai avoué à aucun biographe, à aucun journaliste, ni même aux membres de ma famille. Seulement à Saadia. C'est elle qui m'a aidée. J'ignorais tout des outils disponibles pour recouvrer la trace de quelqu'un. Il y en avait si peu, à l'époque. Surtout que je refusais de remettre les pieds dans la Creuse, par peur d'être rattrapée par le passé, et éventuellement la DDASS. Peu importe où je me trouvais, je sentais peser sur moi son ombre, et j'avais trop peur qu'elle puisse me retirer mon bonheur d'un claquement de doigts. J'avais interdit à Saadia d'y aller à ma place. Elle avait sa propre vie à mener. Chaque semaine ou presque, elle se rendait à des castings de toutes sortes. Elle auditionnait pour des pièces de théâtre, des films d'horreur, des dessins animés sur l'histoire de l'humanité, des publicités pour du couscous d'un goût douteux. Nous planchions, ensemble, sur la réalisation de nos rêves respectifs. Son appartement devint notre quartier général. Éparpillés sur la table basse, les scripts de Saadia côtoyaient des articles de journaux et des publications en lien avec la Creuse. Lorsque nous parvînmes à nous procurer un bottin du département, nous imaginâmes avoir trouvé le Saint-Graal. Le numéro des Brouillet y figurait, une série de chiffres à l'apparence innocente, mais qui était en mesure de dévier le courant de ma vie.

Les tonalités du téléphone trouvaient écho dans les battements de mon cœur. Une voix féminine s'extirpa à l'autre bout du fil, éraillée, lointaine, comme si elle s'élevait des confins des enfers. J'aurais pu la reconnaître entre mille. Toute mon adolescence, dès lors que j'accomplissais la moindre tâche, c'est elle que j'entendais. Martine avait jugé la totalité de mes actes, de mes pensées, même quand elle n'était pas vraiment là. Malgré les trois cents kilomètres qui nous séparaient, la présence de ma meilleure amie, je me sentais incapable de répondre à mon ancienne « mère ». Saadia le fit pour moi, avec cette chaleur dont elle seule avait le secret.

« Bonjour, madame. J'espère que je ne vous dérange pas. Comment allez-vous ?

— Bien, hésita Martine. Qui êtes-vous ?

— Je me permets de vous appeler au sujet de Florent qui, je crois, réside chez vous. »

Je n'avais pas besoin d'être à ses côtés pour savoir que Martine se tenait debout, habillée d'une robe aux motifs fleuris, dans l'obscurité humide de son salon. Elle enroulait le cordon de l'appareil entre ses doigts, comme elle avait l'habitude de le faire pendant les appels désagréables. Elle le serrait, le desserrait, jusqu'à ce que ses articulations soient imprégnées de rouge.

« Qu'est-ce que vous lui voulez ?

— Je travaille aux services sociaux, affirma Saadia. J'ai besoin d'échanger avec Florent au sujet de son dossier. Rien de grave, c'est juste de la paperasse, ne vous inquiétez pas.

— Oh, je ne m'inquiète pas, railla Martine. Mais vous êtes mal informée. Cela fait quelque temps que vos collègues l'ont repris. Et heureusement, j'aimerais vous dire. »

Saadia se tourna vers moi, le regard ruisselant de compassion, avant de répondre :

« Toutes mes excuses. Savez-vous où il se trouve désormais ? »

Martine s'esclaffa.

« Au foyer, je suppose. C'est votre travail, mademoiselle. »

Les services sociaux ne se montrèrent guère plus utiles. Le placement de mon frère demeurait confidentiel pour sa propre sécurité, selon eux. Aucune de nos parades ne parviendrait à leur soutirer cette information.

La secrétaire du foyer, quant à elle, disait ne pas avoir connaissance d'un Florent Brouillet, encore moins d'un Joseph Gosse. Néanmoins, elle m'apprit bien une chose : monsieur Hoareau, le directeur que j'avais connu lors de notre séjour à Guéret, avait quitté le navire. Elle refusa de divulguer la raison de son départ, qui datait de plus de cinq ans déjà. J'avais presque tout oublié du directeur mais tout me revenait à présent, son visage replet et luisant, ses costumes poussiéreux. Difficile de l'imaginer sans le foyer, et le foyer sans lui : il faisait partie des murs. Le tableau peint par les services sociaux commençait à présenter ses premières craquelures.

Saadia et moi prenions soin d'espacer nos appels sur plusieurs semaines. En dépit de cette précaution, et des talents de comédienne de Sad, la secrétaire finit par nous soupçonner ; elle ignorait encore de quoi, tout ce qu'elle savait, c'était que nos intentions étaient mauvaises. Elle ne répondrait plus à nos questions. Il nous fallait redoubler d'ingéniosité pour obtenir des réponses. Finalement, Saadia réussit à passer outre cet impitoyable cerbère en se présentant comme enseignante. Elle prétendit devoir parler à un élève dont elle avait choisi le nom au hasard. C'était une urgence. Heureusement pour nous, Paul était un garçon bavard et aventurier, qui n'avait qu'une ambition dans la vie : créer du trouble au sein de l'établissement. Il ne cacha pas son enthousiasme quand Saadia lui révéla qu'elle n'était pas professeur. « Dieu merci, putain, s'exclama-t-il. Raconte-moi tout. »

Le jeune homme ne connaissait pas Joseph. Toutefois, un de ses amis avait sympathisé avec pratiquement tous les résidents des trois dernières années. Si mon frère était retourné au foyer, proclamait-il, son ami serait au courant. Il promit de nous rappeler quinze minutes plus tard. Quand le téléphone sonna de nouveau, ce fut quelqu'un de différent, au timbre de voix grave et assertif. Marc se présenta comme un vétéran du foyer. De fait, il demanda à savoir exactement ce que nous voulions à Joseph.

« Je suis avec sa sœur qui cherche à le retrouver, expliqua Sad. Marie a également résidé au foyer.

— Marie, cela ne me dit rien, songea Marc, soudain rêveur. Moi aussi, j'avais une sœur. »

Marc nous fit le portrait du Joseph qu'il avait connu. Les deux jeunes hommes avaient joué plusieurs fois au foot ensemble, ainsi qu'avec d'autres habitants du foyer. Joseph choisissait toujours la position d'attaquant, un rôle qui tranchait avec sa nature calme et discrète. Personne ne l'entendait jamais parler. Certains pensaient même qu'il ne comprenait pas le français, d'autres qu'il était né sourd-muet. Pas Marc. Il connaissait la vérité. Joseph s'était ouvert à lui, un jour. Il lui avait avoué ne plus avoir confiance en personne. À ce stade de sa vie, il ne cherchait plus à créer des liens. Cette information me fit l'effet d'un coup de poignard dans la poitrine.

« Ils l'ont emmené à Saint-Vautry il y a quelques mois, ajouta Marc. Mais il va sûrement revenir bientôt.

— Chez une famille d'accueil ? Comment tu le sais ?

— Je sais. »

On lui donna mon numéro, celui de Saadia et du restaurant, de sorte qu'il puisse nous alerter au cas où Joseph réapparaîtrait au foyer. En attendant, Marc me suggéra de transmettre un courrier à mon frère de ma part. Je n'étais pas convaincue : Joseph n'avait jamais été féru ni d'écriture ni de littérature. Peu importe le format. Après autant d'années passées loin des salles de cours, mon frère avait probablement choisi d'oublier qu'il savait lire, comme il m'avait peut-être oubliée moi. Cependant, je me devais d'essayer toutes les possibilités.

J'optai pour une carte postale achetée à la suite de ma toute première visite de Notre-Dame. Cet achat m'avait ramené à notre salon réunionnais, des années plus tôt, lorsque l'employée de la DDASS m'avait fait cadeau d'un cliché de l'édifice. Mes tout petits doigts s'étaient accrochés à cette photo à la manière d'une bouée de sauvetage. Au fil des années, j'avais tellement jasé à propos du monument que Joseph et Simon avaient pour habitude de soupirer en réponse. Et ce fut finalement seule que j'avais mis les pieds dans la nef. On était en milieu de semaine. Les Parisiens se mêlaient aux touristes. Du monde partout, dans les tours, devant les portails, près du chœur. Pourtant, la lumière divine s'était braquée sur moi. Je m'étais assise sur un banc, le souffle coupé. Les vitraux avaient peint mon uniforme de couleurs inconnues. Le sentiment que mes gestes ne m'appartenaient plus. J'avais prié, brûlé une bougie, puis acheté une carte postale, sans savoir, sur le moment, à qui toutes ces actions s'adressaient. Désormais, c'était évident.

Je notai deux phrases au dos de la photo : *Joseph, j'espère que tu vas bien. Écris-moi.* Je n'osais pas en écrire davantage, craignant que le courrier ne tombe entre de mauvaises mains. Il y en avait beaucoup, des mauvaises mains. Elles se dissimulaient dans tous les coins d'ombre, prêtes à saisir tout ce qu'elles pouvaient atteindre. Elles qui m'avaient déjà volé tant de choses.

La boîte aux lettres ingurgita la carte avec une diligence et une facilité stupéfiantes. Je m'étais presque attendue à ce qu'elle la recrache, à ce qu'elle la rejette en raison du profond et pathétique désarroi qui en émanait. Pourtant, elle lui fit une place au sein de son estomac métallique, parmi les déclarations d'impôts et celles, plus rares, d'amour. Moi, j'étais partagée entre des sentiments contraires. Il y avait l'appréhension, puisque j'ignorais l'accueil que recevrait ma missive. Si elle était reçue. Cela n'avait pas fonctionné avec ma mère, alors pourquoi cela marcherait-il avec mon petit frère ? Joseph qui détestait aller chercher le courrier des Brouillet, car Martine lui demandait inexorablement de déchiffrer les expéditeurs, et qu'il n'y parvenait qu'avec grande difficulté. Joseph qui, en plus de ça, avait fait le choix de ne pas prendre la fuite avec moi. Et puis, d'un autre côté, il y avait l'apaisement. Un apaisement fugace, mais un apaisement quand même : on ne pourrait pas me reprocher de ne pas avoir essayé.

« Tu as fait ce que tu as pu », m'assurait Saadia.

Ni elle ni moi ne pouvions le deviner, mais de tels efforts ne seraient jamais suffisants.

Au fil des décennies, mon chemin croiserait celui de nombreux enfants de la Creuse. Lors de réunions, d'événements littéraires, tous me raconteraient le courage et la détermination dont ils avaient fait preuve pour retrouver leurs proches. Leurs témoignages, toujours plus accablants, toujours plus sombres, me donnaient chaque fois l'impression que je n'en avais pas assez fait. Beaucoup d'entre eux ont sillonné des continents tout entiers dans le seul espoir de dénicher un post-it, une photo, une quelconque preuve d'appartenance. Aucun d'eux n'est parvenu à de meilleurs résultats que moi. Dans la grande majorité des cas, ils ont même eu pire. Ce n'est pas leur faute : tout un système s'élevait contre eux. Contre nous. C'était une pieuvre à l'ampleur inconcevable, car invisible, ceinte de tentacules qui continueraient à nous tenir prisonniers longtemps après notre majorité. Son emprise nous réduisait au silence. De toute façon, nous avions conscience que personne n'était encore prêt à nous écouter. Aux yeux de la presse, l'administration n'avait fait que sauver une poignée de petits Noirs de la misère réunionnaise. Quant aux politiciens, ils ne se sentaient pas concernés. L'hémicycle grouillait de nouveaux visages, de nouvelles idées, mais de la même ambition : le pouvoir. Et ça, aucun de nous n'était dans la capacité de le leur donner.

Moi, j'avais fait ce que j'avais pu.

J'avais pris mes distances, j'avais sollicité l'aide d'une amie, j'avais fait sonner tous les téléphones du département de la Creuse, j'avais écrit un mot à mon frère. Rien. L'appel de Marc ne vint jamais. Quand Sad et moi réussîmes enfin à discuter avec lui, une éternité plus tard, l'aboutissement de la puberté et une déception latente avaient transformé sa voix. C'était à peine s'il parvenait à faire des phrases complètes, tant l'existence l'avait malmené entre-temps.

« Oui, je l'ai eue, ta lettre. Mais ça sert à rien. Il reviendra pas.

— Comment tu sais ?

— Je sais. Conseil, oublie. Ça sert à rien de vivre dans le passé. Tout ce qu'on peut faire, le laisser derrière nous. Crois-moi.

— Mais…

— Même s'il réapparaît, il voudra pas te parler.

— Pourquoi tu dis ça ?

— C'est la vérité. C'est tout. Tu l'as abandonné. Assume, passe à autre chose. Et rappelle plus. Assez d'ennuis comme ça ici. »

Je sentis mourir l'espoir de revoir un jour Joseph quand il raccrocha. Ce soir-là, alors que Sad m'enlaçait, j'étais vide de larmes et d'émotions.

Même s'il réapparaissait, il ne voudrait pas te parler.

Tu l'as abandonné.

Tu as fait de ton mieux.

Quelques heures plus tard, je pris la douche la plus chaude de ma vie. L'eau brûlante faisait jaillir un inextricable réseau de vaisseaux sanguins sur ma peau. Je ne prêtais guère attention au fait que j'étais sur le point de m'écorcher vive. Dans ma tête, une seule image : Joseph, accompagné de Simon et de Marc. Le nouveau trio de choc. Pas de visage, toutefois je les reconnaissais à leur amertume. Envers moi. Envers le monde entier. J'imaginais que les trois garçons avaient probablement conspiré pour que Joseph se volatilise. C'était l'option la plus viable pour des gens comme nous, dans ce pays. Soit ça, soit une famille l'avait adopté. Dans tous les scénarios, le même constat : Joseph demeurait hors de portée. C'était peut-être volontaire de sa part, ou peut-être pas. Mais à ce stade, quelle différence ?

Je te résume ces réflexions en quelques lignes, mais sache qu'elles m'ont tourmentée des années durant. Je continuais à acheter des bottins chaque année, à y chercher le nom de mes frères, de ma sœur, de ma mère parfois. Tous ces appels passés au destin étaient restés sans réponse. Et l'acné, comme les souvenirs, se dissipa avec le temps.

Toute ma peine, je la déversais dans les mots. L'écriture s'imposait à moi comme une nécessité absolue, l'unique voie possible vers la reconstruction. Non parce que j'y étais particulièrement douée, au contraire. En raison de mon manque d'éducation, j'avais du mal à saisir l'articulation des phrases les plus simples. La langue française me résistait, elle me tenait à l'écart de ses secrets, pareille à une forteresse que seuls les véritables auteurs parvenaient à pénétrer. Je persistais. Je me rendais à des cours du soir, j'achetais des dictionnaires, des Bescherelles, des carnets. Mes collègues s'en amusaient. Bientôt le prix Goncourt, disaient-ils en riant.

Le jour de mes vingt ans, Albert m'offrit le plus merveilleux des cadeaux. Il le glissa dans mon sac à main tandis que je me pressais pour servir les derniers clients, ivre de joie. Ce soir-là, j'avais un rendez-vous galant, le premier en vingt ans d'existence. C'était avec un jeune homme du nom d'Emmanuel David, qui n'a malheureusement pas réussi à faire bonne impression. Son apparence lui faisait déjà tort. Il avait de grands yeux noirs comme la nuit et une haleine fétide qui me rappelaient les vaches de Ceyroux. Si j'avais accepté de sortir avec lui, c'était parce qu'il semblait entretenir, lui aussi, une relation fusionnelle avec l'écriture. Le vendredi soir, il prenait place sur la terrasse du Secret, armé d'un stylo-plume Montblanc et de feuilles A4. Il pouvait passer des heures entières sans se rendre compte que les tables autour de lui avaient été dressées, débarrassées, que les serveurs qui lui apportaient ses espressos n'étaient plus les mêmes. Il n'avait levé son regard qu'une seule fois, lorsque j'étais venue prendre sa commande. Il m'avait proposé de sortir avec lui presque aussitôt.

Nous en étions à notre deuxième verre de vin quand je lui suggérai d'échanger nos écrits. Ainsi, nous pourrions l'un et l'autre recevoir le retour critique d'un écrivain. Je nous voyais déjà, partageant nos vies, nos bureaux, nos manuscrits. Les Jean-Paul Sartre et Simone de Beauvoir des temps modernes. Mon idée le fit rire. D'une voix dégoulinante de condescendance, il m'expliqua qu'il travaillait dans le milieu littéraire. Par conséquent, s'il souhaitait obtenir un avis sur ses textes, il n'avait qu'à solliciter l'un de ses collègues. Une fille comme moi n'avait pas grand-chose à lui apprendre à ce sujet. J'accusai le coup. Plus tard, quand il suggéra de me ramener chez moi, je lui dis que je souffrais d'un mal de ventre qui causerait vraisemblablement une terrible diarrhée. Il n'insista pas.

À mon retour de cet étrange rendez-vous, je découvris avec émotion le cadeau d'Albert. Un carnet à couverture rigide en cuir italien, accompagné d'un stylo gravé à mon nom. Sur la première page était gribouillé : « Comme ça tu arrêteras d'écrire sur mes serviettes. Joyeux anniversaire ! »

J'allai me coucher, souriante. Le lendemain, je rapportais les détails de mon rencard à mes collègues, tous férus du moindre ragot.

« Le monde de l'édition est pareil à celui du cinéma, commenta Sad, totalement corrompu. On ne peut y entrer que par le piston.

— Tu commences à dégoter des rôles pourtant, lui rappelai-je, et tu ne connaissais personne.

— Des petits rôles, corrigea-t-elle.

— N'empêche, l'édition, j'aimerais bien y travailler un jour.

— Travailler où ? » demanda une voix.

C'était Janine. Même si je l'aimais comme une mère, je la craignais aussi comme telle. Il me semblait que son affection venait avec certaines conditions : il fallait travailler dur, beaucoup et bien. Autrement, elle n'hésiterait pas à vous mettre à la porte.

« On parlait du monde de l'édition, l'informa Sad.

— Mais je ne parlais pas d'y travailler maintenant, bégayai-je. Ce n'était qu'une idée qui m'est venue, comme cela, après avoir discuté avec quelqu'un… »

Elle hocha de la tête, pensive, avant de retourner à son bureau. Le claquement de la porte me fit sursauter.

« Marie, on aurait dit que tu étais sur le point de te pisser dessus », s'esclaffa le barman.

J'étais plus que terrorisée, en effet. Après tout ce que son mari et elle avaient fait pour moi, j'avais peur qu'elle interprète mon souhait de travailler dans l'édition comme de l'ingratitude. Je redoublai d'efforts pour leur prouver le contraire. Je me rendais au restaurant une heure à l'avance, j'enchaînais les heures supplémentaires, j'anticipais le moindre de leurs ordres. Un soir où les Lefèvre avaient invité des amis à dîner, Janine vint me chercher dans les cuisines.

« J'ai quelqu'un à te présenter », dit-elle.

Elle me fit serrer la main d'un homme aux cheveux gris, parsemés. Je n'avais pas besoin d'introduction pour savoir qu'il était à la tête d'une grande maison d'édition, de celles qui remplissent les étagères des librairies et raflent les prix à chaque rentrée littéraire. Henri Perrot. Son nom figurait à la une de nombreux journaux littéraires, ainsi que dans les pages de remerciements de mes romans favoris. Il m'invita à m'asseoir à côté de lui. Un steak de bœuf reposait dans l'assiette devant lui, à demi entamé. Je ne pouvais m'empêcher de fixer le sang qui teignait ses dents tandis qu'il me bombardait de questions sur moi, sur la littérature et l'écriture. J'avais l'impression de subir un interrogatoire et de ne fournir que les mauvaises réponses. Pourtant, une fois son assiette terminée, Henri me proposa de venir travailler chez lui en tant que secrétaire. Une opportunité, souligna-t-il, qu'il n'offrait pas à n'importe qui. Je lui répondis que j'y réfléchirais. Cette affirmation le surprit, mais il acquiesça. Albert et Janine se montrèrent moins compréhensifs. Alors que je nettoyais les tables, ils me poursuivirent à travers le restaurant afin d'obtenir des explications. Aucune de celles que je leur présentai ne leur parut satisfaisante.

« Je crois que tu ne réalises pas l'opportunité qui se présente à toi, soutenait Janine.

— Si, bien sûr. Je ne vous en remercierai jamais assez. Mais je suis aussi très bien ici, avec vous deux.

— Est-ce que tu comptes débarrasser les tables toute ta vie ? »

Trois ans auparavant, j'aurais certainement dit oui. J'aurais accepté de faire n'importe quoi, laver des carreaux, cirer des chaussures, plier des transats au bord de la Seine, pour survivre une minute de plus dans la capitale. Cela dit, maintenant que j'avais un salaire, des amis, une famille presque, je m'autorisais à imaginer le reste. Des livres, de nouvelles rencontres, une carrière peut-être.

« Ce qui nous importe, assura Albert, c'est que tu sois heureuse. Tu as la chance d'avoir un rêve, une ambition. Tu ne vas pas les gâcher pour rester ici. »

La nuit tombée, je me rendis sur le parvis de Notre-Dame. Paris dormait paisiblement dans la brume et la rosée nocturne. La cathédrale me parut encore plus belle que d'habitude, parée des lumières incertaines des réverbères. Je fermai les yeux, reniflai l'air saturé de pollution. Était-ce donc cela, l'odeur du changement ? Alors que je me tenais là, sur le parvis dont nous avions si souvent parlé, je ne me souciais pas du sort de Joseph. Son nom ne me vint même pas à l'esprit. Le regard tourné vers l'avenir, je me demandai quelle aventure m'attendait à l'autre bout de cette nuit.

Je revis Antoine une première fois.

Près d'une décennie s'était écoulée depuis que j'avais rendu mon tablier au restaurant. Je travaillais à la maison d'édition, et tout le monde s'accordait à dire que je ne rechignais pas à la tâche. J'avais accompli ce que très peu de personnes avaient eu l'opportunité de faire, c'est-à-dire monter les échelons d'une entreprise sans posséder de diplômes. Cette ascension ne fut pas aisée. Il fallut que je me tue au travail, d'abord en tant que secrétaire, puis assistante, et enfin lectrice de manuscrits. Aux yeux de mes confrères, j'étais un parfait exemple d'intégration. On me complimentait sur mon intellect et ma civilité avec un certain ahurissement. Je sais que la mode est aux héros et héroïnes féministes, malheureusement je ne crois pas mériter ce titre. J'acceptais ces compliments sans réfléchir. Plus condamnable encore, je ne me suis mariée que par convenance.

J'avais vingt-neuf ans, et je ne supportais plus de voir le nom Brouillet figurer sur mes papiers d'identité. Alors, je fis ce qui me semblait logique à l'époque. J'épousai le fils des Lefèvre. Parce qu'il était là, et que j'étais là, et que nous nous connaissions depuis de longues années. Surtout, je devais tellement à ses parents que marier leur fils me paraissait la moindre des choses. C'était un homme facile à apprécier. Ses études de droit l'avaient formaté de sorte qu'il avait constamment quelque chose de pertinent à dire, une anecdote, un fait historique. La nature l'avait doté de traits symétriques, de larges épaules. Son charme ne passait jamais inaperçu.

Après notre première nuit ensemble, je contemplai les volutes que formait la fumée de ma cigarette au plafond. J'avais toujours rêvé d'habiter un appartement haussmannien. Pour moi, rien n'évoquait davantage la réussite financière que de posséder un parquet en bois massif et un balcon qui surplombait la ville. J'acceptai de le revoir, d'emménager avec lui. Puis de l'épouser. La cérémonie eut lieu dans la salle des fêtes de la mairie du 7e arrondissement. J'avais souhaité qu'elle se tienne en petit comité, mais Alain avait invité près d'une centaine de personnes à lui seul. Mes anciens collègues, ma famille de cœur, se retrouvèrent entourés d'une troupe d'avocats et de businessmen. « Au moins, tu n'auras plus jamais à dormir dehors », me souffla Sad.

Je tombai enceinte rapidement. Pour moi, c'était dans l'ordre des choses. On trouvait un travail, un mari et on fondait une famille.

Longtemps, ce terme avait été à l'origine de toutes mes souffrances. Maintenant, il ne faisait qu'évoquer une vérité pure et simple. Non seulement j'avais une famille, une vraie, mais j'en étais la mère. Je me souviens encore de cette première fois où je sentis ton poids contre moi. Tu ne pesais pas plus de trois kilogrammes, presque rien, mais j'avais conscience que la richesse du monde reposait entre mes bras. Au moment où la sage-femme se pencha au-dessus de toi, et qu'elle me demanda ton nom, je répondis sans réfléchir : Mariette. Elle s'appelle Mariette. Ce n'était pas le prénom auquel Alain avait pensé ni celui que ses parents nous avaient soufflé ces six derniers mois. Toutefois, il perçut l'émotion qui serrait ma gorge et n'objecta rien.

Tu t'accorderas sans doute à dire qu'il fut aussi bon père que bon avocat. Loin d'être parfait, il ne manqua aucun anniversaire, aucun spectacle de danse. Il se montra ferme face à tes caprices et indulgent lors de tes moments de déprime. Ce fut lui qui choisit de t'offrir ton premier argentique, un cadeau qui déclencherait ta passion pour la photographie. En fait, il aurait excellé dans sa fonction de paternel s'il ne s'était pas trouvé un penchant pour la bouteille.

Son métier lui ouvrait toutes sortes de portes, mais celles qu'il empruntait le plus étaient celles d'exubérantes soirées mondaines. Parfois je restais à la maison m'occuper de toi, dans notre appartement de la rue Harmattan, d'autres fois, endossant mon rôle de femme mariée, je l'accompagnais.

Je ne me souviens plus quel motif avait justifié notre présence à cette fête. Était-ce la célébration d'un anniversaire, d'un départ à la retraite ? Près d'une cinquantaine d'invités arpentaient la réception d'un prestigieux hôtel, tout ça pour commémorer quelque chose que nous oublierions tous un mois plus tard. Lors de ces événements, seulement trois choses comptaient : l'alcool, la nourriture et les potins. Je restais toujours à côté du buffet. Là, j'étais sûre d'être ravitaillée sur tous les fronts. Je préférais espionner les serveurs et écouter les ragots qu'ils colportaient dans la salle en même temps que les apéritifs, plutôt que d'accompagner Alain dans ses interminables opérations de networking.

Un homme se détacha de la foule et s'approcha des boissons. Mon cœur fut le premier à le reconnaître. Il frappait à toute vitesse dans ma poitrine. Mon esprit, quant à lui, mit davantage de temps à poser un nom sur ce visage gracile et, quand il le fit enfin, il était trop tard. Antoine me remarqua à son tour et fut saisi de terreur. Un geste trop brusque de sa part entraîna la chute d'une flûte de champagne, puis de sa voisine, jusqu'à ce que la pyramide entière s'effondre avec fracas. Les employés de l'hôtel accoururent autour de lui. Au lieu de le réprimander, ils lui assurèrent qu'il n'avait rien fait de mal. Les accidents arrivaient tous les jours. La vaisselle se remplaçait facilement. C'était là une preuve de son influence. Dans ce monde où votre importance dépendait de votre fortune, Antoine était devenu un intouchable. Il s'approcha de moi. Nous constatâmes l'un et l'autre l'emprise que le temps avait eu sur nous. Lui avait les tempes grisonnantes et de fines rides qui soulignaient son regard vert. Moi, j'avais grossi, je portais des perruques longues et lisses pour plaire à mon mari.

« Je ne pensais pas te voir ici », déclara-t-il.

Derrière nous, un serveur ouvrit une nouvelle bouteille de champagne sous les applaudissements du public. La réception reprenait son cours.

« Qu'est-ce que tu fais ? demanda-t-il.

— Je suis là pour la fête, répondis-je.

— Non, je veux dire : qu'est-ce que tu fais ?

— Je travaille dans l'édition.

— Ah. »

Je ne savais pas quoi lui dire. Par où commencer. C'était comme si j'avais soudain rajeuni, comme si j'étais redevenue l'adolescente de seize ans qui aurait tout fait afin de lui convenir.

« C'est vrai que tu as toujours apprécié les livres », remarqua-t-il.

Tout à coup Alain surgit à mes côtés. Son bras m'entoura la taille. C'était sa façon à lui de marquer son territoire. Il détestait que d'autres hommes s'approchent de moi.

« Alain, je te présente Antoine. Antoine, Alain, mon mari.

— Oui, on s'est déjà rencontrés, fit Antoine. Monsieur Lefèvre, n'est-ce pas ? Je ne savais pas que vous étiez avec Marie.

— Et moi, j'ignorais même que vous vous connaissiez », répondit Alain.

Il y eut un silence. Antoine et moi nous regardions en chiens de faïence, aussi bien prêts à fuir qu'à bondir.

« C'était un... C'était intéressant de te revoir, Marie. Maintenant, veuillez m'excuser, mais je dois vraiment y aller. »

Il se fraya un chemin à travers les invités jusqu'à atteindre l'entrée de la salle de réception. Là, je le vis s'entretenir avec un employé. Sûrement commandait-il un taxi. Je songeai à le suivre. J'avais tellement de choses à lui dire, à lui reprocher. Mais Alain avait toujours son bras autour de moi. Il me semblait même qu'il avait resserré son étreinte, comme s'il avait lu dans mes pensées.

« Un ancien amoureux ? s'enquit-il.

— Non, pire. »

Nous rentrâmes tôt de la fête ce soir-là. Alain en fut contrarié. Au moment de se coucher, il porta sa main à mon front et murmura quelque chose à propos de la fièvre. Mais je savais que ce qui montait en moi était tout sauf viral, qu'aucun médicament ne parviendrait jamais à guérir ce mal. J'ignorais si je sombrais dans le sommeil ou dans la folie. Tour à tour, je vis notre chambre prendre feu et tomber dans l'obscurité. Enfin, juste avant que mes yeux ne se ferment pour de bon, j'entendis une voix s'élever des entrailles de la terre : « Tu me dois quelque chose. »

Je revis Antoine une seconde fois.

J'avais tout fait pour essayer d'oublier la première. En un an, Alain m'avait fait consulter les meilleurs médecins de Paris. Il espérait qu'ils sachent expliquer mes changements d'humeur, la fréquence plus que préoccupante de mes malaises. Mais c'était trop tard. Je n'avais plus la force de l'aimer. Il refusa d'accepter la réalité, bien sûr. Il appela ses parents qui, sans comprendre mon choix, me conseillèrent de suivre mon cœur. Je leur donnai raison. Quelques minutes plus tard, j'annonçai notre divorce à leur fils.

La semaine de notre séparation, une jeune stagiaire entra dans mon cabinet, le souffle coupé. Un homme demandait à me rencontrer. Je soupirai, m'attendant à ce qu'Alain cause une nouvelle scène. La semaine précédente, il m'avait suppliée de revenir sur ma décision au milieu du rayon enfant d'un Monoprix. Qu'elle ne fut pas ma surprise, alors, de voir entrer Antoine. À la lumière de mon bureau, il me parut moins intimidant qu'à la fête.

« Qu'est-ce que tu fais ? demandai-je.

— Je peux m'asseoir ? »

Je fis un vague geste en direction du siège en face de moi.

« Je n'ai pas arrêté de penser à toi depuis la fête, commença-t-il.

— D'accord.

— Quand tu es partie, j'étais vraiment inquiet de ce que tu allais faire dehors, toute seule…

— Dis-moi comment va mon frère », l'interrompis-je.

Cette phrase s'était échappée de moi. Je n'avais pas réalisé à quel point elle avait accablé non seulement mon esprit, mais mon corps. Je sentis un poids se lever, du moins pendant quelques instants. Antoine baissa le regard vers ses mains. La voix chevrotante, il demanda si je désirais une cigarette. Je fondis en larmes.

C'était arrivé seulement quelques semaines avant nos retrouvailles.

Joseph, ou Florent, comme il ne cessait de l'appeler, avait quitté les Brouillet peu après mon départ. Ce n'était pas lui qui avait voulu partir. Seulement, l'incendie avait tout bouleversé à Ceyroux. Personne ne le crut quand il affirma ne pas en être la cause. On le renvoya au foyer, puis dans un centre d'éducation renforcée, l'ancienne appellation des maisons de redressement. Ensuite, sa trajectoire est floue. Un ancien moniteur avait raconté à la police que mon frère avait séjourné à l'hôpital psychiatrique de Saint-Vaury. Le jour de ses dix-huit ans, le système l'estima capable de se débrouiller seul. Il se retrouva à la rue. Pendant plusieurs années, il lutta contre l'administration, contre le marché du travail, contre la vie. Sans succès. Il erra de ville en ville, de petit boulot en petit boulot, multiplia les visites à l'hôpital psychiatrique, avant de mettre fin à ses jours un soir de printemps. C'était Martine qui avait découvert son corps devant l'étable.

« Comme tu peux l'imaginer, dit Antoine, ça l'a beaucoup perturbée de le retrouver ainsi, après tant de temps.

— Je m'en fous complètement, Antoine. Je m'en fous complètement de ses sentiments. Qu'est-ce qu'ils ont fait de lui ?

— Ils ont dû l'enterrer dans une fosse commune ou le champ le plus proche, je suppose. »

Le champ le plus proche, c'était celui où nous emmenions les vaches afin qu'elles broutent un peu d'herbe et s'étirent les pattes. Je m'imaginai à la place de Joseph. Je sentais les morsures des vers sur ma peau, le mélange de terre et de fumier qui emplissait ma bouche. J'avais envie de vomir.

« Mais ce n'est pas tout. »

Je relevai la tête. Désormais, Antoine contemplait la photo de toi que j'avais posée sur mon bureau, celle où tu étais déguisée en lion et où tu riais aux éclats. Il ne chercha pas à savoir ton identité.

« Il y a cette rumeur, rapporta-t-il. Elle a été lancée par quelqu'un qui était apparemment un ancien ami à vous. Il court à travers Ceyroux en disant que c'est mon père qui a tué Florent. Il est même allé voir la police.

— Et ?

— Et nous n'arrivons pas à lui faire entendre raison. Dans le village, ça commence à prendre des proportions démesurées. »

J'essuyai mes larmes et me tournai vers la fenêtre de mon bureau. De l'autre côté de la vitre, les branches dénudées d'un marronnier griffaient le ciel anthracite de Paris. J'avais beau avoir réussi ma vie, celle-ci ressemblait à tout sauf une victoire.

« J'espère, déclarai-je, que tu n'es pas seulement venu parce que tu as besoin de mon aide.

— Je sais que nous ne nous sommes pas quittés dans de bons termes, Marie. Mais si tu pouvais juste lui parler. Parle-lui et dis-lui…

— Lui dire quoi ?

— N'importe quoi, tant qu'il laisse mes parents tranquilles. Ils sont à la retraite. Peut-être qu'il t'écoutera, toi, puisque vous aviez l'air si proches. »

La porte derrière lui s'ouvrit lentement, si lentement que je crus que mon imagination me jouait de nouveau des tours. Mais la stagiaire apparut, le visage rouge d'embarras. Elle avait oublié de proposer une boisson à notre invité. Un thé ? Un café ? Antoine la gratifia d'un faible sourire et commanda un espresso sans sucre. Ensuite, il sortit sa sacoche.

« Tiens », fit-il.

Il me tendit un carnet en piteux état. La première page se détacha et tomba sitôt que je l'ouvris. Néanmoins, j'eus le temps d'en déchiffrer le titre : *Cahier de poésie*. Je retrouvai les poèmes étudiés lors de mon bref passage à l'école de Guéret, ainsi que mes propres textes, ceux que j'avais écrits au cours de mon enfance et de mon adolescence. Autant de choses que ma mémoire avait préféré effacer. De ma carrière dans le monde éditorial, je n'avais rien lu de si médiocre, de si puéril, mais aussi de si touchant.

« Ils l'ont trouvé dans son sac, poursuivit Antoine. Il l'a gardé avec lui toutes ces années. »

Je le toisai du regard. Je savais ce qu'il faisait. Ce n'était ni un cadeau ni un gage de paix. Seulement un échange. Indignée, je lui annonçai qu'il devait partir. Ce qu'il fit, après avoir inscrit les coordonnées de Simon sur un post-it.

« Je te remercie de m'avoir accordé de ton temps, Marie. Et je suis vraiment désolé pour ton frère », déclara-t-il.

Cette dernière phrase me resta longtemps en travers de la gorge. Il était désolé pour mon frère, mais il n'avait rien fait pour le sauver. Il était désolé pour mon frère, mais il souhaitait que je sauve l'honneur de son père. Peu après son départ, la stagiaire apparut avec deux espressos.

« Est-ce qu'il est déjà parti ? s'enquit-elle.

— Oui, dis-je sèchement.

— Il a fait vite. Je ne l'ai même pas vu passer.

— Il a l'habitude. »

Quand l'étau de la misère se resserre
autour de ton cœur
et de tes poignets
tu te dois de créer
ton semblant de liberté
dessine l'abject
écris l'indicible
chante ton silence
danse avec tes chaînes

Joseph Gosse, *Danse avec tes chaînes*, éditions Fresnel (1995)

Parce que je lui avais dit que je ne remettrais plus jamais les pieds à Ceyroux, Simon entreprit le voyage jusqu'à Paris pour me rencontrer. Son style de vie avait eu raison de lui. À trente ans et des poussières, il paraissait avoir atteint et dépassé la cinquantaine. Les quelques mèches de cheveux ayant survécu à la calvitie peinaient à dissimuler un crâne raboteux, piqué de taches de rousseur.

« Je ne pensais jamais te revoir, dit-il.

— Tu pensais ou tu espérais ? » demandai-je.

Il sourit. Le tabac avait jauni ses dents et décoloré ses gencives, mais son sourire conservait cet aspect carnassier qui m'avait tant plu autrefois. D'abord, il ne voulut pas parler de lui. Il souhaitait en apprendre plus sur ma vie parisienne, sur chaque étape qui m'avait amenée dans le monde de l'édition. Mon périple le fascinait.

« Ton frère aurait été fier de toi, affirma-t-il. Parfois, je me demande ce que nous aurions fait si nous avions pris le train nous aussi.

— Il ne vaut mieux pas y penser », marmonnai-je.

Ce qui aurait dû être une brève conversation se transforma en un épanchement de confessions qui se déversa jusque tard dans la nuit. Simon me raconta sa version des faits, en commençant par notre première confrontation. Tant de détails m'avaient échappé. La profonde affection qu'il vouait à Joseph. Leurs rencontres nocturnes. Deux jours avant sa mort, Joseph avait sonné chez lui. Simon habitait encore la maison de la rue des Peintres, qu'il avait héritée de sa mère. Quand il ouvrit la porte, il ne reconnut pas le mendiant qui se tenait face à lui. Joseph avait marché des dizaines de kilomètres pour rejoindre Ceyroux. Il avait les pieds en sang, les cheveux emmêlés, pailletés de poussière. De ça, Simon en avait la preuve. Il sortit de sa poche une photo, celle que tout le monde connaît aujourd'hui. Joseph est appuyé contre un réfrigérateur décati. Il regarde l'objectif avec un air défiant, presque menaçant. Une cigarette brûle au bout de ses doigts. Simon avait insisté pour le prendre en photo, sûrement parce qu'il se doutait qu'il ne le reverrait pas. Au dos, il avait inscrit « Florent, 1993 ». Je songeai avec horreur que mon frère continuerait de répondre au nom de Florent Brouillet, même dans la mort.

« Florent me parut normal au début, raconta Simon. Psychologiquement, en tout cas. C'est quand ma petite amie est apparue qu'il a commencé à agir bizarrement. Il est devenu incohérent. À un moment, il l'a appelée Marie-Thérèse. »

Je me levai du canapé, à la fois pour remplir nos verres et pour dissimuler mes yeux rougis par les larmes. Simon poursuivit.

« Il m'a promis qu'il chercherait du boulot. Qu'il s'en sortirait. Je m'en veux tellement de l'avoir laissé aller là-bas dans cet état. Je suis sûr que René l'a vu, qu'il l'a... »

Sa phrase flotta un instant dans l'air, suspendue entre nous deux. Je n'avais pas besoin d'entendre la suite.

Martine disait avoir retrouvé le corps de Joseph à l'intérieur de l'étable au petit matin. Il se serait pendu à un poteau au moyen de sa propre ceinture. La police ne mena aucune enquête, ni d'autopsie. Des clochards se suicidaient tous les jours. Par ailleurs, la santé de René l'écartait de toute suspicion. C'était à peine s'il parvenait à descendre des escaliers sans s'effondrer.

« Ce n'est pas de ta faute, dis-je à Simon. Je trouverai un moyen d'arranger ça. Tu verras. Je m'occupe de tout. »

Des pleurs s'élevèrent de la pièce d'à côté. Tu avais fait un cauchemar. Alors je courus te chercher, je te pris dans mes bras et te chantai des berceuses jusqu'à ce que tu te rendormes enfin. De retour dans le salon, Simon ne me cacha pas son admiration.

« Elle a beaucoup de chance de t'avoir pour mère, dit-il.

— C'est du sarcasme ?

— Non, tu as toujours été très protectrice et attentionnée.

— Je n'aime pas quand tu es gentil avec moi. »

Pourtant, quand il me prit dans ses bras, je le laissai faire. Nous avions conscience que nous échangions là nos derniers adieux. Simon se détacha de moi et m'observa longuement. Il semblait chercher quelque chose dans mon visage, quelque chose d'imperceptible à l'œil nu, et peut-être qu'il le trouva, car il chuchota : « Plus tu vieillis, plus tu lui ressembles. »

Son haleine empestait l'alcool. Je ne voulais pas qu'il parte avec autant de grammes dans le sang, mais il disait avoir réservé une chambre dans un hôtel du coin.

« Je t'ai suffisamment embêtée comme ça, déclara-t-il en enfilant sa veste.

— Qu'est-ce que tu vas faire maintenant ?

— Je vais rentrer et me forcer à oublier. »

Il quitta mon appartement et, d'après ce que je sais de lui aujourd'hui, il fit exactement ce qu'il m'affirma ce soir-là. Il oublia. Il déménagea dans une petite ville en Bretagne, épousa une infirmière et fit trois beaux enfants. La plus jeune m'envoie des invitations intempestives sur les réseaux sociaux, que je refuse à chaque fois.

Moi, je fis tout le contraire. Je n'oubliai pas. J'avais dépensé tant d'énergie, pendant ma jeunesse, à essayer de retrouver, puis effacer mon passé. Je passai le reste de ma vie à me souvenir, et je décrétai que la France entière en ferait tout autant. Le lundi suivant, je me présentai au bureau avec un peu d'avance. Mon sac pesait sur mes épaules, mais il n'était pas le seul. Il y avait aussi et surtout le poids de l'héritage de Joseph, de son histoire et de ses rêves avortés.

Quelques années plus tôt, j'avais frappé aux portes d'une dizaine d'éditeurs afin de leur proposer un recueil de poèmes, le travail de toute une existence. Ils l'avaient tous refusé. La poésie ne vendait pas, elle n'avait, par conséquent, aucune importance à leurs yeux. Toutefois, j'avais connaissance d'une chose qui rapportait beaucoup, beaucoup d'argent : la tragédie. Le mythe du poète maudit n'est pas populaire pour rien. Assise face à lui, je remis au directeur général de ma maison d'édition les trois objets qui comptaient le plus pour moi : mon manuscrit, mon vieux carnet de poésie et la photo de Joseph.

Comme il est de coutume dans ce genre de cérémonie, le ministre chargé de donner un discours sur l'œuvre de Joseph est en retard. Nous sommes une centaine de personnes à l'attendre sous la chaleur réunionnaise, et certaines ont fini par se réfugier à l'ombre des terrasses et des palmiers environnants. Heureusement pour moi, les organisateurs m'ont réservé un siège sur l'estrade. Siège que je refuse d'abord, ne désirant pas rester assise seule devant tout ce monde, mais sur lequel je m'affale quelques minutes plus tard, accablée par le soleil et la fatigue. Tu te penches vers moi pour me chuchoter à l'oreille.

« Les voilà, ils arrivent. »

D'un pas décidé, Michel et Patricia montent à leur tour sur la minuscule scène. Ce ne sont guère nos premières retrouvailles. Le succès du recueil m'a permis de reprendre contact avec eux par le biais de ma maison d'édition, quelques années après sa publication. Maints coups de téléphone ont été passés, maints courriels et lettres ont été échangés. Ils ont chacun survécu à leur lot de déceptions, de déboires. Toutefois, il ne m'appartient pas de les rapporter ici. Ma plume s'est approprié suffisamment de récits. Le temps viendra où ils te raconteront eux-mêmes leur histoire.

Tout au long de notre correspondance, nous avons rarement parlé de la troublante disparition de notre mère. Des rumeurs racontent qu'elle s'est laissée mourir de désespoir dans la cambrousse, au milieu d'un champ de cannes à sucre, mais personne n'a retrouvé son corps. *Monmon* aurait plus de quatre-vingts ans aujourd'hui. Si elle était encore en vie, elle aurait constaté le succès littéraire de son fils. Elle serait passée devant les portraits accrochés dans les librairies et les supermarchés de l'île, et elle y aurait reconnu ses propres traits. Je ne doute pas qu'elle aurait tout fait pour recouvrer ne serait-ce que le souvenir de Joseph. À la suite de la publication du recueil, j'espérais un signe de sa part. Michel et Patricia m'avaient bien contactée, eux. Mais il ne vint pas. Des appels à témoin circulèrent d'abord dans les journaux, puis, des années plus tard, sur les réseaux sociaux. D'excellents journalistes ont mené l'enquête. Mais la disparition soudaine de ma mère, comme celle de mon frère, en dit long. Je te laisse, si tu le souhaites, le soin de partir en quête de ta grand-mère. Étant donné que je me doute déjà du résultat, et qu'il ne me reste plus longtemps, je ne me sens pas capable de le faire moi-même.

Pendant longtemps, les derniers membres de ma fratrie et moi n'avons même pas évoqué l'idée de nous retrouver un jour tous les trois sur l'île de La Réunion. Le passé et la douleur qu'il engendre devaient rester loin, à l'écart de nos nouvelles vies, hors d'état de nuire. Mais le gouvernement français a insisté pour que nous assistions à cette célébration en mémoire de Joseph. Si mes jours n'étaient pas comptés, je n'aurais certainement pas accepté. J'aurais regardé l'événement à la télévision, comme le reste du pays. Sans doute que Saadia aurait été à mes côtés. Aujourd'hui, ses tournages l'occupent tellement que nous nous retrouvons rarement toutes les deux. Ces engagements ne l'empêchent pas d'être présente dans les moments qui comptent vraiment. À ton dix-huitième anniversaire. À mon quarantième. Au lancement de mes nouvelles collections éditoriales. À ma première hospitalisation. Cette fois, n'ayant pu voyager jusqu'à La Réunion, elle m'adresse son soutien par un millier de SMS. *Comment te sens-tu ? Je pense à toi. Courage. On est tous là. J'espère que tu as mis la robe dont on a parlé. Dès que tu reviens en France, on boit un verre avec tout le monde.* Perdu parmi une centaine de notifications, un message de mon ex-mari : *Bonjour, toutes mes pensées en ce jour très spécial. Appelez-moi quand ce sera fini. Bises.*

C'est leur soutien, ainsi que celui de ma famille biologique, qui me fait tenir debout sur l'estrade. Littéralement : Patricia et Michel m'encadrent tous les deux, chacun s'est emparé d'un bras, et ils s'assurent de mon bien-être. Bien qu'ils soient plus âgés que moi, ma grande sœur et mon grand frère rayonnent de santé. La première porte une robe créole traditionnelle, ornée d'une myriade de fleurs blanches. Ses cheveux sont noués dans d'étroites tresses africaines. Michel, quant à lui, a le crâne rasé. La moitié de son visage est dissimulée derrière d'épaisses lunettes de soleil aux verres réfléchissants. Je lui fais remarquer qu'il ressemble à un personnage de la saga *Matrix*, et il éclate de rire.

« Je les ai enfilées parce que je sais très bien que je vais pleurer. Je préfère vous épargner cela.

— Tu aurais pu me le dire, gémit Patricia. J'aurais fait la même chose.

— Et moi donc », dis-je.

Aussitôt, tu te mets à fouiller dans ton sac et en sors une paire de lunettes.

« Tiens, maman. Désolée, tatie, mais je n'ai pas pensé à t'en apporter.

— Ce n'est pas grave, dit Patricia. Marie-Thérèse, tu as de la chance d'avoir une fille aussi prévoyante. C'est à peine si la mienne se rappelle mon anniversaire. »

Le ministre et son équipe arrivent à bord d'une imposante voiture aux vitres teintées. Immédiatement, une vague de journalistes s'abat contre le véhicule, micros et appareils photo tendus, ce qui retarde encore le début de la cérémonie. Il faut quelques minutes pour que le ministre parvienne à s'extirper de la foule. C'est un homme de petite taille dans un grand costard. Il prend le temps de s'adresser à chacun d'entre nous.

« Vous lui ressemblez tous énormément, dit-il. Surtout vous. »

Il te pointe du doigt.

« C'est sa nièce, l'informe Michel.

— Enchanté, chère nièce. Je suis certain que vous êtes aussi formidable que votre oncle. »

Tu hoches la tête, un peu embarrassée. Toute ta vie, le monde n'a cessé de te faire remarquer ta filiation à Joseph et tes origines réunionnaises, deux sujets que je refusais catégoriquement d'aborder. J'invoquais mon rôle de mère, qui était de te protéger. Mais je sais aujourd'hui que je ne faisais que me protéger moi-même, tout comme je sais que je n'ai pas le droit de quitter ce monde en emportant un fragment de ton identité. C'est pourquoi je te le glisse entre ces pages.

Le ministre s'installe derrière son pupitre. Il teste le microphone et, une fois le silence établi dans l'audience, commence son discours. Il ne dit rien qui n'ait déjà été prononcé par ses prédécesseurs. L'existence de Joseph a été difficile. Il a rencontré des épreuves qu'aucun enfant n'aurait dû affronter seul. Malheureusement, trop de personnes ont connu un sort similaire. Là, il se tourne vers nous, et vers la dizaine d'invités qui entourent l'estrade. Ce sont aussi d'anciens pupilles de l'État, venus du monde entier pour assister à la cérémonie. Il me semble en reconnaître quelques-uns. Peut-être avons-nous embarqué dans le même avion, ou partagé un repas au foyer de Guéret. Ce sont des choses qui ne se demandent pas.

À la fin de son discours, le ministre souligne la responsabilité du gouvernement français dans cette affaire. Il réaffirme la détermination de la République non seulement à honorer la mémoire de Joseph, mais à s'acquitter de sa dette envers nous. On l'applaudit.

« Maintenant, je vais laisser place à la famille de l'auteur, annonce le ministre. Ils seront certainement mieux placés pour parler de monsieur Gosse et de son œuvre. »

C'est mon tour. Tandis que je m'approche du pupitre, les petits papiers sur lesquels j'ai gribouillé mon discours tombent de ma poche. Je les laisse par terre.

« Bonjour, je m'appelle Marie-Thérèse. Je suis la sœur de Joseph Gosse. »

Les visages de la foule sont tous braqués sur moi, ronds, décolorés par la lumière aveuglante du soleil, comme autant de pleines lunes. Antoine est assis au premier rang. Le haut de son corps est projeté en avant sur sa chaise, et il est difficile de savoir s'il cherche à mieux m'entendre ou s'il s'apprête à fuir. Dans son regard, je devine l'appréhension, mêlée au regret et à un semblant de tendresse.

« Mon frère était un homme brillant, qui n'a jamais pu réellement démontrer l'étendue de son talent. Même pour moi qui ai eu la chance de grandir avec lui, Joseph Gosse demeure une énigme. Je n'ai connu qu'un enfant réservé, têtu, parfois bagarreur. Je ne saurais vous dire qui il était à la fin de sa vie. Le succès de ce recueil, sorti il y a vingt-cinq ans aujourd'hui, me surprend encore. Il m'arrive de tomber sur ses mots dans le métro, ou de les entendre à la télévision. Je pense que, au-delà des qualités littéraires qu'on peut attribuer à son œuvre, les raisons derrière ce succès sont tout autres. Joseph représente bien plus que l'artiste torturé ou le poète maudit. Il est le symbole d'une génération entière à qui on a refusé le bonheur. Aujourd'hui, c'est à eux que nous rendons hommage. Je vous remercie. »

Des applaudissements s'élèvent de l'assistance, entrecoupés de sifflements et de bravos, mais je ne m'attarde pas pour les recevoir. La seule chose qui m'importe, c'est le sourire que tu m'adresses quand je retourne près de toi. Alors, je sais que j'ai réussi mon coup.

Michel, Patricia et moi dévoilons ensemble la plaque commémorative. Nous la voulions à l'image de notre frère, brut et authentique. Ancrée dans un mur de pierres blanches, elle porte l'inscription suivante : *EN HOMMAGE AU POÈTE JOSEPH GOSSE, QUI VÉCUT SUR L'ÎLE DE 1966 A 1974 AVANT D'ÊTRE DÉPORTÉ EN MÉTROPOLE. « QUAND L'ÉTAU DE LA MISÈRE SE RESSERRE (…) CHANTE TON SILENCE, DANSE AVEC TES CHAÎNES. »*

Les photographes se précipitent pour figer cet instant historique. Il y a là tout ce dont ils ont rêvé. La famille réunie, l'apologie du gouvernement, et le public qui les acclame. Le tableau parfait. À la fin de la cérémonie, plusieurs pupilles interpellent le ministre. Ils souhaitent évoquer leur propre situation avec lui, les dossiers égarés, les sœurs disparues, mais son entourage refuse. Monsieur le ministre est attendu autre part. Tout sourire, il retourne à son véhicule blindé, accompagné de son cortège de journalistes. Ces derniers posent des questions qui n'ont rien à voir avec mon frère. Où en est la réforme de l'audiovisuel ? Que pense-t-il du mouvement des Gilets jaunes ? La voiture leur gronde dessus avant de démarrer. En quelques secondes, c'est terminé. L'événement que nous avions tant anticipé prend fin sous les discrètes acclamations des vagues et du vent. Peu à peu, la foule se disperse. Quelques visiteurs s'en vont prendre des photos de la plaque. Une jeune femme s'approche de l'estrade. Sous le bras, elle tient une copie du recueil de Joseph qu'elle me demande timidement de signer.

« Mais ce n'est pas moi l'auteur, m'empressé-je de protester.

— Elle le fera avec plaisir. »

Tu ris et me tends un stylo. Ne sachant quoi écrire, je me contente d'un « Merci ». Une formule innocente qui éveille une grande émotion chez la lectrice. Ce livre, dit-elle d'une voix enrouée, lui a sauvé la vie. Elle part avant que je n'aie le temps de lui demander plus de détails.

Nous prenons place tous ensemble sur une terrasse à l'orée de la plage. La rumeur de l'océan se mêle à celle des conversations. Il n'y a pas de disputes, pas de remords. Pas de pleurs non plus. Il ne reste que les souvenirs et, pour les plus chanceux d'entre nous, l'espoir d'un lendemain. On se promet de s'appeler, de se revoir plus souvent. Toute la table a le regard fixé sur l'horizon baigné de crépuscule. Toute la table, sauf moi. Moi, je t'observe. Je contemple ces yeux brillants d'intelligence, ces lèvres qui semblent figées en un sourire éternel et cette fossette au creux de ta joue. Un proverbe créole me vient à l'esprit, celui que ma mère avait prononcé alors qu'elle se préparait à se séparer de nous à jamais.

Na in zour i apèl domin.

Il existe un jour qu'on appelle demain.

Composition réalisée par Belle Page

Cet ouvrage a été imprimé en France par
CPI Bussière
Z.I. rue Pelletier Doisy
18200 Saint-Amand-Montrond (France)

pour le compte des Éditions Fayard
13 rue du Montparnasse, 75006 Paris
en juillet 2024

PAPIER CERTIFIÉ

fayard s'engage pour l'environnement en réduisant l'empreinte carbone de ses livres. Celle de cet exemplaire est de :
0,9 kg éq. CO_2
Rendez-vous sur www.fayard-durable.fr

N° d'édition : 12-0546-0/01 - N° d'impression : 2078928